LA MAÎTRE NAGEUSE

Édouard ROBERT

LA MAÎTRE NAGEUSE

ROMAN

© 2020 Édouard Robert

Éditeur : BoD-Books on Demand
12-14 rond-point des Champs-Élysées, 75008 Paris
Impression : Books on Demand, Norderstedt, Allemagne

ISBN : 978-2-3222-0187-7
Dépot légal : Janvier 2020

« *Avec l'amour on ne prend pas de risque.*
Il faut être en vie pour aimer. »
F. Scott Fitzgerald

CHÂTEAU ROUGE

« On est tous des trous du cul sur cette terre, personne ne peut prétendre le contraire et on n'a pas fini de se faire chier. »

Ainsi s'exprimait Max, il m'avait aussi un jour incité à lui faire passer le message suivant : « J'espère que tu as bien compris que tu vas mourir et qu'aujourd'hui tu es toujours en vie, alors vis ! »

Le Ferrailleur était souvent de bon conseil.

Ce jour-là on était un mercredi treize et j'avais très envie, alors, en écoutant de la musique j'ai descendu sur une feuille blanche l'escalier de la liste de mes treize envies :

J'ai treize envies de penser à toi.
Treize envies de croiser ton regard.
Treize envies de te regarder.
Treize envies de marcher à tes côtés.
Treize envies de découvrir ta voix.
Treize envies de t'écouter.
Treize envies de ton sourire.
Treize envies de ta tristesse.
Treize envies de te consoler.
Treize envies de tes confidences.
Treize envies de ta confiance.
Treize envies de te lire.
Très, très envie de te tenir la main.

Puis je me suis jeté dans mon lit à la recherche de ma quatorzième envie. Le mieux, je me disais dans l'obscurité, est de ne plus monter à Marcadet Poissonnier mais de marcher jusqu'à Château Rouge, d'attendre sur le quai puisque j'en étais sûr c'est par là qu'elle arrivait. Tant pis pour Max que je retrouvais fréquemment à la station habituelle, et qui par ailleurs n'avait strictement rien à voir avec les métaux lourds et la récupération, il ferraillait contre la terre entière, particulièrement contre le monde qu'il appelait moderne, c'était un vénérable, respectable et infatigable bretteur, sa langue était une épée folle servie par une truculente imagination.

Je m'essoufflais à courir après le sommeil, allongé sur le dos, les yeux écarquillés vers les ténèbres du plafond je remontais le temps, mois après mois, année par année, à la recherche de cette dernière fois, de cette première vraie souffrance. Derrière le voile épais du plaisir il y avait déjà cette crainte, cette idée de finitude, cette image de soleil couchant.

Nous avions roulé sur le côté et je m'étais mis à courir en elle, comme un évadé, poursuivi par ce crépuscule, cette nuit qui s'affaissait sur le monde, derrière la palissade de ses cris, ses gémissements, je suis entré comme un fou dans son regard, pour voir, guetter, constater si l'ombre maléfique, définitive, n'avait pas entamé son œuvre, si l'éclat paroxysmique de la jouissance était toujours bien là. Le bonheur intense de son corps la faisait trembler, j'ai voulu attraper ses soubresauts avec empressement, très vite, comme on cueille les fruits d'un arbre à l'automne, avant la mauvaise saison, l'hiver sec et froid, obscure. Je l'ai enserrée avec violence, compressée entre mes bras, écrasée sous mon corps, je ne pouvais plus la voir mais elle était bien là, en moi, tout me rassurait, son parfum noyé de sueur, ce liquide salé que je lapais à petits coups de langue au creux de son cou, et ce souffle, à bout, au bord du précipice, cette respiration haletante… quelque chose agonisait, un navire sombrait quelque part sur un océan, ou bien le feu dévorait une maison de bois au cœur de la nuit, c'est pour cela que nous nous sommes débattus comme jamais, à nous en faire mal, à en croire que nous nous bagarrions.

Et puis il y a eu cette coulée chaude, brutale, délicieuse et sous mon crâne dans le même instant cette image, cette affiche sauvage placardée furtivement, une autre coulée glaciale et définitive, je suis allongé sur le dos, comme maintenant, sanglé sur une table de métal froid, mon cou est immobilisé de manière à ce que mes yeux ne puissent regarder que dans la direction du plafond, comme maintenant, il y a une grande lampe, genre bloc opératoire, un parapluie de lumière déployé, je ne suis pas chez le dentiste mais dans un pénitencier au Texas, il y a des gens statufiés derrière une vitre épaisse, je les devine, ils ne pourront rien entendre, de toute manière il n'y a plus rien à dire.

Des ingénieurs ont mis au point un dispositif déclenchant automatiquement le mécanisme qui vide la seringue dans la veine du bras gauche, injection létale, voilà, c'est personne, voilà, c'est terminé.

J'ai fini par trouver le sommeil rue de Rivoli, il trainait à terre, allongé sur des vieux cartons disposés sur une grille d'aération, je n'ai pas eu à me baisser pour le ramasser, c'est lui qui est venu à moi, c'était ma technique, penser à des gens qui dorment dans la rue, sous des ponts abrités de la pluie ou recroquevillés dans une cabine téléphonique, ou encore planqués dans le recoin d'un hall de gare, confit dans le froid et le bruit, à croire que le bruit réchauffait, et ça marchait.

Cette nuit-là j'ai bien dormi, rêvé que devant la boulangerie une jeune SDF était assise sur le trottoir, elle ne faisait pas la manche mais attendait que la manche se fasse, je suis passé et repassé devant elle plusieurs fois, sans véritables raisons apparentes, la fille avait fini par m'interpeller.

« Qu'est-ce que vous avez à me reluquer ?

-Euh moi ? Je ne reluque rien.

-Si, ça fait trois fois, vous n'arrêtez pas de défiler, qu'ça à foutre ?

-Non sûrement pas que cela à foutre, mais les tatouages ?
-Quoi les tatouages !?
-Et puis le tabac.
-Quoi le tabac ! J'vous ai jamais demandé de clopes, j'fume pas !
-ça tombe bien, le tabac et les tatouages pour moi c'est rédhibitoire, la vérité si je suis passé plusieurs fois c'est juste pour voir si vous étiez tatouée, c'est tout.
-Ah bon, tatouage égal pas la pièce chez vous ?
-Non, je ne donne jamais d'argent aux gens dans la rue.
-Qu'est-ce que vous leur donnez alors ?
-Mon numéro de téléphone. »

Au réveil je me suis vaguement souvenu des évènements de la veille, j'ai scruté mon visage en me rasant, sous la mousse la fille qui faisait la manche devant la boulangerie n'avait toujours pas de nom et aujourd'hui celle que j'allais peut-être bientôt à nouveau croiser non plus.

J'ai quitté l'appartement avec un bon quart d'heure d'avance sur l'horaire habituel, les moineaux pépiaient encore, il ne pleuvait pas, la lumière ressemblait à celle du printemps mais les feuilles des platanes jaunies sur le bord délivraient un autre message.

Le nom Château Rouge m'avait toujours intrigué, je n'en connaissais que les catacombes, et encore, je ne m'étais jamais aventuré dans le dédale des galeries.

J'ai acheté le journal au kiosque à l'entrée de la station, l'information principale se situait en haut à droite de la première page, nous étions le jeudi 14 septembre 2017 et mes espoirs ne valaient pas cher, deux euros exactement. Demain aux États-Unis le prix de l'espérance aurait pratiquement doublé, pas loin de cinq dollars, exorbitant pour un journal de la veille sentimentalement démonétisé.

Comme je descendais les marches est survenue cette chose extraordinaire et tout à fait inattendue, on redoute toujours plus ou moins en permanence quelques emmerdes qui peuvent nous tomber dessus quotidiennement mais on ne se méfie jamais assez de la fiente de pigeon qui peut brusquement nous décorer au moment où l'on s'y attend le moins, c'est ce qui m'est arrivé. Je dis extraordinaire parce que l'incident a déclenché le rire camouflé du citoyen barbu à mes côtés, assez sonore pour que je l'identifie. A cet instant précis j'ai vraiment pris conscience que ma vie était en train de changer, je n'ai jamais aimé les barbus, je m'en suis toujours méfié, beaucoup plus que des pigeons, pour résumer je trouvais les gros barbus sales, fainéants, et les barbus maigres vicieux et calculateurs. Le Ferrailleur n'était ni gros ni maigre mais il était disons, très moyennement barbu, plutôt mal rasé, peut-être un peu paresseux sur les bords, les ongles des mains pas toujours très nets, vicieux je ne le pense pas, et calculateur non, j'en suis certain, il était Max avant tout, avec ses formules à l'emporte-pièce qui dézinguaient la terre entière.

« Amoureux d'une inconnue ? Ouh là là ! C'est une maladie grave ! Connue ou inconnue c'est pas ça le problème mon petit, c'est l'amour, l'amour est une maladie grave, y'a pas de vaccin contre ça, il faut amputer, alors on coupe, pas les bras ni les jambes, mais des choses qu'on ne voit pas, ou alors on s'en aperçoit beaucoup plus tard, trop tard, dans sa tête on est devenu comme qui dirait à la fois manchot et cul-de-jatte, mais chuttt ! Ne rien dire ! Ce serait ruineux pour l'état, tu te rends compte tous ces macarons handicapés, plus personne ne pourrait se garer, ou alors… alors il faudrait avoir une veine de cocu ! Ah, ah, ah !!!! L'amour sauvé par l'adultère ! Y'en a plus d'un qui va se retourner dans sa tombe, c'est d'ailleurs pour cela que la plupart des gens se font incinérer, l'écologie, le manque de place dans les cimetières, tout cela c'est des foutaises, la vraie raison moi j'le dit : c'est pour ne pas avoir à se retourner dans sa tombe ! ».

Max avait la voix haute et grave, tout le monde se marrait dans un rayon de dix mètres autour de nous, quasiment la totalité du wagon, il ne parlait pas dans sa barbe de quelques jours mais avec, c'est vrai, je regarde maintenant les barbus d'un autre œil, je les écoute surtout d'une autre oreille.

J'ai sacrifié la page intérieure du journal pour me débarrasser tant bien que mal de cette céleste merde, sur les murs des couloirs que je longeais se répétait à intervalles réguliers l'affiche publicitaire d'un zoo, curieusement se sont habituellement les lions, les éléphants, les tigres, les jaguars, les léopards qui occupent le devant de la scène, là il s'agissait d'un marabout, drôle d'idée, un marabout maigrichon, la tête bien encastrée entre les épaules comme à coups de massue, le regard inexpressif, triste, immobile il regardait défiler des milliers de gens, des voyageurs. Voyageur ! Bon sang ! Voilà le mot ! Je suis un voyageur, lui, le marabout ne voyagera plus jamais. La pub tape souvent dans le mille, c'est un métier, le mien, et effectivement sur le quai patientaient docilement une bonne centaine de marabouts.

Il y a le lion, la lionne, mais il n'y a pas de féminin pour marabout, j'ai inspecté rapidement le quai puis je me suis placé un peu en retrait pour surveiller les arrivées. Les rames se succédaient à allure régulière, rythmées par le signal sonore et le claquement sec des portes. Dans l'une d'elle j'ai repéré le Ferrailleur, assis à sa place habituelle, un strapontin collé à la porte dans le sens de la marche, les cheveux hirsutes, le regard acéré mais noyé dans le flot immobile de ses congénères mal réveillés, encore saisis et immobilisés au cœur de la banquise de ce début de journée, lui ne m'a pas vu. Je me suis surpris à penser : « On dirait un fou. ».

Elle, oui, m'est apparue comme une évidence, ce n'est pas son visage, ni sa tenue, ni rien d'autre, pas même son habituel sac de sport rouge arrimé en bandoulière à son épaule, non, ce qui à mes yeux la rendait si différente était sa manière de se déplacer, le mouvement, son sillage, ce subtil mélange de nonchalance et de détermination, les légers balancements de son corps en marchant, ce roulis harmonieux, exprimaient simultanément la résignation, l'indifférence, la lassitude, peut-être même un soupçon de tristesse, mais aussi par ailleurs la volonté et l'assurance tranquille de quelqu'un qui sait où il va, le tout porté par un visage apaisé, un sourire prêt à éclore au cœur d'une figure aux traits encore enfantins, un regard attentif et joyeux au diapason de sa démarche. Cette inhabituelle alchimie comportementale m'avait intrigué puis séduit.

Elle voyageait debout, toujours, même lorsque des places se libéraient autour d'elle, souvent sur la plateforme au centre du wagon, une main agrippée à la barre centrale, le sac de sport encore accroché à l'épaule, ramené devant elle, coincé contre son ventre. Elle était énigmatique, c'est ce qui la rendait encore plus attachante, je ne savais rien d'elle, elle devait bien s'arrêter quelque part, le nez en l'air j'ai compté, il y avait treize stations entre son Château et l'endroit où je descendais, Saint-Germain-Des-Prés, c'est la seule chose que je savais. Je me suis promis un jour ou l'autre de rester dans la rame pour découvrir l'endroit où elle descendrait. La suivre ? Peut-être, enfin non, pas convenable, trop commun.

Soudainement le chiffre treize a refait son apparition, la coïncidence entre mes 'très envie de…' et le nombre de stations dessinait dans mon esprit un présage encourageant.

Ma vie continuait à changer, une dérive imperceptible avec de soudains à-coups, mon aversion pour les barbus s'était atténuée et je m'imposais le matin un quart d'heure de marche entre le pied de mon immeuble et ce mystérieux Château Rouge.

BARBES ROCHECHOUART

Max était déjà installé sur son coin de banquette habituel dans la véranda du Bistrot du Cours, l'immuable rituel avait débuté, il épluchait rapidement le journal à l'envers entre deux gorgées de café, avant de le décortiquer lentement à l'endroit en observant et écoutant le monde s'agiter autour de lui.

Après nous être souvent croisés dans le métro c'est ici à cet endroit précis où par hasard nous avons vraiment lié connaissance, je m'apprêtais à pousser la porte pour lui glisser quelques mots quand mon téléphone s'est mis à sonner, c'était Véronique :

« Thomas ?

-Oui.

-T'es encore loin ? Le Souvigner t'attend dans son bureau.

-Qu'est-ce qu'il veut ?

-Il a dit : dès qu'il arrive !

-Ah. »

J'ai tapé du dos de l'index trois coups sur la vitre en direction de Max pour lui faire signe que pour cette fois j'étais à la bourre.

La porte du bureau était juste entrebâillée, par magie le faisceau d'un rayon de soleil éclairait la surface de la plaque d'acajou foncé sur laquelle on lisait en lettre d'or : Jean-François Le Souvigner Exécutive Manager.

« Entre Thomas, entre !

-Putain Jeff ! Je me suis exclamé.
-Quoi putain, t'as jamais vu un ours ?
-Un vrai ?
-Un vrai ?! Pour qui tu m'prends ! Un vrai ? Un peu mon n'veu ! Un vrai de vrai, neuf mille dollars dans le vieux Montréal. Un vrai ? T'as des questions quand même ! »

La dépouille blanche immaculée s'étalait de travers entre l'avant du bureau et les deux fauteuils visiteurs, la gueule était ouverte, les crocs d'ivoire jaunis bien apparents prêts à attaquer, idem pour les griffes du même aspect au bout des quatre pattes aplaties comme des crêpes. Je me suis baissé pour glisser ma main dans la fourrure, pas de doute, ce n'était pas du synthétique, quelle douceur !

« Quand même, j'ai dit, en pensant : pauvre bête.
-Oui, quand même ! A repris Jeff, c'est une image.
-Qui coûte cher, une image à neuf mille dollars.
-Canadien. Mais qui peut rapporter gros ! Assieds-toi Thomas.
-Je n'ose pas poser mes pieds… euh, une image de quoi ?
-Ah ! Nous y voilà ! Tu tombes à pic ! Il ne… Il ne faut pas…, fais un peu marcher tes méninges, il ne faut pas vendre…
-Bah, la peau de l'ours avant de l'avoir tué… ?
-Bravo ! Mais oui et non, tué oui bien sûr, mais tué et dépecé, il ne faut JAMAIS vendre la peau de l'ours avant de l'avoir tué, ET, dépecé ! L'image c'est ça ! »

Jeff avait reculé son fauteuil, posé les semelles de ses boots sur le rebord du bureau et le buste rejeté en arrière, les deux mains croisées derrière la nuque a repris le regard perdu dans le vague.

« Tu sais comment on va l'appeler cet ours ?
-C'est important qu'il ait un nom ? Un peu tard pour lui non ?
-Oui, très important, c'est pour cela qu'il est là, on va l'appeler Lulu.
-Lulu ?

-Oui Lulu, comme les biscuits…

-Ah ? Il y a du nouveau ?

-Oui, votre projet à toi et à Fred, cette affiche géante placardée dans les stations de métro, les gares et les R.E.R, sur le flanc des bus, cette affiche où les gens attendent sur un quai la tête plongée dans un journal, un livre, un magazine, un plan, avec sur la couverture de tous ces supports la reproduction de l'emballage d'un produit LU, et en dessous ce slogan : *Vous l'avez VU ? Vous l'avez LU*. Personnellement je trouvais cela génial…

-Tu trouvais ? Mais eux aussi…

-Oui, ils trouvaient, mais le verbe trouver se conjugue à tous les temps, y compris à la forme négative du présent de l'indicatif.

-Tu…, tu ne veux pas dire que…

-Moi je ne veux rien dire… Vous l'avez VU, vous l'avez LU, et nous…

-Nous ?

-Nous… nous l'avons dans l'cul !

-Quoi !

-Oui, adieu, veaux, vaches, cochons, couvées…, si on reprend le fil ils avaient bien dit : génial ! Mais pas oui, peut-être, et nous on avait compris oui, rêver, fantasmer oui, maintenant il va falloir s'asseoir sur un paquet de pognon, chaque matin quand je rentre dans ce bureau je veux regarder la gueule de cet ours, les yeux dans les yeux et me dire : dé-pe-cé ! Bordel de merde !

-Mais…ils ne…

-Rien Thomas, il n'y a pas de mais, le chapitre est clos, vous avez autre chose dans le *pipe* avec Fred ?

-Oui.

-Une autre cible ?

-Oui, la téléphonie.

-Vaste programme, produits ? Opérateurs ?

-Opérateurs, je sais, ils sont déjà bien maqués mais quand on regarde de près ils tournent tous en rond, ils sont tous le number one de quelque chose, c'est une idée à Fred, les gens en ont marre de se prendre la tête avec des contrats 'usine à gaz' illisibles, ils ont besoin de quelque chose de simple, qui coule de source, sans mauvaise surprise, ils ont besoin, envie de : laissez faire. Tu comprends Jeff, la confiance, laissez faire, on laisse faire quand on a confiance, non ?

-Moi non, enfin, oui, peut-être, et alors ?
-Et alors laissez faire.
-Laisser faire ? Laisser faire quoi ?
-*Laissez Faire S.F.R.*
-Ah les mecs ! Vous ne manquez pas d'audace ! J'achète ! T'en pense quoi Lulu ? »

J'ai fait une pause en milieu de matinée, Fred était furax, le coup des biscuits l'avait rendu enragé, invivable, il fallait que je change d'air, et puis j'avais gambergé, après tout Max n'avait que cela à faire, il pourrait bien me rendre ce service. Lorsque je suis arrivé il avait déjà roulé son journal en forme de matraque et s'apprêtait à décamper, il s'est rassis.

« A deux minutes près tu me ratais.
-Cela ne m'aurait pas étonné, ce n'est pas mon jour de chance aujourd'hui.
-Ah ?
-Oui, on a perdu un gros contrat et puis je me suis fait chier dessus.
-Les deux vont assez bien ensemble…
-Non, pas par un client, par un pigeon sur les escaliers de l'entrée du métro Château Rouge.
-Les salauds, ils apprennent à viser maintenant ! Qu'est-ce que tu foutais à Château Rouge ? T'as déménagé ?
-Non, mais justement, faut qu'on en parle. Un café ? Tu t'es déjà fait chier dessus ?
-Arrête Petit, arrête. Oui bien sûr, mais ce n'était pas un pigeon ni une mouette, les mouettes tu sais ça peut être dix fois pire qu'un pigeon…
-C'était quoi ?

-Moi.

-Toi ?

-Oui, ma pomme, un cauchemar, le pire que je n'ai jamais fait je crois, enfin j'en suis même sûr. Dans la famille on a toujours été un peu barjo sur les bords, mon père était dingue de maman et elle folle de lui, alors évidemment… bon, moi, ce n'est pas la peine de te faire un dessin, tu commences à me connaître, mais ils ne m'ont jamais chopé, je suis toujours en liberté, alors que mon frérot lui c'est différent, il s'est retrouvé interné pour un temps en rase campagne, au milieu des champs, dans un institut dit médicalisé, un asile quoi, appelons un chat un chat. Une année quelques jours avant Noël j'avais été lui rendre visite, il avait mis ses chaussures à l'envers et n'avait qu'une préoccupation : s'occuper des ongles de ses mains, il se les limait, les polissait sans cesse en m'écoutant, parfois il levait la tête en étendant l'éventail de ses doigts devant lui pour les contempler fièrement dans un silence assourdissant. Avant le repas du soir la neige s'est mise à tomber, enfin à dégringoler, une véritable avalanche, en peu de temps la région s'est retrouvée paralysée, un vrai bazar, le personnel de nuit ne parvenait pas à venir prendre son service et nous les visiteurs on restait tous bloqués, j'ai dormi dans la chambre de mon frère sur un lit d'appoint, il a sombré très vite assommé par les pilules. J'ai relevé un peu le volet roulant pour regarder tomber la neige comme on le faisait tous les deux quand on était gamins et puis je me suis endormi en l'écoutant respirer, c'est vraiment là que je me suis chié dessus. Un cauchemar terrible, un matin semblable à chaque matin j'avais pris position sur le siège des toilettes, je poussais, comme tout le monde, ça sortait et ça sortait, cela n'arrêtait pas, j'ai fini par me dire : « Bon sang c'est pas dieu possible ! Qu'est-ce que t'as bouffé hier ? » Et puis très vite j'ai éprouvé cette sensation bizarre, l'impression que mes forces m'abandonnaient, que tout filait dans la cuvette, je ne parvenais plus à me tenir droit, j'avais posé mes mains sur la lunette pour résister, me maintenir, mais le mal était plus profond… je continue ? Tu as le temps ?

-Vas-y Max, vas-y, pas de soucis.

-Bon désolé pour l'appétit tout à l'heure mais c'est la stricte vérité. Je n'étais plus maître de mon corps, toute ma personne partait à la dérive happée par cette putain de cuvette. A un moment mes bras ont cédé, j'ai vu mes pieds décoller du carrelage et mon corps entier se replier en accordéon comme une carte routière, je dis j'ai vu parce que je ne sentais plus rien, il me semblait que toutes mes terminaisons nerveuses avaient été déconnectées. Alors la panique m'a envahi, j'ai voulu appeler à l'aide mais ma voix de baryton n'était plus qu'un filet d'eau tiède. J'aurai pu m'évanouir, perdre conscience, mourir même, mais non, le plus terrible dans tout cela c'est que mon cerveau restait intact. « Putain ! Je me disais, tu es en train de te chier toi-même, tout ce que tu as été se désagrège et se transforme en merde ! » Il n'y avait plus que ma tête qui émergeait au niveau du siège et je sentais le faible résidu de mes forces se diluer et moi rapetisser, rapetisser à l'infini… j'ai lu par la suite que les pieuvres, les poulpes possédaient ce pouvoir de faufiler l'ensemble de leur corpulence par la plus petite des anfractuosités, un peu comme si un éléphant se cachait dans un trou de souris.

-Et après ? Tu t'es réveillé ?

-Non, je n'avais pas encore connu le pire, mais toi tu vas être en retard…

-Vas-y, ça m'intéresse.

-Tu es le premier à qui j'en parle… le pire c'est quand quelqu'un est entré dans le cabinet de toilette pour s'asseoir à ma place, tu piges ? Le pire des cauchemars, des cauchemerdes ! La personne en baissant la tête a réalisé que les chiottes n'étaient pas propres, je l'ai entendu maugréer : « putain mais c'est dégueulasse ici. », puis elle s'est à demi levée pour…

-C'était un mec ou une nana ?

-Un mec, j'étais quand même bien placé. Non ! Pas ça ! Pas la chasse ! Alors je me suis mis à hurler : NOOONNNN !!!! à me faire péter les cordes vocales, le problème c'est qu'un murmure à peine audible est sorti de ma bouche, pourtant la personne s'est immobilisée, « hein ??!! », qu'elle a dit, « qui c'est… qui ? Y'a quelqu'un ici ??!! Et là stupeur je reconnais la voix de mon frère, stupeur et soulagement, aussitôt je murmure dans un gargouillis :

« Déconne pas, c'est moi Max, Max ton frère, ne touche pas à la chasse !

-Max ??! Qu'il me dit, mais qu'est-ce que tu fous là, t'es où ?

-Dans les chiottes, dans la cuvette ! » à force de hurler comme un possédé je reprends un peu espoir, alors je vois un visage se pencher au-dessus de moi, énorme, le ciel s'obscurcit, pas de doute c'est bien mon frère, ses yeux son démesurément ouverts, sa bouche forme un O parfait duquel il sort :

« Mais comment que t'es arrivé là frérot ? Comment c'est possible ?!! »

Je réponds : « C'est possible, tu vois, je me suis chié, en entier, tout y est passé, c'est arrivé d'un coup, par surprise, c'est fou ! »

Alors j'observe son visage se transformer en une vieille pomme ridée, sa bouche grimacer et des larmes descendre lentement de ses yeux, puis il murmure :

« Fou, oui, tu l'as dit, tu vois c'est pas si compliqué que ça, y'a qu'à se laisser aller, comment tu trouves mes ongles ? Mes ongles ? Hein que j'ai de belles mains, de beaux doigts hein ? Et puis toi dans ta situation tu ne risques pas de mettre tes pompes à l'envers, hein, et puis toutes les saloperies qu'ils me font avaler, toi frérot, tu vas y échapper, d'ailleurs tu t'es déjà échappé, t'as drôlement bien fait de te chier en entier, ils ne te rattraperont jamais dans notre vie de merde. »

Et puis hop il a tiré la chasse, voilà. Tu devrais y aller maintenant, ça serait con de rater un autre gros contrat.

-Et tu l'as revu ton frère ? Tu lui en as parlé ?

-Le lendemain matin au réfectoire on a pris le café ensemble, à sa table habituelle, je ne lui ai parlé de rien, nous n'étions pas seuls, un autre pensionnaire se trouvait là, un copain à lui, le Shérif, c'est ce qu'il prétendait être et tout le monde avait fini par le croire, même le personnel médical l'appelait 'Shérif'.

-Mais après vous avez pu vous rencontrer seul à seul, tu lui as raconté ce… cauchemar ?

-Seul à seul comme tu dis, oui, une fois, mais il ne disait rien.

-Il ne voulait pas commenter ?

-C'est pas qu'il ne voulait pas Petit, on était tous les deux enfermés dans une chambre funéraire et lui du mauvais côté, allongé les mains croisées, les ongles impeccables et les chaussures à l'endroit, tout était rentré dans l'ordre. Ne sois pas désolé et tire-toi maintenant, demain je te parlerai du Shérif, son copain, il assistait à l'incinération et j'ai pu discuter avec lui. »

Le lendemain était un vendredi, à l'agence le protocole, les horaires, les tenues vestimentaires devenaient élastiques pour quelques heures, le jean était de bon ton avec l'humeur joyeuse. Jeff a insisté pour me coincer dans son bureau le temps d'un café, je n'osais toujours pas poser une semelle sur la fourrure blanche de Lulu.

« Thomas j'ai réfléchi à votre idée, Fred est absent aujourd'hui, il vaut mieux faire que laisser faire, non ? Qu'est-ce que tu en penses ?

-Pour la téléphonie ?

-Oui, S.F.R, plutôt que leur proposer *Laissez faire S.F.R*, je pense qu'il vaut mieux *S.F.Faire*, à mon avis c'est ça qu'il faut décliner, les gens sont de plus en plus méfiants à l'idée de se laisser faire, 'laisser faire' cela peut être perçu comme laissez-vous embobiner par S.F.R, laisser vous rouler dans la farine, alors que 'faire' c'est plus, comment dirai-je… c'est plus déterminatif, construit, professionnel ! La frontière entre le 'laisser faire' et le 'laisser aller' est parfois ténue dans l'esprit du client. Quelqu'un qui laisse faire c'est un branleur, quelqu'un qui fait c'est quelqu'un qui sait ! Non ?

-Euh… oui. Tout à coup une soudaine illumination m'a fait dire : alors *S.F.Faire* oui, mais pourquoi pas : *S.F.Faire – Le savoir Faire*.

-Putain Lulu ! Tu entends cela ? Pas mal, envoie un message à Fred, on y réfléchi ce week-end et on en reparle lundi. »

J'avais convenu avec Max de se retrouver au Bistrot du Cours vers midi, c'est moi qui invitais, je suis arrivé le premier, la table réservée se trouvait en terrasse et à l'ombre, du peu de choses que je connaissais de Max je me souvenais que contrairement à moi il était sensible au soleil. Je me triturais la cervelle à propos de la manière avec laquelle j'allais aborder le sujet.

Ce matin j'avais refait le même trajet que la veille, le pigeon en moins, le même bonheur. J'ai dû laisser passer deux rames pour l'atteindre, la troisième était la bonne, elle s'y est engouffrée avec légèreté et détermination, toujours cet improbable dosage qui retenait plus que mon attention. Je suis monté derrière elle et j'ai joué des coudes pour me plaquer le dos au côté opposé des portes, ainsi mon regard ne pouvait se porter que dans sa direction, ses cheveux noirs tirés en arrière, son jean étroit et court qui laissait apparaître une cheville bronzée au-dessus d'une paire de tennis rouge et blanc presque assortis à son habituel sac de sport. C'est sa main accrochée à la barre centrale qui a le plus retenu mon attention, ses doigts étaient longs et fins, ils ne portaient aucun bijou.

Max se faisait attendre, comment peut-on tomber amoureux de quelqu'un que l'on a fait que croiser ? A qui l'on n'a jamais adressé la parole ? Quelqu'un dont on ne sait rien ?

Voilà ! J'avais mon entrée en matière ! A peine s'était-il assis que j'ai mis l'affaire sur les rails.

« Mon premier est quelqu'un dont on ne sait rien…

-Mmouais… y'a du boulot, on ne sait jamais rien des gens même quand on les connait parfaitement, et mon deuxième c'est quoi ?

-Euh…, mon deuxième ? Euh…, y'a pas, y'a pas de deuxième. Mais mon tout est un service que j'ai à te demander.

-Ah, tu parles d'une charade ! Quel genre de service ?

-Pas compliqué, rester dans le métro, ne pas descendre avec moi à Saint-Germain-Des-Prés.

-Ah ? Et où veux-tu que je descende ?

-Je ne sais pas, c'est toi qui me le diras.

-Le terminus de la Quatre c'est la mairie de Montrouge, qu'est-ce que tu veux que j'aille foutre là-bas ?

-Tu descendras sûrement avant. »

Nos deux demis sont arrivés, la terrasse s'était remplie en quelques minutes et les tables voisines maintenant occupées, j'ai rapproché ma chaise, le buste penché vers lui je lui ai demandé sur le ton de la confidence :

« Tu te souviens l'autre jour de ton speech qui a amusé une partie du wagon…

-Quel speech ?

-Au sujet de l'amour, cette maladie grave, les gens qui se font incinérer pour ne pas avoir à se retourner dans leur tombe, l'amour sauvé par l'adultère… le point de départ c'était l'amour d'une inconnue, et bien ce n'était pas une boutade, je suis tombé amoureux d'une jeune femme qui prend souvent le métro avec nous, elle monte à Château Rouge, je ne sais rien d'elle, elle porte en bandoulière un sac de sport rouge et se déplace d'une manière magique…

-Magique !? C'est sûrement une fée !

-Peut-être bien, c'est la première chose chez elle qui a attiré mon regard. Voilà Max, j'aimerais savoir où elle descend.

-C'est tout ?

-Oui, après c'est toi qui vois.

-Moi qui vois... moi qui vois, quitte à descendre derrière elle autant la suivre un petit peu, non ? Elle doit bien aller bosser quelque part, c'est un boulot de flic, de détective que tu me demandes. »

Les mots qu'il venait d'employer me perturbaient, je les trouvais indignes de l'image que je me faisais d'elle, je ne voulais surtout pas qu'elle se sente suivie par quelqu'un en compagnie de qui elle aurait pu me remarquer. J'ai fini par lui dire :

« Si tu es d'accord on se retrouve lundi sur le quai de Château Rouge à huit heure quinze, en général elle arrive avant la demi...

-Je suis d'accord Petit, mais pourquoi tu ne le fais pas toi-même ? Tu ne crains quand même pas d'arriver en retard ?

-Non, ce n'est pas la question, mais j'ai peur.

-Peur de quoi ?

-D'être maladroit, tout cela est trop joli dans ma tête, je ne veux rien gâcher, j'ai peur d'abîmer une partie du futur... »

GARE DU NORD

En fin de repas la conversation est revenue sur le Shérif, manifestement le sujet le passionnait plus que mon histoire.

Ils s'étaient donc revus à l'occasion de la cérémonie funéraire après laquelle Max devait repasser par l'établissement pour mettre à jour des documents administratifs et récupérer quelques affaires appartenant à son frère.

« Tu comprends, m'a expliqué Max, j'avais vraiment envie d'en savoir davantage sur lui et peut-être aussi d'en apprendre encore sur mon frère, c'était quand même son meilleur copain. Alors je l'ai joué cash, je lui ai demandé si pour lui il y avait un problème à ce que j'enregistre notre conversation, je me trimballe toujours avec ça dans ma poche. »

Max avait déposé sur la nappe en papier un petit dictaphone numérique, j'ai questionné aussitôt :

« Et moi, tu m'as enregistré ?

-Non, c'est très très rare que j'enregistre des conversations, ce ne sont quasiment que des bruits, des ambiances, la rue, la pluie, les oiseaux, le métro, une salle de restaurant… d'ailleurs tu pourras vérifier, je te le confie pour le week-end, fais gaffe ! J'y tiens ! Je n'ai pas fait de sauvegarde, tu ne mets rien à la poubelle, la plage du Shérif a le numéro dix-sept, c'est assez long, une bonne heure, le mieux c'est de l'écouter dans le noir, enfin, j'te dis ça… c'est un conseil. Une dernière chose, avant de mettre le bidule en route nous avons un peu parlé, forcément, figure toi que ce type avant enseignait le français dans un collège de banlieue, j'étais déjà chez les fous, qu'il disait, mais les fous furieux ! »

Samedi en fin d'après-midi je me suis longuement baladé dans le quartier du Château Rouge, j'ai dîné ensuite à la terrasse d'une pizzeria, derrière une vitre contrairement à mon habitude, le nez dans la rue à détailler les passants.

De retour à l'appartement, assis dans le fauteuil du salon, j'ai laissé l'heure d'été nous plonger lentement tous les trois dans l'obscurité en écoutant cette mystérieuse plage numéro dix-sept.

« Et vous, qu'est-ce que vous faites dans la vie ?
-Moi, cela doit vous sembler bizarre, mais comme vous l'avez sans doute déjà entendu… je suis Shérif.
-Shérif ?
-Oui, dans ma tête, je suis le Shérif de Spincity, c'est une ville perdue dans le Colorado, au beau milieu du désert pour tout dire, vous je ne sais pas ce qui se passe dans votre tête, peut-être que vous êtes chirurgien au cœur de la jungle ou bien commissaire de police sur une île sans bateaux… vous voulez savoir ce qui se passe à Spincity ?
-Pourquoi une île sans bateaux ?
-Parce que cela facilite les enquêtes, personne ne peut s'échapper, il n'y a pas de courses poursuites…
-Comme dans le Colorado, il y a des courses poursuite dans le Colorado, on en a vu des films !
-Oui, les films, mais dans ma tête, dans ma tête à moi le compteur de ma vieille Dodge ne s'emballe jamais.
-Ah bon, y'a pas de voleur à Spincity ?
-Non.
-Alors à quoi ça sert un Shérif ?
-Bonne question, il n'y a pas de voleur, que des branleurs, les gens ne branlent rien, trop cons ou fainéants pour voler, alors moi je patrouille tranquille, la radio grésille un peu, je pense que c'est à

cause de la poussière, cette satanée poussière que le vent amène partout, et puis j'aime bien patrouiller la vitre ouverte, le bras à la portière, cool, la clim me donne des angines. Le rôle d'un Shérif c'est de veiller à ce que les gens ne fassent pas les cons, qu'ils n'aillent pas trop loin, Spincity est une ville où il ne faut jamais aller trop loin, vous voyez ce que je veux dire ?

-Pas très loin dans quel sens ?

-Dans le sens de la marche, droit devant, vers l'est, il n'y a qu'une route qui traverse la ville, les habitants venue s'établir arrivent de l'ouest, côté Pacifique, pourquoi ils ont quitté les bords de l'océan je n'en sais foutre rien, chacun a ses raisons, et puis cela ne me regarde pas, ce qui m'intéresse c'est qu'ils se sentent bien dans cette ville, qu'ils y restent, alors tout est fait pour qu'ils n'aillent pas voir ailleurs, si l'herbe est plus verte comme on dit, de toute manière c'est vite vu, il n'y a pas d'herbe dans ce coin du désert, que des cailloux, mais ça n'empêche pas…, mais…, ça n'empêche pas…

-ça n'empêche pas quoi ?

-Que les gens un jour, un jour où une nuit d'ailleurs, cela se passe souvent la nuit, c'est plus spectaculaire, que les gens quittent la ville par la route du mauvais côté, je suis souvent en embuscade dans une petite ruelle entre le Général Store et la station Texaco, je les vois passer et d'instinct je flaire ceux à qui je vais devoir filer le train. Hier par exemple…

-Hier ?!

-Euh, non pas hier, y'a une semaine, une bonne semaine, oui, j'en entends une s'amener musique à fond, une vieille Chevrolet Impala cabriolet, un modèle rare, le type porte un Stetson sur le crâne et tient une bière à la main, moi je ne suis pas du genre sirènes et gyrophares à plein tube, je me porte à sa hauteur, je baisse la vitre côté passager et par signes je lui demande de se ranger, vous savez ce qu'il me dit ?

-Bah, non…

-Oui bah non, évidemment, vous ne pouvez pas savoir, il me dit à moi, le Shérif, « va chier ! » Quoi !!! Je réponds du coup en déclenchant sirènes et tout le tintouin, quoi !!! Alors le mec hurle : « va chier connard !!! », en prime il me balance sa Budweiser dans la Dodge ! Et il accélère le con, à fond, et ça le fait rigoler ce con de branleur, c'est plutôt moi qui rigole derrière son cul, la caisse a une plaque du Tennessee, jamais vu sa tronche, après l'éolienne de la ferme Bradley il y a un carré de pastèques et après… après il lui reste exactement deux miles à vivre, un mile de bitume, l'autre en terre battue, et après olé ! Bienvenue chez Job ! Vous ne connaissez pas Job ? Non, forcément, comment vous le connaitriez, vous êtes croyant ? Question indiscrète hein ?

-Non, pas plus que ça…

-Ne vous sentez pas obligé de répondre, cela n'a aucune importance, je vous demande cela parce que Job c'est comme qui dirait à la fois le diable et le bon dieu, moi je trouve que c'est le portier, c'est lui qui est au guichet de l'enfer et du paradis, tout ça c'est la même chose, lui il ramasse les morceaux. Job c'est le type qui habite au fond du cayon, il fait deux choses, deux choses ce n'est pas beaucoup mais il les fait très, très bien, il cultive des rosiers, les plus belles roses de tout l'ouest américain et il lit les grands auteurs, littérature j'entends et français de préférence. Un jour un type de Paris s'est écrasé au fond du cayon, il avait une cargaison de bouquins dans le coffre de sa bagnole et une blonde à poil à ses côtés, bien roulée, un beau morceau. Job a toujours pensé qu'il devait être en train de l'astiquer quand la route s'est arrêtée, car la route s'arrête, pile, net ! Sans préavis, deux cents mètres d'abrupt avant de toucher le fond. Vous avez vu le film Thelma et Louise ?

-Oui, plusieurs fois.

-Ah ! Alors vous allez comprendre, la dernière scène quand elles décident de foncer dans le Grand Cayon avec toute la meute de flics à leurs trousses, la décapotable quelques secondes en apesanteur, un des enjoliveurs qui flotte dans l'air, tout cela on le connait par cœur…

-Mais…

-Mais ?

-Mais qu'est-ce qu'il fait au juste Job ?

-Ce qu'il fait, mais bon dieu personne ne se le demande et personne ne le lui a jamais demandé, Job, il fait le job. Personne ne sait quand ni comment il est arrivé là, il vit à moins d'un demi mile de la zone de crash, vaut mieux. Certains ont prétendu qu'il était anthropophage, moi je n'y ai jamais cru, les cadavres il les enterre et sur chacun d'entre eux il plante une bouture de rosier. D'autres ont entretenu la rumeur de rapports sexuels avec les morts, je n'y ai jamais accordé crédit non plus, tout cela à cause d'un livre qui soi-disant ne quittait pas son chevet, l'histoire d'une dénommée Thérèse Raquin écrite par un type qui se faisait appeler Zola, drôle de nom, pas très sérieux. Dans ce bouquin il est question de cadavres et il est paraît-il écrit que : '…ils apprenaient le vice à l'école de la mort. C'est à la morgue que les jeunes voyous ont leur première maîtresse…' Job n'a rien à voir avec cela, c'est quand même moi qui le connais le mieux, je suis le seul à lui rendre visite, deux heures de marche aller, la même chose au retour dans la pierraille et toutes sortes de serpents, jamais je n'ai remarqué quelque chose d'anormal ni de répréhensible. La chance qu'il a c'est le point d'eau, un vieux puit indien dissimulé derrière des rochers probablement roulés, tout le reste tombe du ciel, une bonne vingtaine dans l'année, pratiquement toujours au même endroit, tout dépend de la vitesse. C'est très rare qu'il y ait des blessés, les gens sont tués sur le coup, s'ils agonisent cela ne dure pas très longtemps, Job ne se déplace que lorsqu'il est sûr que plus rien ne bouge, ou alors les gens brûlent, l'hiver dernier une Chrysler avec deux couples à bord complètement beurrés s'est crashée et enflammée juste en haut de la pile, le feu s'est propagé à toutes les carcasses, un foyer terrible, en ville les gens se sont mis aux fenêtres ou sur leurs terrasses, c'était un peu comme si le soleil, vers l'est, se levait avec de l'avance, le journal a même parlé d'une fausse aurore boréale… et vous ? Vous aimez lire ?

   -Oui, beaucoup.

   -Quel genre ? Des livres de branleurs ou des trucs qu'il faut se taper quatre, cinq fois avant d'essayer de comprendre quelque chose jusqu'au jour où à la télé un mec avec une barbe de huit jours vous explique que non, ce n'est pas ça, vous n'avez rien compris, sous-entendu vous êtes un con, moi j'aime les livres de branleurs, et vous alors quel genre ?

   -Du genre à lire de tout, voilà.

-La dernière fois que j'ai rendu visite à Job il avait terminé un livre écrit par Stendhal, un titre assez simple en deux couleurs, pas compliqué, le Rouge et Le Noir, un truc triste paraît-il, qui finissait mal, la tête tranchée, Job avait l'œil humide quand il m'en a parlé, il a voulu me le prêter, enfin me le donner, mais bon je suis quand même Shérif, je ne veux pas me retrouver dans la peau d'un receleur et puis je sens que ce bouquin m'aurait emmerdé, Stendhal ça n'a pas l'air d'être un nom de branleur non ? Zola par contre oui, ça fait un peu zozo sur les bords vous ne trouvez pas ? Vous ne m'avez toujours pas dit ce que vous lisez en ce moment ?

-En ce moment je lis le journal, tous les jours, c'est par période.

-Excellent le journal, très bon roman, une véritable mine d'or, peu importe lequel, ils racontent tous la même chose, dans une langue différente et nous prennent pour des cons, mais des cons payants !

-Euh…hé… à propos de journal, il doit bien y avoir un journal à Spincity ?

- Affirmatif, même que j'y suis souvent en photo, le pasteur, le maire, l'équipe de base-ball et ma tronche, on est les quatre têtes d'affiche. Pour le titre ils ne se sont pas trop cassé le cul : City Morning, ça marche, pas mal même.

-Et… ils en parlent ?

-De quoi ?

-Du cayon, de la route qui s'arrête, des disparus, des morts…

-Non, jamais, jamais lu une seule ligne là-dessus.

-Mais enfin tous ces gens qui s'évaporent sans raison il doit bien y avoir des enquêtes non ?

-Pffeeet… Des enquêtes ! Vous savez dans ce pays il y a des milliers et des milliers de gens qui disparaissent chaque année sans laisser de traces ni d'adresses, des milliers que l'on ne retrouve pas, dans ce pays comme dans tous les autres d'ailleurs, alors là, deux petites douzaines par an, c'est peanuts.

-Enfin oui, mais là, toujours au même endroit, dans la même région cela doit finir par interpeller ? Vous, vous êtes le Shérif, on doit bien venir vous poser des questions de temps en temps ?

-Jamais, jamais je vous dis… les gens dans la rue parlent du temps, de la chaleur, des tornades et des résultats sportifs, et puis cela fait un bail que l'on a vu un journaliste se pointer à Spincity, je … je crois même que le dernier de passage a filé vers l'est, vers… vous m'avez compris…

-Le canyon ?

-Je n'en suis pas certain, mais bon, une voiture qui file vers l'est et que l'on ne revoit pas repasser dans l'autre sens…

-Dites, y'a quand même un truc bizarre…

-Bizarre ! ça oui ! Tout ! Tout est bizarre dans cette affaire, le plus bizarre du bizarre c'est quoi pour vous ?

-Job, celui que vous appelez Job, il vit de quoi ? Il faut bien qu'il mange Job, et Job, c'est son vrai nom Job ? Job comment ? Vous le savez, vous ?

-Rien, la première fois que l'on s'est rencontré il m'a dit : « moi c'est Job. » et l'on en est resté là. Pour le reste, la bouffe, vous le verriez, il est enflé comme une ablette. C'est un démerdard, je sais qu'il a un coq et quelques poules qui lui sont tombés du ciel, il a bricolé un poulailler dans une Jeep Grand Cherokee pas trop ratatinée, il ramasse régulièrement des œufs et de temps en temps il doit en laisser une couver pour assure la descendance…

-Mais les poules, il faut bien qu'elles picorent quelque chose… ?

-Mmm, Mmm, oui et non, le problème ce sont les serpents, il ne faut pas qu'elles se fassent picorer comme vous dites par ces putains de serpents, alors il a eu l'idée de creuser autour du poulailler des petites douves dans lesquelles il déverse régulièrement de l'huile moteur et du pétrole. Pour le reste il récupère un tas de trucs dans les bagnoles, c'est fou ce que les gens peuvent trimballer quand ils filent vers l'est, tous n'ont pas en tête l'idée de traverser le désert mais tous ont quand même avec eux un certain nombre de provisions et puis il y a l'eau, le plus important. Bon, c'est vrai que les bestioles sont un peu maigrichonnes mais il fait de son mieux, à côté de la roseraie il s'est éreinté à faire pousser un carré de céréales avec des graines de récupération, tout est mélangé, blé, avoine, maïs, surtout maïs et ma foi il se démerde pas mal, mieux que tous ces branleurs de la ville avec leur arrosage automatique.

-Mais vous, quand vous lui rendez visite, vous lui apportez des trucs ?

-Jamais rien, d'ailleurs il ne me demande rien, il se débrouille avec tout ce qui tombe de là-haut, qu'est-ce que vous voulez que je lui amène ?

-Des médicaments par exemple.

-Des médicaments ! Mais il n'est jamais malade, y'a pas de médecin ! C'est à cause des médecins que les gens sont malades, vous supprimez les médecins vous guérissez aussitôt les neuf dixièmes des gens malades.

-Et vous allez le voir combien de fois par an ?

-C'est important ?

-Non, j'essaye de comprendre, si vous ne lui amenez rien et si vous ne ramenez rien...

-Tttttt, Tttttt… Je n'ai jamais dit que je ne ramenais rien.

-Si, tout à l'heure vous m'avez dit que vous ne ramèneriez pas un bouquin qu'il vous aurait prêté, prêté, un simple bouquin.

-Oui, un bouquin cela n'a rien à voir avec mon boulot de Shérif.

-Alors, qu'est-ce qui a à voir ?

-Hmm, Hmm… vous êtes du genre têtu vous, mais au moins vous écoutez ce que l'on vous dit, on ne parle pas dans le vide. Ce qu'il y a à voir c'est un truc, un simple truc.

-Un truc ?

-Oui, les plaques.

-les plaques d'immatriculation ?

-Parfaitement, c'est la seule et unique chose que je demande à Job, me récupérer les plaques, quand il peut, j'ai quand même un métier bon sang ! Il faut que j'assure !

-Vous en faites quoi des plaques,

-Jusqu'à présent rien, elles s'entassent dans mon armoire vestiaire, tout en bas sous ma deuxième paire de rangers, encore une fois c'est mon métier, je ne dois pas être pris au dépourvu, on ne sait jamais, il ne faut pas avoir l'air de tomber des nues, je dis bien avoir l'air hein, on sait bien que jamais personne ne tombe vraiment des nues, vous votre métier c'est quoi ?

-Tout à l'heure, je vous le dirai tout à l'heure, c'est vraiment sans intérêt à côté de tout ce que vous me dites...

-Qu'est-ce que je vous dis, qu'est-ce que je vous raconte, une histoire de fou, hein ? C'est ce que vous pensez ?

-Je...

-Si, si, fou, c'est mon métier, si je suis enfermé ici c'est à cause d'une histoire d'amour, tout ce que je viens de vous raconter je l'ai expliqué un jour à une jeune femme dans un café, elle m'a écouté et le lendemain nous nous sommes revus, au même endroit à la même heure, elle était prête à descendre dans le canyon avec moi, ce jour-là j'avais volé une rose dans un jardin puis je m'étais rendu au kiosque de la gare pour y acheter le New York Time, j'avais roulé la fleur à l'intérieur, je lui ai dit que c'était de la part de Job, que je lui avais demandé qu'elle était sa plus belle rose et que comme il ne voulait pas se prononcer j'avais choisi pour lui, qu'il avait fait un peu la moue pour finir par accepter en me disant : « bon, si c'est vraiment votre choix Shérif, mais elle est très belle, c'est pour qui ? ». Je lui ai répondu que... que c'était pour une personne qui était également très... enfin, qui... qui avait beaucoup de charme, voilà.

-Et alors, cette jeune femme ? C'est quand même drôle cette histoire !

-Drôle ! Vous trouvez ça drôle ces voitures qui finissent écrasées au fond d'un canyon, ces gens qui meurent, qui disparaissent, qui laissent derrière eux des orphelins.

-Drôle non, plutôt excitant, non plus, pas excitant, énigmatique voilà, cette histoire est une énigme, c'est vous qui l'avez inventée ?

-On n'invente jamais rien, on trouve ! Écoutez-moi bien maintenant, autrement vous allez finir par ne plus rien comprendre, cette rose que j'ai volée dans un jardin, cette rose prétendument offerte par Job, il a fini par m'expliquer pourquoi il était si réticent à la voir partir, cette fleur avait une histoire, une histoire d'amour. Comment vous trouvez mon blouson ?

-Pas mal, un vieux blouson.

-Oui, il a pas mal bourlingué, regardez, vous voyez là la poche intérieure ? Là, sur la gauche, regardez cette enveloppe, elle n'a pas *bonne mine hein ? J'ai été obligé de la rafistoler avec du scotch, cela fait longtemps que je la trimballe avec moi, partout, elle ne me quitte jamais, c'est Job qui me l'a donnée, il m'a dit qu'elle allait avec la rose, que cette rose avait poussé sur la sépulture d'un couple, il avait trouvé cette enveloppe dissimulée dans la doublure de la veste de l'homme.*

-Vous l'avez lue ?

-Une fois, je l'ai apprise par cœur, je peux vous la réciter les yeux fermés, écoutez : Ceci n'est pas une lettre d'amour, avoir l'audace d'écrire ces mots, les voir naître sous ma propre main aide à soulager une conscience sujette à beaucoup de confusion, l'idée qu'un jour votre regard puisse se poser sur eux suffit à entretenir dans mon esprit le bonheur simple de penser à vous secrètement ; ceci est l'inattendue conséquence d'une inévitable collision. De ce jour j'ai cessé de me croire définitivement invulnérable, les battements de mon cœur me suggèrent que c'est à la fois fou et rassurant, je les écoute rarement, pourtant aujourd'hui j'ai laissé cette folie se rapprocher de moi, comme un oiseau sauvage mais curieux, j'ai pris garde de ne commettre aucun geste brusque de peur qu'elle ne s'enfuit, c'est elle qui m'a apprivoisé et fini par me faire comprendre qu'accepter de vivre dans un monde non définitif avait quelque chose de rassurant.

Une silhouette, un regard, un sourire et une voix, voilà le commencement d'un nouveau monde.

Rien ne semblait prémédité, nous ne faisions que passer, et pourtant ces matins d'été il m'arrive de guetter le chant du premier oiseau, des profondeurs de mes rêves il remonte à la surface de l'aube tel un pêcheur de perles rares apportant avec lui l'incertaine promesse d'une nouvelle rencontre fortuite.

Voilà, c'est tout.

GARE DE L'EST

Lundi matin Max dit Le Ferrailleur m'attendait comme convenu sur le quai de Château Rouge, il avait déjà acheté son journal et paraissait un peu plus réveillé que d'habitude. Comme les jours précédents j'avais effectué le trajet à pieds. Les rames se succédaient et nous laissaient quelques secondes esseulés sur le quai.

« C'est peut -être son jour de congé ? s'est hasardé Max.

-Regarde ! C'est elle qui vient d'arriver, à côté du type qui traîne la valise verte, tu vois ?

-Bien sûr que je vois, tu aimes les brunes ? »

Nous sommes montés dans le même wagon par deux entrées différentes, Max parcourait des confettis d'informations sur son journal replié en quatre, de temps à autre levait les yeux pour balayer la scène d'un regard circulaire. Le scénario devait l'amuser. Je suis descendu à Saint-Germain-Des-Prés comme un automate mais le cœur serein, la princesse de Château Rouge serait un peu moins une énigm dans quelques heures.

« Fred je te présente Lulu, Thomas a déjà fait sa connaissance, café ? Pour tous les deux ? »

J'ai fait oui de la tête, Fred s'est accroupi pour passer sa main dans la tignasse de l'ours et a répondu : « Oui s'il te plait, idem pour moi, j'ai mal dormi cette nuit, j'ai eu une idée.

-ça tombe bien moi aussi, a répondu Jeff, heureusement que l'on a des idées sinon on passerait notre temps à dormir, n'oublions jamais les mecs que nous sommes une boite d'idées, alors c'est une bonne idée de ta part d'avoir eu une idée, la semaine commence bien, c'était quoi ton idée ? »

Fred m'a lancé un long regard résigné doublé d'une moue sur la commissure des lèvres qui signifiait : il est encore de mauvaise humeur, puis il a demandé :

« Non, non, toi d'abord.

-Moi d'abord, okay moussaillons, préparez-vous à embarquer, cette année le repas de fin d'exercice se passera sur l'eau, sur l'eau mais à quai, on va privatiser une péniche, alors, c'était quoi ton idée ? Quelque chose qui ne risque pas de tomber à l'eau j'espère ?

-Je ne pense qu'à ça.

-Oui, bien, nous aussi, on peut te donner un coup de main. »

La machine à café s'était tue, un silence s'est installé, vite rompu par Jeff.

« Je vous laisse vous servir en sucre, bon, tu ne penses qu'à ça, mais encore ?

-A ça.

-A ça quoi ?

-Aux assurances.

-Aux assurances ! Tu veux jouer dans la cour des grands, y'a du monde ! Remarquez bien que sur le principe je n'ai rien contre, mais ! T'es au courant Thomas ? Comme je tombais des nues il a repris : écoutez-moi bien, moi aussi je ne pense qu'à ça, me siffler tous les grands crus classés du bordelais, me tringler tous les plus jolis culs de Paris, je ne pense qu'à ça ! Vrai ! Mais s'il y a bien une chose sur laquelle je n'ai jamais fantasmé ce sont les compagnies d'assurances. Verrouillé les mecs ! Verrouillé de chez verrouillé, allez faire dégorger vos neurones ailleurs, vous pouvez danser nus pendant des nuits et des jours sur le capot de leur Rolls Royce elles ne vous regarderont même pas, on n'est pas dans les biscuits ou la téléphonie. Hein mon Lulu ! Avant de le dépecer il faut le tuer, mais pour pouvoir le tuer encore faut-il l'apercevoir, ces gens-là sont invisibles, c'est le monde de LA BANQUE ! Souterrain, obscure, ils sortent tous de leurs putains de grandes écoles et ne fonctionnent qu'au carnet d'adresses, ce n'est plus l'homme qu'a vu l'homme qu'a vu l'ours, c'est le frère du cousin de Pierre-Alexandre dont la mère s'est remariée avec le big boss de International blablabla, lui-même copain comme vison avec son voisin de l'avenue Foch, expert en lobbying et number two de World Invest Consulting, qui d'ailleurs peut t'avoir une Aston Martin à prix coûtant et par-dessus le marché, oui c'est une secte où ils sont tous par-dessus, à l'oreille du conseil d'administration de Trucmuche Business…voilà, eux ils sont par-dessus et nous par-dessous, vous le saviez déjà mais c'est bon de le rappeler, ils prennent le même tire-fesses à Courchevel et boivent le même champagne à Bonifacio, c'est quoi ton idée Fred ?

-Euh, oui, on est bien d'accord, mais je ne pense toujours qu'à ça.

-Et bien vas te branler dans les chiottes coco, si tu ne penses qu'à ça, c'est quoi ton idée à la fin !

-Mon idée les mecs c'est je ne pense qu'AXA.

-Génial !!! Avait explosé Jeff, génial ! Cela a beau n'être qu'un jeu de mots, c'est simple, c'est clair. Assurances ? Il, elle, nous ne pensons qu'AXA ! Belle idée, on peut tenter, on va tenter, tu as le feu vert pour aller planter la graine chez les artistes du marketing, je vais leur dire moi, mes cocos pendant une semaine vous ne pensez qu'AXA. »

Le Ferrailleur m'attendait à l'heure et à l'endroit habituel.
« Si la mission continue et si tu m'invites tous les jours au resto cela risque de te coûter cher Petit.

-Alors ?

-C'est vrai qu'elle a une démarche particulière, je comprends que cela ne laisse pas insensible, au premier abord, mais attention, hein, ce n'est que l'emballage… faut voir le moteur…

-Elle est descendue où ?

-Pas loin, j'ai bien fait de ne pas emmener de casse-dalle, cela fait trois plombes que je zone dans le quartier.

-Mais c'était où ?

-La station d'après, Saint-Placide, tu vois.

-Saint Placide ! Mais alors on est presque voisin !

-Si l'on peut dire.

-Et… tu l'as suivie un peu ?

-Oui, je sais, après tu m'as dit c'est toi qui vois, mais cela m'a tellement surpris, c'était si rapide, moi je m'attendais à dérouler quatre, cinq stations au minimum, là elle s'est envolée d'un coup, sans signe avant-coureur, comme un oiseau, si je m'étais précipité derrière elle cela aurait pu paraître bizarre, non ?

-Oui, sûrement, je… je suis désolé Max, enfin non, un peu confus plutôt, est ce que demain mardi tu pourrais…

-Oui ! Te fatigues pas ! Je vais le faire, pas pour le resto, cela m'amuse, me rajeunit, d'ailleurs demain c'est moi qui invite. »

En début de repas je lui ai remis le dictaphone qu'il m'avait confié. Cette fameuse plage numéro dix-sept je l'ai bien écoutée en intégralité au moins à quatre reprises durant le week-end, également de manière hachée, par petits bouts, au hasard, je m'étais également aventuré sur d'autres enregistrements, certains anodins, on se serait cru dans un film, une salle de restaurant, un hall d'aéroport bercé d'annonces sirupeuses. Certaines séquences avec un caractère beaucoup plus intime ont voilé de honte ma curiosité, l'une d'entre elles, je m'en suis rendu compte par la suite grâce au bref commentaire rajouté par Max, restituait les derniers instants d'une personne qui disait adieux à la vie, une respiration rauque et désordonnée, des gémissements étouffés, des brides de mots inaudibles engluées dans une voix pâteuse et pour finir, après un long silence, Max qui rajoutait l'élocution nouée dans un sanglot : « adieu, maman. »

J'avais aussi et surtout recopié, de bout en bout, sous forme de dictée, la fameuse lettre que le Shérif lui avait récitée par cœur, celle qui commençait ainsi : *'Ceci n'est pas une lettre d'amour…'*.

Je m'étais principalement mis en tête le projet de faire la connaissance de ce mystérieux Shérif qui avait proclamé : « *si je suis enfermé ici c'est à cause d'une histoire d'amour…* ». Les fous, les personnes atypiques avaient souvent suscité de l'intérêt chez moi, ma relation avec Max le Ferrailleur en était un exemple, en posant le dictaphone devant lui j'ai demandé :

« J'ai mis des piles neuves, deux, et… j'aimerais bien faire sa connaissance, tu crois que c'est possible ?

-La connaissance de qui ?

-Job, n'en parlons pas, encore que, il doit bien exister sous une forme ou une autre, mais le Shérif Max, ce Shérif m'intéresse, tu crois que je pourrai le rencontrer ?

-Bof, tu sais moi, depuis que le frérot nous a dit bye bye je n'ai plus maintenant aucune raison de me pointer là-bas, mais oui, tu peux y aller comme ça, ils ont droit à des visites, je ne me souviens plus de son nom, son prénom c'est Philibert, ça c'est sûr, mais si tu demandes le Shérif tout le monde comprendra, s'il est encore là. Y'a quelque chose qui t'intrigue ?

-Oui, une forme de pressentiment, tu sais sur quoi on tombe quand on tape Spincity sur un moteur de recherche ?

-Tu as essayé ?

-Oui, on tombe sur une série télévisée américaine de la fin du siècle dernier, aucune ville au monde ne s'appelle Spincity.

-Tu te trompes Petit, il peut arriver qu'il ne faille pas croire ce que l'on voit, ce que l'on entend ou ce que l'on lit, regarde cette lettre dont il parle, qui commence par *'Ceci n'est pas une lettre d'amour…'* et pourtant tu conviendras avec moi que cela en est bien une de lettre d'amour, et une belle, cela me fait penser à Magritte le peintre surréaliste, tu connais ?

-Un peintre belge

-Exactement, oui, un belge, on se fout toujours de la gueule des belges, je ne sais pas pourquoi. Magritte a peint une pipe sur un tableau célèbre, rien qu'une pipe avec en dessous cette légende tout aussi célèbre : *ceci n'est pas une pipe*. Tu vois c'est pareil. Alors quand Google te dis qu'il n'y a pas de Spincity c'est la même chose aussi. »

La lettre était dans ma poche, elle me suivait partout, docilement, nous nous étions en quelque sorte apprivoisés, il m'arrivait souvent de la déplier, non pas pour la lire mais pour la contempler, jusqu'au jour où j'ai fini par me rendre compte que je la connaissais vraiment par cœur et capable de la réciter les yeux fermés, alors je l'ai enfermée dans une enveloppe bardée d'adhésif invisible, j'étais rassuré, protégé, personne d'autre que moi ne pourrait en prendre connaissance, un trésor m'accompagnait dans chacun de mes déplacements. J'avais par ailleurs pris l'habitude de noter au crayon à papier sur l'enveloppe le nom des endroits, les rues, les stations de métro, les lieux divers, les restaurants, les squares où je me trouvais.

Mardi midi, comme promis c'est Max qui invitait, il était d'humeur débonnaire et c'était peine perdue pour moi de le dissuader de commander du vin.
« Ta souris Petit c'est pas compliqué, comme hier elle est descendue à Saint Placide, elle traverse le Boulevard Raspail en direction du Luxembourg et tourne à droite dans la rue Jean Bart, et là…pas mal ce pinard, les italiens quand même, on a beau dire…
-Là ?
-Là au numéro 61 elle tapote sur un digicode et s'engouffre dans l'immeuble par une porte en bois bleu marine, il y a des géraniums aux fenêtres du bas, elle y va franco, sans hésitation, elle connaît le chemin.
-Et après ?

-Après, plus de son ni d'image, j'ai attendu un peu, tourné dans le quartier et je suis revenu à pinces. Ah si, important, j'ai quand même noté : pas de bureau ni de société dans l'immeuble, profession libérale non plus, je doute que ce soit son lieu de travail. »

Un silence est tombé sur la table pendant que nous attendions nos plats, le nez régulièrement plongé dans mon verre de vin j'essayais de dissimuler l'énorme et stupide bouffée d'angoisse qui s'était emparée de moi. Le Ferrailleur n'était pas dupe des efforts que j'accomplissais pour faire taire ce trouble, il jouait avec les brides anodines et désuètes de ma conversation comme un chat l'aurait fait avec une souris, puis le coup de patte décisif, acéré, est survenu :
« Tu sais à quoi je pense ?
-Non ?
-A la même chose que toi.
-Ah ? Alors t'es doué.
-Bof, doué, la vie m'a appris à être doué pour certaines choses. Ce n'est pas là qu'elle habite, bon, alors tu penses qu'elle se fait sauter dans la garçonnière de son amant, non ? »
J'ai souri béatement à sa réflexion et je me suis mis à détester tout ce qui nous entourait, lui avec.

Le Ferrailleur a filé quinze jours dans les Vosges, les vendanges, c'était son pèlerinage annuel.

Le week-end suivant je suis allé voir à quoi ressemblait l'adresse qu'il m'avait indiquée, ensuite dans la semaine je m'étais mis en tête de remonter à la source, savoir où elle habitait. Plutôt que d'attendre sur le quai je me positionnais à l'extérieur avec la plus large vue possible sur l'ensemble des accès menant à l'entrée de la station. Le quatrième jour, un jeudi, j'ai aperçu sa silhouette, cette démarche si particulière, ce sac de sport en étendard, quitter le bas de la rue Poulet pour se diriger droit vers moi. Mon cœur battait plus fort, incroyable, je n'avais rarement connu quelque chose d'aussi étrange, déstabilisant.

Au retour de Max nous avons repris l'habitude du petit noir avant de nous engouffrer dans nos tunnels quotidiens respectifs, moi les délires de Jeff et lui le décorticage du journal, il ne laissait rien.
 « Si ça se trouve, elle lit le même canard, tu pourrais passer une annonce, ça se fait, y'a une rubrique *entre nous*, tu pourrais mettre : *Ligne 4, vous : princesse Château Rouge sac de sport, cheveux noirs, regard échangé, moi, admiratif, horreur de la drague, quelque chose à vous dire : enigme.ligne4@gmail.com*
 Ça marche tu sais, pas uniquement pour le tiroir-caisse du journal.
 -Je sais où elle habite Max.
 -Petit !!!
 -Rue Doudeauville, à trois cents mètres de la station.
 -Tu l'as suivie ?
 -Non, j'aurai pu mais je me sens trop mal à l'aise dans la peau d'un prédateur, c'est comme ça…
 -Prédateur, prédateur… c'est vite dit ;
 -Oui, peut-être, mais non, le hasard Max, le plus grand des hasards, le plus généreux, Jeff mon boss répète perpétuellement trois choses, la première c'est qu'il faut savoir nager avec son linge, la seconde qu'il n'arrive aux gens que des choses qui leur ressemble, et enfin la troisième, celle qui nous intéresse, que la main mouvante trace des signes et que nul ne peut en changer une ligne. Et bien ce jour-là Fred était coincé au bureau, il avait un courrier important à poster qu'il m'a confié, comme d'habitude je suis descendu à Château Rouge, j'ai remonté le boulevard Barbes jusqu'à la poste, j'ai fait partir son courrier. Et puis je me suis rendu compte qu'il y avait un Carrefour City un peu plus haut, j'avais des trucs à acheter pour le repas du soir, c'est là, avant de traverser que je l'ai vue quitter le magasin et ranger sur le trottoir les courses dans son sac de sport. Je n'ai pas eu à

traverser, j'ai pu l'observer prendre le côté gauche de la rue Doudeauville et pénétrer dans un immeuble, voilà, je sais où elle habite. »

Max a commandé un autre café, moi je n'avais plus le temps, il griffonnait sur son journal tout en me parlant :

« Tu sais, y'a pas mal de déserts sur cette terre, le Sahara, le désert de Gobi, l'Antarctique, le plus grand, des millions de kilomètres carrés, et puis il y a le désert amoureux, encore beaucoup plus vaste, tu ne sais rien d'elle, elle ne sait rien de toi, vous n'êtes que deux images qui se sont croisées. »

Au bureau Véronique avait la tête de quelqu'un qui venait d'enterrer toute sa famille, un regard noir surnageait dans des yeux humides ;

« Ça va ? Qu'est-ce qui se passe ?
-J'en peux plus, il est infernal ce matin !
-Qu'est-ce qu'il t'a fait ?
-Ce qu'il a dit ! Des insultes maintenant, voilà où l'on en est, des insultes ! Je ne supporte pas, la peau d'ours, les cigares dans son bureau, ses hurlements, quand il m'appelle on a l'impression qu'on lui arrache un ongle ! Je ne supporte plus !
-Mais… des insultes ?
-Oui des insultes ! JE dirige une boite de com, PAS une boite de CONNES ! Voilà ! Pas une boite de cons, une boite de connes, et j'étais la seule dans son bureau ! »

La traditionnelle réunion du matin a débuté avec une demi-heure de retard, soit deux expressos.

« Euh… Jeff,
-Oui Thomas !
-Je ne veux pas me mêler de ce qui ne me regarde pas mais…
-Et bien tu as parfaitement raison ne t'en mêle pas ! »

Il a fait danser quelques longues secondes la cuillère dans sa tasse à café puis repris :

« Bon, deux choses, Winston Churchill possède un boulevard à son nom à Auxerre, et nous deux clients, un historique au numéro 87, soixante kilo euro l'an passé, et l'autre embryonnaire aux numéros 12-14 du même boulevard à qui on a fait parvenir pour signature un accord de partenariat. Le courrier est bien arrivé à Auxerre, bien arrivé boulevard Winston Churchill mais au numéro 87.

Les cocus au balcon !!! Fred tu es très attendu à Auxerre, tu remercies Véronique et tu te, tu nous démerdes !

Deuxième chose, Thomas, tu vas être détaché quelques semaines à la société R Kub, pas très loin d'ici, ils importent un truc de Shanghai, ils en ont écoulé deux cent l'an passé, il parait que c'est génial, j'ai dîné hier soir à côté du boss, on a picolé et passé un deal, on motive toute l'entreprise, toute, en commençant par la personne qui passe la serpillière le matin, jusqu'au sommet. Ils nous laissent faire, et comme on a vraiment beaucoup picolé le deal est très simple et énorme, deux cent mille trucs vendus, un million pour nous, si on cale à cent quatre-vingt mille : RIEN ! Par contre carte blanche, ils font ce qu'on leur demande de faire, si on leur dit d'acheter la tour Eiffel, ils achètent la tour Eiffel. Thomas on se voit en fin d'après-midi pour entrer dans les détails.

-Des trucs !? Qu'est-ce qu'ils vendent ?

-Rien.

-Comment ça rien ?

-J'en sais rien et je m'en fous, des choses qui ne servent à rien, il faut motiver ce troupeau de connards, je t'en dirai plus ce soir mais tu peux déjà commencer à y réfléchir. »

CHÂTEAU D'EAU

Ainsi les évènements se précipitaient, mon petit monde s'emballait, cette vie nouvelle, bénie par un pigeon, où les barbus n'étaient plus rejetés au ban de ma société prenait forme. Jeff avait dit : « Pas très loin d'ici… », Peut-être la station suivante m'étais-je demandé, Saint-Sulpice, ce serait extra, cette nouvelle mission en territoire inconnu au propre comme au figuré pouvait m'offrir l'opportunité de m'approcher un peu plus de cette silhouette, de ce visage qui occupait mes pensées.

Alors ce que l'on appelait l'amour pouvait ressembler à cela, au fil de mes méditations ce que Max décrivait comme le plus grand désert du monde s'apparentait davantage à un mystérieux puzzle qu'il me fallait reconstituer. L'une des pièce-maîtresse qui excitait le plus mon imagination était un prénom, comment pouvait-elle s'appeler ? Je me gardais bien d'émettre une supposition, d'imaginer une musique de consonnes et de syllabes, l'accord parfait avec cette image que je prenais tant de plaisir à observer marcher au milieu du troupeau de marabouts, déambuler incognito à tous moments dans le secret de mes pensées. Je voulais garder le domaine intact, sachant qu'immanquablement, le moment venu, allait éclore dans l'instant le plus joli des prénoms.

C'était la fin de la journée, nous n'étions plus que tous les deux dans son bureau, Jeff s'était servi un whisky japonais et tirait sur son mythique havane, je n'osais toujours pas poser un pied sur la fourrure de Lulu et la probabilité de croiser ce soir par hasard la Princesse de Château Rouge fondait comme un iceberg dans mon cerveau au rythme des aiguilles de la pendule murale.

« Je suis désolé pour ce matin, c'est parti comme ça, mais je n'ai toujours pas digéré cette histoire d'Auxerre.

-Oui, je ne l'ai jamais vue aussi secouée.

-Elle s'en remettra. Question : depuis ce matin combien s'est-il vendu de vélos en France ?

-De vélos ?

-Oui, bicyclettes, tout confondu, enfant, coureur, triporteur, électrique, tout !

-Bonne question, au hasard un millier ?

-Sept ! Il se vend en France environ sept mille vélos par jour, ce qui équivaut par an à un total d'à peu près trois millions, énorme hein ? Trois millions par an plus ceux déjà en circulation, tous ne vont pas à la casse, ça en fait un sacré paquet !

-Le marché est porteur, j'ai lu que…

-Porteur ! Sacré Thomas ! Il est triporteur ! Qu'est-ce que t'as lu ?

-Que l'assistance électrique avançait à pas de géant.

-Ah ! L'assistance ! Tu as encore en mémoire le *hand spinner*, ce truc tout con qui ne servait strictement à rien, les gens se le sont arraché, faire tourner une hélice en métal sur le bout de leur doigt. Le boss de chez R Kub avec qui j'ai dîné l'autre soir distribue un accessoire en rapport avec le vélo, il m'a semblé en apercevoir un il y a quelques semaines au cœur de la nuit dans le vieux Montréal, un cycliste poursuivi par Albert Einstein, il s'arrête au feu rouge, plus rien, je me dis que j'ai dû rêver, le feu passe au vert et au premier coup de pédale le génial qui tire la langue réapparait en trois D sur le dos de son blouson de cuir. Et bien c'est eux, le système est simple, c'est un dispositif qui se fixe sous la selle, un mini bras articulé alimenté en énergie par la force du pédalier, dès le premier coup de pédale un hologramme est projeté sur le dos du cycliste, on peut choisir le thème dans une carte S.D à insérer, cela va de la Joconde à Che Guevara en passant par la Grand Cayon du Colorado, le tout pour moins de cent euros…

-Trop cher.

-Non.

-C'est le prix du vélo, enfin presque, deux cent mille t'as mis la barre un peu haut Jeff, le mec a dû te prendre pour un fou, multiplier les ventes par mille ! Pour un fou où quelqu'un de vraiment bourré.

-Les deux marchent ensemble et cela me va bien, et puis maintenant ce n'est plus mon problème mais le tien, et d'ailleurs ce n'est pas un problème, c'est un boulevard ce truc, les Champs Élysées de la piste cyclable. En résumé tu deviens leur coach et tu leur dis ce qu'il faut mettre en œuvre pour aller sur la lune, j'ai ma petite idée sur la question.

-Bon, ça c'est comment, mais où et quand ?

-Tu commences à y réfléchir, moi aussi de mon côté, on fait un point dans une semaine et on embraye, il faut profiter de l'hiver, des très longues nuits, le jour ce truc ne sert à rien, au pôle nord on ferait un carton, enfin non, pas l'été, c'est le soleil de minuit, et puis y'a pas beaucoup de vélo là-bas…

-Et de moins en moins d'ours… j'avais jeté un regard insistant à la dépouille de Lulu. Alors, c'est où exactement ?

-Les bureaux sont dans la tour Montparnasse, l'administratif, le marketing et le commercial, c'est ce qui nous intérese. Le reste d'après ce que j'ai compris est positionné dans un entrepôt sur Athis-Mons, c'est là qu'ils stockent les kits, expédient et gèrent l'après-vente. »

Ce soir-là je me suis endormi avec en tête l'idée que j'allais pouvoir multiplier les possibilités de rencontre jusqu'à cette station Saint-Placide, avant je m'étais récité dans l'obscurité les derniers mots de la mystérieuse lettre du Shérif : *…des profondeurs de mes rêves il remonte à la surface de l'aube tel un pêcheur de perles rares apportant avec lui l'incertaine promesse d'une nouvelle rencontre fortuite.*

Les jours suivants j'ai tout mis en œuvre pour provoquer cette rencontre fortuite, je m'appliquais chaque matin à investir les souterrains du Château Rouge, je laissais filer un, deux, parfois jusqu'à six métros pour ressentir l'emballement soudain de mon cœur lorsque survenait celle que secrètement j'avais élue Princesse. Une journée sans l'apercevoir, même furtivement, ne serait-ce que quelques secondes m'attristait durablement, je guettais le moment où je pourrais accrocher son regard, je connaissais la couleur de ses yeux je voulais en appréhender la profondeur. J'avais fini par comprendre, calculer, que le mardi n'était pas un bon jour, elle s'évanouissait du monde, j'échafaudais un éventail d'hypothèses que le bon sens de Max Le Ferrailleur balayait en quelques mots :

« Peut-être que c'est son jour de congé ? »

Je brûlais d'envie de lui répondre qu'il n'y avait pas de jours de congé dans les contes de fées, mais je me taisais. Il valait mieux, j'avais le pressentiment que cette histoire finissait par l'ennuyer et pensant qu'il n'y verrait aucun lien je lui ai demandé quel était concrètement le meilleur chemin pour aller rencontrer le Shérif.

« Le plus simple c'est de prendre le train pour Chartres, et ensuite un taxi, l'établissement n'est pas très loin mais quand même nettement en dehors du centre-ville. Hmm, Hmm, qu'est-ce que tu vas lui dire ?

-Que je suis un ami à toi.

-Je ne sais pas s'il se souviendra…

-Il s'appelait comment ton frère ?

-Gérard, il vaut mieux que tu lui parles de lui plutôt que de moi, tu veux savoir quoi au juste ?

-Si je me souviens bien, et j'en suis sûr, je l'ai écouté plusieurs fois, à un moment il te dit qu'il est fou, il te raconte avec précision que s'il est enfermé dans cette endroit c'est à cause d'une histoire d'amour, qu'un jour il a rencontré par hasard une jeune femme dans un café et qu'elle a accepté de descendre avec lui au fond du Canyon, alors…

-Encore cette histoire de gonzesse, fais gaffe Petit, je crois que tu es en train de te tourner un film…

-Non.

-Tttt…Tttt, tu ne lui as jamais parlé, tu ne sais rien d'elle, tu es amoureux d'une image. Danger. Danger parce que tu te prépares des réveils difficiles.

-ça t'est déjà arrivé ?

-Ô que oui, je suis devenu un peu misogyne sur les bords avec les frangines.

-A ce point- là ?

-Mm'ouais, au-delà de ce point-là, demande à mon plombier, il ne s'en est jamais remis, t'es jamais venu chez moi, tu verras, tu verras quand t'iras pisser.

-Pisser ?

-Ouais pisser, ça t'arrive plusieurs fois par jour, et bien chez moi les chiottes des toilettes je les ai fait déménager dans la salle de bains, tout un bazar, et dans les toilettes j'ai fait installer juste un urinoir avec un petit lavabo, c'est mon ex-belle-mère qui a ouvert le bal, elle venait pour parler, elle n'a pas été déçue : « Euh… Max, euh…, je…euh, comment dire…les toilettes…il y a eu des transformations » Et moi « tout à fait Juliette, vous avez le sens de l'observation, eh oui, il y a eu des transformations, comme dans ma vie, pardon, c'est un petit luxe de célibataire mâle, j'aurai dû vous prévenir…

-Tu t'amuses ?

-Non, même pas, je me venge, je sais c'est un vilain mot mais j'assume, elles m'ont fait souffrir Petit, vraiment souffrir. »

J'ai erré dans le quartier, pour un oui, pour un non, pour n'importe quoi, pour rien, avec en tête l'agaçant mot *image* que Max avait utilisé plusieurs fois et en arrière-plan cette sensation que je repoussais de toutes mes forces, celle de perdre mon temps. Je suis vite devenu un habitué du Carrefour City, volontairement je fractionnais mes courses pour multiplier les occasions de m'y rendre. L'acquisition d'une simple plaquette de beurre me prenait un bon quart d'heure. Un soir pris d'une soudaine intuition je me suis relevé pour aller acheter un lot de rasoirs jetables, il était vingt et une heure, j'ai marché ensuite jusqu'à la rue Doudeauville et longé trois fois de suite le trottoir opposé à l'immeuble où je l'avais vu entrer. La nuit était tombée et les façades constellées de carrés lumineux. Lorsqu'elle a ouvert sa fenêtre et s'est penchée sur la rue quelques interminables secondes j'ai pris peur, c'était bien elle, elle habitait au troisième étage.

Le lendemain était un jeudi, je lambinais dans les couloirs persuadé que comme les jours précédents j'aurais à laisser filer deux, trois métros avant de prendre le bon, quand stupéfait arrivé sur le quai je l'ai aperçue montant dans la rame, je me suis jeté à sa suite dans le wagon. Nous nous sommes retrouvés assis l'un face à l'autre sur des strapontins, contrairement à ses habitudes, elle que j'ai toujours connue accrochée à la barre centrale. L'explication de ce changement de comportement devait résider dans son supplément de bagages, en plus de son habituel sac de sport elle avait casé entre ses jambes un cabas à provisions, un sac de supermarché en toile plastifiée assez bien rempli. Nous n'avions que cela à faire, regarder devant nous et inévitablement nos yeux se sont croisés, je suis incapable de dire d'où est parti le premier des hochements de tête, la seule chose dont je sois sûr c'est qu'un embryon de sourire timide, ténu s'est dessiné sur ses lèvres. Je ne me trouvais plus dans un wagon de la ligne 4 du métro parisien, j'étais assis aux commandes d'un vaisseau cosmique qui déchirait l'espace, abolissait le temps, Moïse, Bob Morane, Spider Man, la guerre des étoiles, donne-toi la force ! Des songes fulgurants me traversaient la tête, il fallait donc si peu de choses pour faire basculer le monde, pour passer des ténèbres à la lumière, la naissance d'un sourire.

« C'est incroyable Max, depuis hier soir je sais qu'elle habite au troisième étage de la rue Doudeauville, et ce matin il s'est produit cette chose improbable, un sourire, tu te rends compte, nous nous sommes souris, c'est un truc extraordinaire auquel on ne pense pas assez, un pouvoir ! Les animaux ne sourient pas, on n'a jamais vu sourire un chien, non ?
-Si.
- Quoi si ? Tu as déjà vu sourire un chien toi ?
-Un chien peut-être pas, mais un singe oui. »

« Bon, tu démarres lundi, on a deux jours pour peaufiner notre stratégie, le trois B, le Beautiful Back Bike, trop long, devient l'Arback, contraction de Art et de Back, c'est ma seule contribution, et j'y tiens, après tu te démerdes. N'oublie pas que tout est à faire, ou à refaire, nous sommes des sorciers et ils doivent, ils vont nous obéir. Pour l'instant ils nous prennent pour des barjos, multiplier le volume des ventes par mille cela relève de l'asile psychiatrique, il faut arriver avec des idées, plein d'idées, durant quelques jours on va baigner dans ce qu'on appelle *l'état de grâce*, c'est pendant cette période qu'il faut faire décoller la fusée, après c'est…, c'est beaucoup plus dur… »

Jeff s'est arrêté net, la voix un peu cassée, je m'étais redressé, il observait l'extrémité de mes deux mains que je tapotais en cadence.

« Tu veux dire quelque chose ?
-Oui, justement en parlant de fusée, ils sont combien dans la boite ?
-Quarante-sept, tout compris, en incluant l'entrepôt de stockage expédition, ça fait beaucoup de monde pour vendre deux cents Arback dans l'année, ils importent tout un tas d'autres cochonneries, tu as une idée en tête ?
-Oui, on va marcher sur la lune.
-Ah ? Pourquoi pas !

-Tout à l'heure je vais passer commande de quarante-huit albums Tintin *Objectif Lune,* quarante-huit pin's de la fameuse fusée lunaire, lundi matin chacun aura un album entre les mains et se fixera un pin's à la boutonnière, moi, toi y compris. Quarante-huit heures après, mercredi, chaque pièce de la boite, chaque endroit, couloir, escalier, y compris les chiottes auront un écran de la taille d'une tablette où sera affiché en temps réel le nombre d'Aback vendus, on va la faire décoller cette putain de fusée !

-Thomas, la vache Thomas ! T'as bouffé du lion !

-Non, mais j'ai deux questions.

-Vas-y.

-Tu as déjà vu sourire un lion ?

-Je n'ai jamais croisé beaucoup de lion dans ma vie, son regard s'était posé à mes pieds et il a repris, mais j'ai du mal à imaginer Lulu en train de sourire, pourquoi ?

-Pour rien, la deuxième, qu'est-ce que tu penses de quelqu'un qui prend le métro à une heure matinale, où les supermarchés ne sont pas encore ouverts, avec un cabas rempli de produits alimentaires, dont certains frais ?

-Euh…quel rapport avec l'Arback ?

-Énorme !

-Ah ? Euh…je, pense que c'est quelqu'un qui la veille à fait les courses pour une autre personne et qui lui apporte le ravito.

-Excellent ! »

J'ai passé une partie de mon samedi devant les vitrines d'agences immobilières, rubrique : *à louer,* avec en tête ce premier vers d'un poème de Rimbaud :

On n'est pas sérieux quand on a dix-sept ans…

J'étais maintenant éloigné de cet âge mais dans mon esprit dévalait encore ce torrent têtu, il emportait sur son passage la prudence et la raison. L'audace de ma prime jeunesse, délicieusement, coulait à nouveau dans mes veines.

Ce poème je l'ai su par cœur et je fredonnais quelques vers dont je me souvenais en décryptant l'annonce.

APPARTEMENT
TYPE 1 bis
Loyer : 920 € /mois CC
Exclusivité Simpson Immobilier
Réf : 5721DISIMPB-18ME
Quartier Château Rouge, rue Doudeauville.
T1bis au 8e étage avec ascenseur, entièrement rénové, exposé
Sud/Est : entrée, séjour, cuisine aménagée et équipée, chambre, salle
de bain, WC.

Lorsque dans la clarté d'un pâle réverbère…
J'ai poussé la porte de l'agence.
Passe une demoiselle aux petits airs charmants…
L'immeuble était situé sur le côté opposé au sien, un peu plus loin, presque à l'angle de la rue Poulet.
Puis l'adorée, un soir, a daigné vous écrire…
L'affaire s'est vite réalisée, l'état de mes finances me permettait de payer double loyer le temps que court mon préavis de deux mois.

« T'es complètement malade ! a décrété le Ferrailleur
-Elle m'a souri.
-Et alors, si à chaque fois que quelqu'un nous sourit il faut déménager, je vais ouvrir une agence immobilière moi. T'as vraiment de l'argent à foutre en l'air toi, si ça se trouve dans quelques semaines quand elle te croisera dans la rue elle changera de trottoir, t'auras bonne mine !
-Possible, au moins j'aurai essayé… Et même si cela devait s'arrêter là je ne regretterai rien, cela restera une belle histoire. »

Et l'histoire a continué, le premier jour de mon intervention à Montparnasse il pleuvait à seaux, pour ne pas débarquer trempé je me suis résigné à prendre le métro en bas de ce qui était encore chez moi, Marcadet-Poissonniers. A la station suivante, son château, mes jambes se sont mises à trembler lorsque je l'ai vu grimper dans le wagon, elle ne pouvait pas me rater, nous avons échangé un petit signe de tête. Max avait doublement raison, elle est bien descendue à Saint-Sulpice et j'étais vraiment malade.

Jeff et Véronique m'attendaient au pied de la tour.
Les locaux étaient assez exigus et il avait fallu louer une salle pouvant accueillir une cinquantaine de personnes. La réunion s'est déroulée en deux temps, chacun s'est accroché le pin's de la fusée lunaire à ses vêtements et a religieusement écouté la recommandation de lire avec application la bande dessinée disposée entre la bouteille d'eau minéral, le stylo bille et le bloc note de la société. Quelqu'un a levé le bras et posé une question :
« Vous nous prenez pour des singes ? »
Jeff a répondu que non et qu'il allait expliquer pourquoi : « Dans deux jours chacun d'entre vous aura en permanence sous les yeux le chiffre du nombre d'Arback vendus à l'instant précis, par exemple mettons qu'à ce jour, à cette heure il se soit vendu cent vingt-neuf Arback, tous les échanges internes, oraux ou écrits devront être précédés de ce chiffre à jour. Je m'explique, il se tourne vers Véronique, j'arrive le matin et je dis : bonjour Véronique 129, et elle, elle me répond : bonjour Monsieur 131, le temps que nous nous disions bonjour une commande de deux Arback a été enregistrée, et ainsi de suite…un jour viendra où dans cette société quelqu'un demandera à un collègue : tu peux me transmettre l'état des stocks 199 981 ? L'autre lui répondra : pas de problème je te fais cela pour midi 200 001. Ce jour-là nous aurons, vous

aurez marché sur la lune. Est-ce qu'un singe peut faire cela ? La réponse est non ! »

La deuxième séquence de la journée concernait l'équipe commerciale, Jeff et Véronique s'étaient installés en retrait.
Ma première phrase était : « On n'intéresse personne si l'on n'émerveille pas un peu chacun. »
Jeff jubilait, Véronique restait la tête plongée dans son I pad.
« Jusqu'à présent R Kub distribuait un simple accessoire pour bicyclette, on n'a jamais beaucoup fait rêver les gens devant une pompe à vélo… à partir d'aujourd'hui vous n'êtes plus des commerciaux mais des metteurs en scènes, David Lynch, Luc Besson, Francis Ford Coppola, François Truffaut, Martin Scorsese ce sont vos nouveaux patronymes de combat… vous garez votre voiture à cent mètres du client, vous entrez dans le magasin en vélo… et là commence la séance, dans le noir. La première marche de la séduction c'est l'étonnement… les quatre colonnes du temple de ce que l'on peut appeler une vente réussie sont ; la séduction, la conviction, l'implication et l'engagement… mais ! Comme dans tout édifice il y a une clef de voute, la pièce maîtresse sans laquelle rien ne pourrait tenir debout, rien ne serait crédible, cette clef de voute elle a un nom c'est l'enthousiasme…il y a des vaccins contre la rage, le choléra, la fièvre jaune mais il n'y a pas de vaccin contre l'enthousiasme, et c'est tant mieux car l'enthousiasme est quelque chose d'extraordinairement contagieux… croire en ce que l'on dit, croire en ce que l'on fait, croire en ce que l'on vend, c'est le B.A à B.A de la communication, c'est quelque chose qu'il faut avoir en soi au départ… et nous le possédons tous ici dans cette salle, sinon nous ne serions pas là…mais c'est aussi quelque chose qui se cultive et s'entretien comme un muscle, l'enthousiasme est une ceinture abdominale invisible…

Vous êtes des metteurs en scène, vous faites, vous demandez le noir et vous vous installez avec votre vélo, avec LE vélo et son socle au centre de la salle de projection que vous venez de créer, vous mettez votre Arback en route, vous pédalez et vous devenez un magicien, la Joconde, Che Guevara ou la Pointe du Raz apparaissent dans votre dos…

Il ne faut plus dire, il faut faire, faire voir, faire comprendre, faire faire, ou dans notre cas faire acheter…

Le client reçoit un pack de départ de onze Arback, un de démonstration et dix en dépôt, il ne paye rien, ne lui seront facturés que ceux qu'il aura vendu, si au bout de quelques semaines il décide de faire facturer les dix, celui de démo lui est offert et il bénéficie d'une remise exceptionnelle de vingt pourcents sur les autres…

Les gars, les filles, l'hiver arrive avec ses nuits les plus longues, les fêtes de fin d'années approchent, quel merveilleux cadeau, inattendu et original, il n'y a pas une minute à perdre… »

J'ai terminé la journée en sueur, Jeff toujours présent a tenu un petit speech de clôture et terminé par ses mots : « vous verrez, on va la faire décoller cette putain de fusée, ceux qui pensent que l'on marche sur la tête se trompent, c'est sur la lune que l'on va marcher ! »

STRASBOURG SAINT-DENIS

A la fin de la semaine les écrans mis en place dans chaque pièce et recoin de la société affichaient la date, l'heure et surtout en énormes chiffres verts le nombre d'Arback vendus en temps réel, lequel quasi stable plafonnait à cent soixante-quatre. L'ensemble du personnel s'était pris au jeu et il avait été convenu que celui ou celle qui omettait de citer le chiffre dans une conversation ou un mail interne était redevable d'une amende de un euro à verser dans un pot commun.

Cette nouvelle parenthèse professionnelle avait détourné mon attention de l'étrange préoccupation sentimentale qui semblait orchestrer ma vie, je continuais à guetter cette mystérieuse princesse dans les sous-sols de son château rouge et bien souvent je forçais le hasard pour que nous nous retrouvions dans le même wagon, lorsque nos regards finissaient par se croiser, une seconde naissait avec l'apparence d'une étoile filante laissant parfois dans son sillage deux timides et ténus signes de tête.

Les jours où je voyageais seul je faisais un stop à Saint-Germain-des-Prés pour rapidement partager un café avec Max dans notre 'rad' habituel, cette histoire d'Arback ne le laissait pas indifférent :

« Vous allez transformer tous les cyclistes de Paris en homme-sandwich, c'est incroyable !

-Pas que de Paris, la France entière !

-Tu parles ! La France ! J'aimerais les voir au cœur de la Creuse dans le brouillard avec la Joconde aux fesses ! »

Trois évènements ont marqué ce début d'automne, l'un anodin et prévisible : le passage à l'heure d'hiver avec l'étirement de la durée de l'obscurité, synonyme pour nous de terrain favorable à l'augmentation des ventes d'Arback. L'autre : mon installation au huitième étage rue Doudeauville, à force d'observation et en me penchant dangereusement dans le vide je pouvais apercevoir la fenêtre éclairée ou non de celle qui occupait mes pensées. Le troisième étant la visite que je m'étais promis de rendre au Shérif, c'était un samedi, il pleuvait dru, un taxi m'avait déposé devant la grille de l'établissement planté au cœur de la campagne. Un énorme marronnier trônait dans la cour d'accueil, il n'avait pas encore perdu beaucoup de feuilles, je me suis abrité dessous pour recevoir un appel, bercé par le tapage régulier du martellement des gouttes d'eau, une belle séquence nostalgie, il ne manquait plus que l'aboiement d'un chien dans le lointain.

« Allo Thomas, Marjolaine du marketing Rkub, deux cent six.

-Quoi ! Vraiment ? Deux cent six, ce n'est pas une blague ? Deux cent six.

-Une blague ! Non ! On a reçu les rapports des commerciaux, Jean-Michel du nord a placé trois packs et Germain sur Paris un. Deux cent six. »

J'ai jubilé un instant en tripotant mon smartphone, je voulais tenir Jeff au courant dans l'instant. Une infirmière, l'imper jeté sur les épaules s'est dirigée vers moi d'un pas décidé.

« C'est pour une visite, vous n'allez pas rester là trempé ?

-Je viens rencontrer l'ami de Gérard, quelqu'un qui se fait appeler le Shérif, c'est son frère qui m'envoie. Deux cent six.

-Pardon ?

-Non, rien, excusez-moi, je pensais à autre chose. »

Philibert m'attendait, seul, dans ce qui devait faire office de salon parloir. Étrangement il correspondait exactement à l'image que je m'étais construite en écoutant sa conversation sur le dictaphone, il ne lui manquait que le chapeau, cette voix était bien la même.

« C'est Max qui m'a parlé de vous, Max le frère de Gérard, votre ami ici, vous vous êtes rencontré à son enterrement.

-Oui…, oui…, oui oui.

-Il m'a parlé de vous.

-Oui, possible. Oui oui.

-Si vraiment, il m'a tout raconté, Job, le canyon…

-Tout !? ça m'étonnerait bien, il vous a parlé de la rose ?

-Oui, de la rose également. De la rose et de la lettre…

-De la lettre !! Ce Max vous a parlé de la lettre !?

-Oui, celle que vous avez toujours dans votre poche, celle qui ne vous quitte jamais…

-Oui parfaitement, c'est exact, vous voulez la voir ?

-Non, je sais qu'elle ne vous quittera jamais, vous la connaissez par cœur, vous la lui avez récitée. »

Il y a eu un grand silence, le Shérif s'est penché en avant, il a contemplé longuement les jointures blanches de ses deux mains serrées, puis relevant la tête, pour la première fois a entrepris de me dévisager.

« Et c'est pour ça que vous êtes venu me voir ? Pour me parler de cette lettre ?

-Oui Shérif, je peux vous appeler Shérif ? Shérif de Spincity, d'où vient ce nom ?

-Oui, oui, vous pouvez, on peut même se tutoyer… euh…, comment dire, Spincity pour la plupart des gens est une ville fantôme, et pourtant elle existe vraiment au fond de mon cerveau, d'ailleurs je ne sais pas si mon cerveau a un fond, le canyon oui, lui il a un fond… tu t'appelles comment ?

-Thomas.

-Thomas ? Tiens c'est drôle, autrefois j'ai lu un livre qui s'appelait *Thomas l'Imposteur*, un bouquin intéressant écrit par Jean Cocteau. Vous… enfin tu, tu n'es pas un imposteur ?

-Je ne pense pas.

-Et moi je ne pense pas être fou, si je suis enfermé ici c'est à cause d'une histoire d'amour, mais d'amour fou, d'ailleurs l'amour ne peut être que fou, autrement c'est de la bouillie pour les chats, ou vendu comme des paquets de nouilles ou de céréales. Tu comprends ?

-Oui, bien sûr.

-Non, non, ne dis pas bien sûr, qu'est-ce que tu comprends ? »

J'ai sorti lentement de ma poche la lettre que j'avais recopiée sous la dictée du petit appareil numérique, je lui ai placé l'enveloppe cachetée sous les yeux.

« J'ai compris ça : *Ceci n'est pas une lettre d'amour...* nous avons sur nous la même lettre tous les deux. Elle ne me quitte pas, je crois que si mon appartement devait brûler c'est la première chose que j'emporterai. Je lui ai tendu l'enveloppe. Vous... tu... veux vérifier ? »

Il a sursauté puis c'est levé.

« Surtout pas, je ne suis pas le destinataire ! ça alors ! Je n'en reviens pas ! Thomas ! Tu as l'air de tout sauf d'un imposteur ! Alors c'est pour cela que tu es ici.

-Oui, entre autres.

-Tu veux que je te dise ce que tu veux savoir ? Il avait de nouveau repris place dans le fauteuil.

-Oh moi je ne veux rien, j'aimerais juste essayer de comprendre.

-Alors tu vas comprendre. Je... J'ai... J'ai tout inventé le jour où j'ai vraiment pigé pourquoi on parlait de tomber amoureux, c'est bien comme cela que l'on dit, hein ? Tomber, çà c'est un sacré verbe le verbe tomber, on ne tombe jamais volontairement en règle générale, même ceux qui se suicide en se balançant du haut d'un pont ou sur une voie ferrée, pour ceux-là on ne dit pas tomber, mais plutôt il ou elle s'est jeté dans le vide ou sous le train. Moi tu vois un jour ma vie a croisé le chemin d'une jeune femme, et mon regard le sien, pendant des jours, des nuits je n'ai fait que la regarder, cela a duré des mois, et puis un jour le hasard m'a donné l'opportunité de lui adresser la parole, mais vraiment le hasard, au moment où je m'y attendais le moins, alors j'ai inventé cette histoire de canyon, de Spincity et de Shérif... »

J'ai regardé ostensiblement ma montre avant de lui demander :

« Il est bientôt midi, on pourrait déjeuner ensemble, j'aimerais vous... t'inviter, nous serions plus à l'aise pour parler de tout ça, tu... tu penses que cela est possible ?

-Possible ? Bien sûr ! C'est quand même moi le Shérif, même si ça les fait parfois rigoler. Bon, tu auras quand même quelques paperasses à signer, normal, on est chez les fous, il ne faut jamais l'oublier. Le village est à cinq kilomètres, il y a une bonne auberge, Chez Germaine, c'est le beau-frère de l'économe qui tient la boutique, question confiance ça aide. J'aurai dû me faire décompter hier, mais ce n'est pas grave, il y a une navette qui peut nous y emmener et venir nous rechercher pour dix euros, le seul problème c'est : pas d'alcool ! Mais !... Mais il y a moyen de s'arranger...

-Pas de problème pour déjeuner à l'eau en ce qui me concerne.

-Moi si. »

La route était quasiment droite et recouverte de boue.

« C'est la betterave ! A commenté le Shérif, on est en pleine récolte, cela dure quelques semaines. »

La salle était déjà bien remplie et assez bruyante, l'auberge de campagne typique, petit rideaux et nappes à carreaux autour desquelles avait pris place une composition hétéroclite de commerciaux et d'ouvriers agricoles.

« On a beau être dimanche mais c'est la betterave, a répété le Shérif, comme d'hab, deux laits fraise avec des glaçons ».

La serveuse est revenue vers nous avec deux cocktails maison d'apparence bien tassés et une coupelle de cacahuètes.

« Hmm, hmm, là vous êtes borderline Shérif...

-Oui, je sais mais tu vas vite comprendre pourquoi, c'est une excellente entrée en matière, tout à l'heure on en était resté à ce moment de hasard qui m'a fait croiser son chemin et permis de lui adresser la parole pour la première fois, c'était dans une brasserie, elle ne déjeunait pas, elle prenait un verre en terrasse, j'ai tout de suite pensé qu'elle devait attendre quelqu'un, mais non, ce quelqu'un c'était moi…

-Mais elle vous…, elle t'a reconnu ?

-Sans doute, à force de croiser les gens on finit par mémoriser, enfin moi c'est ce que je lui ai dit, qu'elle devait habiter rue barrée. Rue barrée ?! Qu'elle m'a interrogé, oui j'ai répondu, à cause des travaux. Et là l'esprit saint est descendu sur moi, mon étoile de Shérif, Spincity, Job, le canyon, j'ai tout inventé avec une facilité déconcertante, j'avais l'impression de réciter par cœur quelque chose que j'avais appris dans une autre vie… »

Régulièrement le Shérif sirotait son cocktail à petites gorgées, je l'accompagnais au même rythme, ses yeux ne quittaient jamais les miens, à la recherche peut-être d'un soupçon d'incrédulité.

« Et la lettre, tu avais déjà cette lettre dans la poche ?

-Oui, bien sûr, elle me brûlait les doigts, la pensée, je me traitais de lâche, je me disais que plus jamais une occasion comme celle-ci ne se représenterait, alors c'est ce qui m'a fait reculer et lui proposer de la revoir, le lendemain, au même endroit à la même heure, et elle a accepté, je lui ai promis de lui apporter la preuve que tout cela existait bien. Je suis rentré chez moi sur un nuage, puis le doute s'est installé, la pensée qu'elle ait pu dire oui pour se débarrasser de moi et disparaître, fuir ce récit de folie. Mais non, on avait dit midi, nous sommes arrivés ensemble à la porte de la brasserie, je tenais à la main un journal anglais dans lequel j'avais roulé une magnifique rose sauvage coupée à la sauvette dans un parc, je lui ai dit que c'était pour elle, de la part de Job, que cette nuit j'étais descendu au fond du cayon, que je lui avais parlé de notre rencontre, alors il m'avait offert cette rose, la plus belle, celle à laquelle il tenait le plus, celle qui poussait sur les dépouilles... hé, je me rendais bien compte que cela devenait sordide et tout en parlant je reculais encore dans ma tête le moment où j'allais déposer cette enveloppe sur la table, devant elle. Peut-être me sentait elle troublé, je devais avoir perdu de mon assurance, je cherchais mes mots, alors c'est elle qui est venue au-devant de mon embarras, elle m'a avoué ne pas croire à cette histoire de canyon, que cette fleur venait plutôt de mon jardin. Je lui ai dit que non, que je n'avais pas de jardin, qu'elle venait d'un parc... »

Nous avions terminé nos apéritifs, la serveuse nous a interrompus pour prendre notre commande, le plat du jour m'allait très bien.

« C'est bon, deux cuisses de lapin à la moutarde et un pichet de grenadine, a demandé le Shérif avant de poursuivre :

Alors vous êtes un Shérif voleur ! S'est-elle exclamée dans un sourire, vraiment un joli sourire, gracieux et spontané. Et vous voulez faire de moi une receleuse ! Une complice !

Pas du tout j'ai répondu, vous pouvez la laisser sur cette table, je l'offrirai à une serveuse, mais c'est vrai je lui ai expliqué, si vous tenez à descendre avec moi au fond du canyon, faire la connaissance de Job, vous êtes en quelque sorte un peu ma complice. Puis j'ai tenu à la rassurer, lui dire que j'avais beau être Shérif je n'étais quand même pas un gangster. Et c'est à partir de ce moment que tout a basculé, elle m'a demandé si je ne volais que des roses ? Je lui ai répondu : Pas des, une, celle-ci, et pour être franc, non, je ne vole pas que des roses, j'ai aussi dérobé une part de hasard. Ah ? Elle a répondu, quelqu'un peut porter plainte pour cela ? Oui peut-être, vous. Moi ?! Elle était stupéfaite, je lui ai avoué l'avoir suivie, vue entrer dans ce café et que le hasard n'avait rien à voir dans cette histoire.

-C'est peut-être là qu'il aurait fallu sortir l'enveloppe ?

-C'est exactement ce que j'ai fait, je lui ai dit que j'avais un document important à lui remettre et que j'aimerais l'inviter à déjeuner dans quelques jours pour lui parler de tout cela, parler, juste parler.

-Elle a pris peur ?

-Non, pas du tout, elle longuement regardé l'enveloppe que j'avais déposée à côté de la fleur. On est tombé d'accord pour le jeudi suivant et nous avons échangé nos adresses mail. »

Le visage du shérif s'était assombri, j'avais remarqué que sa main tremblait légèrement lorsqu'il nous servait le vin interdit. La salle était maintenant comble, il fallait faire un effort pour suivre une conversation, nos visages se sont rapprochés, il a poursuivi sur le ton de la confidence :

« Le dimanche matin le diable est entré dans ma maison, il devait s'amuser à me regarder dormir, se réjouir par avance du saccage qu'il allait commettre, moi je me prélassais au lit, je pensais à elle, à ce que j'allais pouvoir lui dire, apprendre sur sa vie, j'étais vraiment heureux, juste quelques secondes avant que le monde ne s'écroule, on ne peut pas savoir hein ? C'est comme un accident. Avant le petit tintement du mail qui arrive et ce bonheur simple de voir son nom et son prénom s'afficher…

-Elle s'appelait comment ?

-Mais comme aujourd'hui, elle s'appelle toujours de la même manière, Marion. J'ai attendu avant d'ouvrir le mail, je me souviens m'être mis à la fenêtre, à cette heure les rues étaient encore désertes, il avait plu durant la nuit, deux noctambules se disputaient sous un porche, la pensée que j'étais encore Shérif pour quelques heures m'a fait sourire, demain je lui dirai tout, je me l'étais promis, j'allais remiser mes bottes et mon étoile au rayon des déguisements loufoques, j'en possédais une grande malle dans le grenier de mon cerveau. Puis j'ai ouvert le mail comme on défait le ruban d'un présent un jour de fête, voilà, je le connais comme… comme s'il restait gravé à jamais sur tous les murs de la ville :

Je suis désolée, mais je pense que pour jeudi c'est une mauvaise idée. Je suis vraiment navrée. Je ne viendrai pas. Comment tu trouves le lapin ?

-Euh… tu le fais exprès ? C'est un jeu de mot ?

-Ah lapin ! Non, même après tout ce temps je n'ai pas l'esprit à ça, c'est marrant quand même !

-Quoi ?

-Que tu prennes cela à la rigolade.

-Non, non, pas du tout, c'est toi qui m'as parlé de lapin, celui-là n'est pas mauvais. Alors elle n'est jamais venue ? Vraiment ?

-Oui, jamais. Jusqu'au dernier moment j'ai gardé espoir, je lui avais répondu que je comprenais, alors que je ne comprenais rien, je lui avais écrit que de toute manière, moi, j'y serai, et j'y étais. J'avais réservé une table pour deux personnes, à midi pile j'ai poussé la porte de la brasserie, j'ai prétendu que j'attendais quelqu'un mais que je n'étais pas sûr, en attendant j'ai pris un cocktail maison comme aujourd'hui, cela a duré une demi-heure, et puis…

-Et puis ?

-Et puis ! Vous avez envie d'aller aux toilettes ?

-Aux toilettes ? Je ne comprends pas…

-C'est pourtant facile, les toilettes ici sont au sous-sol, un escalier en colimaçon, pas facile quand on a quelques verres dans le nez, bon… détail ! Ce qui compte c'est l'escalier, alors et puis ? Et bien et puis on descend, marche par marche. Sur la première j'ai pris une salade de queues d'écrevisses avec un verre de pouilly fumé, mon journal me racontait des tas de trucs que je lisais d'un œil, l'autre fixé sur la porte d'entrée, au cas où…, ensuite j'ai enchaîné avec un bar de ligne et un autre verre de vin blanc, le même. Après, vu l'heure il n'y avait plus d'espoir, elle ne viendrait jamais, c'était sûr, alors j'ai commandé un dessert, une crème brûlée, un peu comme la dernière cigarette d'un gars condamné à mort, quelqu'un que l'on va fusiller ou qui va se faire raccourcir la tête. Après quand on sort dans la rue, on ne marche pas, on continue à descendre cet escalier, Shérif de Spincity, tu parles ! Mon cul ! J'avais la tête plongé dans un seau de chagrin, je ne parvenais plus à faire grand-chose, la vie devenait pénible, même respirer, alors je me suis laissé dériver, je me suis abandonné, y'a des gens qui laisse leur chien au bord d'une route avant de partir en vacances, moi mon chien c'était ma vie, mon boulot, ma maison, ma bagnole, mes amis, ça va vite tu sais, le premier à s'inquiéter c'est le banquier, ceux-là ils ne perdent jamais le nord, et une marche, et encore une marche, c'était sans fin, ici dans ce resto à force de descendre tu finis par arriver aux chiottes, moi en bas de l'escalier j'ai débarqué dans cet asile, mais chuttt… hein, on ne parle jamais d'asile ni de fous, on parle de maison de ci, maison de là, ou établissement, çà c'est bien établissement, cela ne veut rien dire, c'est parfait car la vie des gens ici ne veut plus rien dire. Moi finalement cela m'allait très bien, je suis toujours amoureux, j'ai toujours cette lettre dans ma poche, ma vie, la vie ne veut plus rien dire, les gens, les résignés pensent qu'il faut se faire une raison, mais non, c'est la raison qui nous défait, ma famille, les financiers, les toubibs, les psy, tout ça, psytttt'orange, psytttt'citron, les juges de ci, de là, les avocats, blanc, marron, marron foncé, carrément caca, toute cette bande d'enfoirés a décidé qu'il fallait m'enfermer, enfin non, ce n'est pas le terme exact, ils ont décidé que j'avais besoin d'assistance, tu parles ! Ah j'en ai bouffé des pilules ! Mais bon au final je les ai bien baisés, tu vois maintenant je bouffe une cuisse de lapin à la moutarde avec un coup de beaujolais, je suis toujours le Shérif de Spincity, le pote de Job qui vit au fond du canyon, je vis dans le souvenir, personne ne m'emmerde, statu quo, le personnel m'appelle même Shérif, mais toi ? A toi maintenant !... »

Il avait pointé son couteau dans ma direction et faisait tinter la lame sur le rebord de son assiette, il a respiré profondément, détourné le regard lorsque j'ai remarqué un brouillard de larmes à la surface de ses yeux, puis la tête ostensiblement baissée sur le restant des os de lapin il a lâché :

« Thomas, fais gaffe Thomas, le canyon, ce putain de canyon, il existe bien, on finit toujours un jour ou l'autre par se crasher, toi si t'es ici aujourd'hui c'est qu't'es pas une larve, t'es amoureux, dis ? Vraiment amoureux ! Comme moi dis ? Cette lettre que tu as dans la poche, MA lettre ! Tu vois, c'est comme un flambeau olympique, un bâton de relais, tu es… tu es le messager ! Tu comprends dis ? T'es amoureux dis ?

-Oui, oui Shérif.

-Quoi oui, oui ? T'es amoureux oui ou merde !

-Oui.

-Ah ! Elle s'appelle comment ?

-Je ne sais pas.

-Encore mieux ! Alors fais vraiment gaffe, t'es sur la route du canyon, tu conduis à toute berzingue la musique à donf' dans ta tête…

-Tu veux qu'j't'dise Shérif, ça m'étonnerait, j'ai pas le permis.

-Le permis ! Mais il n'en a rien à branler Job du permis…

-Et… d'abord… je… je ne suis pas sur une route, tout se passe sur une ligne de métro.

-Ah !!! Le métro ! ça alors !!

-Oui, la ligne numéro quatre. »

REAUMUR-SEBASTOPOL

J'avais la tête complètement ailleurs, Jeff m'a appelé dans la soirée, pratiquement au milieu de la nuit.

« On est sur le bon rail ! Putain ! Deux cent six ! Le feu prend ! Il faut alimenter, bourrer la machine Thomas, lundi dix heures réunion de tous les commerciaux à Montparnasse, tu auras trois plombes et tu bloques les trois lundis suivants, à treize heures ils giclent avec un sandwich dans le ventre et le lendemain ils attaquent sur zone aux quatre coins de l'hexagone. Tu les remontes comme des pendules atomiques, les mecs il faut qu'ils débarquent tels des barbares, qu'ils aillent pisser, bouffer, baiser le carnet de commande à la main, leur boss est full okay, on a carte blanche. »

La carte était de la même couleur que ma nuit, le sommeil insaisissable m'échappait comme une anguille, il fallait que je prépare quelque chose d'original pour lundi et cette demi-journée passée auprès du Shérif me laissait des images étranges dans les pensées, j'avais encore présente à fleur de peau la sensation très forte de sa main serrant mon avant-bras au moment où nous nous sommes séparés, le message ambigu tournait en boucle, d'un côté le visage de l'avertissement, de l'autre celui de l'encouragement. En guise d'adieu il avait eu cette phrase :

« Chaque escalier qui descend est aussi un escalier qui monte, et puis tous ne mènent pas aux chiottes, l'amour n'a aucun prix, c'est la seule chose dont je sois sûr. »

Ce qui voulait dire à la fois tout et rien, le Shérif avait élu domicile chez les dérangés, il avait tout sacrifié pour aller au bout de rien, rien est un mot terrible, c'est le mot de la fin, des désillusions, mais c'est aussi rien, le point à partir duquel tout peut encore arriver, partir ou repartir de rien est parfois le plus excitant des voyages.

J'avais travaillé sur ma réunion de lundi une bonne partie de la nuit, je m'étais rendormi au lever du jour, dans un demi-sommeil je continuais à dialoguer avec le Shérif, une histoire de fou, et bien sûr on se comprenait. Vers huit heures passées j'ai descendu à pieds les huit étages avec en tête la résolution de faire de même au retour. Pas rasé, les cheveux hirsutes, je me suis dirigé vers le Carrefour City.

Lorsque je passais devant son immeuble j'empruntais systématiquement le trottoir opposé et jetais un œil discret sur les fenêtres de son étage pour y relever d'éventuels indices de vie ou de présence, rien de particulier ce matin-là mais une surprise de taille m'attendait un peu plus loin.

Le magasin n'allait pas tarder à ouvrir et quelques clients patientaient sur le trottoir, la seconde où j'ai identifié la princesse du Château Rouge parmi eux m'a creusé le ventre, je me suis rappelé ma tenue négligée, mes cheveux en bataille et mes joues mangées de barbe, j'ai failli faire demi-tour avant de me traiter d'idiot.

« Vous n'attendez pas le métro aujourd'hui ? »

Je n'ai jamais compris d'où venaient ces paroles, si c'était bien au fond de mon cerveau qu'elles avaient été si précipitamment construites, elles se sont élancées de ma bouche comme on se jette dans le vide, un gouffre au fond de mes entrailles se creusait davantage, je ne me sentais plus maître de moi et je m'en remettais à cette étoile que chacun suppose bonne.

Elle m'a souri.

« Non, tout à l'heure.
-Ah ? Même le dimanche ?
-Oui, parfois.

-J'habite le quartier depuis peu, c'est encore un peu le camping, rue Doudeauville, pas loin d'ici, vous connaissez ?

-Oui, je vous ai vu passer.

-Ah…, je…, je viens d'emménager, il me manque des tas de trucs.

-Ici c'est bien et simple, on trouve pratiquement tout, c'est un peu cher mais ils sont sympas, ce sont des étudiants pour la plupart qui y travaillent. »

Le supermarché avait ouvert ses portes, nous sommes restés quelques minutes à parler sur le trottoir, j'étais écartelé entre ce bonheur tellement inattendu et les efforts de concentration que je déployais pour alimenter et faire durer une conversation qui dansait comme un feu follet dans ma tête et mes yeux.

« Vous habitez aussi dans le quartier ?

-Oui, rue Doudeauville également, mais depuis quelques années.

-C'est drôle, vous avez toujours ce sac rouge avec vous, c'est comme cela que je vous ai… re…, j'allais dire repérée, mais non, ce n'est pas le bon terme, pardon, je voulais dire : remarquée, euh…, ne me prenez pas pour un…, j'ai horreur de…, de ce qu'on appelle la drague…, je… je suis désolé, voilà.

-Mais je ne vous prends pas pour un… comme vous le pensez, je dois y aller maintenant, il faut que j'achète du lait et que je file à la piscine…

-Vous allez nager ? Le dimanche je suis plutôt footing.

-Moi aussi, cela m'arrive, mais là je travaille.

-Vous… vous ne nagez pas ?

-Non, je surveille, je suis maître nageuse.

-ça alors ! Pas banal. Tous les jours ?

-Non, quatre ou cinq jours par semaine et un week-end sur cinq. Bon, j'y vais, je vais être en retard, bon dimanche. »

Le ciel m'était tombé sur la tête, de manière si inattendue et avec une telle douceur, simplicité, que je suis resté statufié, à cours d'initiative, je l'ai suivi du regard filer vers le rayon des laitages…

J'ai patienté aux caisses dans sa fille d'attente, je l'ai regardée déposer ses deux litres de lait, j'observais, je détaillais chacun de ses gestes, je faisais résonner dans ma tête le souvenir immédiat des intonations de sa voix, je ne cessais de me les remémorer à chaque instant pour m'assurer de leur présence, voulant échapper par-dessus tout à l'ombre du début d'un effacement, j'étais vraiment amoureux, ce que je savais déjà.

Dimanche midi, l'architecture de mon intervention du lendemain avait bien progressé, j'étais content de moi, mon téléphone s'est mis à vibrer, un numéro inconnu, j'ai décroché :

« Allô ?... allô Thomas ? »

En reconnaissant sa voix je me suis souvenu lui avoir donné mon numéro de portable avant de le quitter ;

« Oui, qué passa Shérif ? Les indiens attaquent ?

-Ne dis pas de bêtises, tu n'es pas comme tous ces branleurs, qué passa, qué passa, le temps, c'est le temps qui passe ; toi tu es venu me voir, me parler, pour autre chose que toutes ces conneries qui me tombent régulièrement sur la tronche plusieurs fois par semaine, du genre : 'et alors la santé', 'tu manges bien', tu dors bien', t'as pigé que je n'étais pas 'du genre', enfin de ce genre-là. Moi Thomas mon genre c'est de t'appeler en ce moment pour te proposer mon étoile de Shérif, prendre ma place à Spincity, t'as compris ? Je raccroche, ce n'était pas prévu mais je pense que tu feras l'affaire…, tu…, tu seras un bon Shérif, le fait que tu ais recopié cette lettre et que tu la gardes au fond de ta poche, c'est quelque chose qui m'honore, qui me met du baume au cœur, sans déconner Thomas, je n'en ai pas dormi de la nuit…

-Quand même !

-Oui, enfin presque, mais cette lettre il faut la donner Thomas, la remettre, il faut avoir le courage de le faire, ne pas te comporter comme moi, c'est toi le boss maintenant, tu dois faire vivre l'histoire, tu as cette chance, vivre quelque chose d'exceptionnel, les autres ne vivent plus, c'est le foot, les lotos, les séries télévisées, toi tu as au fond de ta poche le pouvoir de rester libre, de transgresser l'ordre établi, moi… j'ai merdé, tu comprends ? J'ai salement merdé. »

J'ai oublié de déjeuner ce jour-là, les évènements allaient trop vite, le Shérif planqué derrière sa gouaille avait la voix qui tremblait un peu, ces mots anodins que nous seuls pouvions comprendre devaient le remuer. En me remettant virtuellement son étoile il m'avait en quelque sorte intronisé chez les fous, je n'avais pas dit non, ni oui, j'avais accepté en silence.

Le nouveau Shérif que j'étais s'est penché avec assiduité sur l'implantation géographique des différentes piscines de Paris, avec une préférence pour celles voisines de la ligne de métro numéro 4, il y en avait quelques-unes qui entraient dans le domaine du possible, en scrutant les horaires d'ouverture il m'est venu à l'esprit que je ne savais même plus où était rangé mon maillot de bain.

Maître nageuse ! Je n'en revenais toujours pas, ça alors !

Le lendemain, son jour de congé, en homme averti je ne me suis pas rendu au Château rouge à pied. Le hasard a voulu que Max monte dans la même rame que la mienne, j'étais un peu gêné, même s'il s'efforçait à la jouer mezzo voce une bonne partie du wagon participait à notre conversation :

« Alors, tu l'as baisée ?

-C'est pas la question Max, et…hm, hmmm, comment dire, je…, on ne joue pas dans cette cour là, je…

-Je, je, je… arrête de tourner autour du pot, ou du popotin si tu préfères, il faut bien appeler un chat un chat, et encore, je me retiens, tu m'as compris ?... au fait ça s'est passé comment avec le Shérif, c'est ce week-end que tu l'as vu ?

-Oui, un temps de chien.

-Comme ici, je m'en doute, mais à part ça ?

-Compliqué.
-C'est le moins que l'on puisse dire, ça je m'en doute aussi, vu l'animal ! Vous avez pu discuter longtemps ?
-Je t'en parlerai plus longuement, aujourd'hui je ne descends pas à Saint-Germain, je file à Montparnasse, ça démarre fort.
-Sans blague ! Vous êtes vraiment des as ! T'en a parlé au Shérif ?
-Non, de toutes manières le Shérif maintenant c'est moi. »
Le Ferrailleur s'est esclaffé bruyamment :
« Ho Petit ! C'est la meilleure ! Te voilà Shérif ! ça me troue le cul ! Putain c'est contagieux ce truc-là ! Méfie-toi, sous l'occupation y'en avait des palanquées de Shérifs, c'était pas Spincity mais Dachau ou Buchenwald... »

Ils étaient tous là, bonjour à toutes et à tous, deux cent six, j'ai dit.
Quelqu'un s'est levé, une jeune femme, Aurélie :
« Non, pardon, deux cent dix- neuf, j'ai reçu un mail de confirmation ce matin, cela en fait treize de plus.
-Parfait deux cent dix-neuf donc, la semaine commence bien. Je ne vais pas vous réciter ce que chacun, chacune d'entre vous pourra trouver dans une multitude d'ouvrages spécialisés, dans le mot manager ou management il y a le mot âne, et, et l'on n'est pas là pour vous faire subir du management, notre vision du conseil c'est que vous êtes vos propres patrons, moi je suis simplement là pour vous faire partager une idée, l'idée de ce que peut être l'ossature, le squelette d'une vente réussie.
La vente réussie est un temple qui repose sur quatre piliers, nous l'avons vu précédemment, la séduction, la conviction, l'implication et l'engagement, avec pour cimenter tout cela l'enthousiasme qui est le carburant de la crédibilité. Mais aucune vente n'est quelque chose d'écrit à l'avance, sous le temple de ces quatre piliers peut se jouer une multitude de scénarios aussi imprévisibles les uns que les autres et une

bonne visite, un bon entretien, il faut avoir en tête que c'est avant tout une représentation de cirque, vous êtes, nous sommes Médrano, Bouglione, Pinder ou Zavatta, en fonction de la situation rencontrée il faut savoir adapter son spectacle, savoir s'il le faut être tour à tour jongleur, dompteur, clown, trapéziste, prestidigitateur, équilibriste, cavalier. Susciter l'intérêt par tous les moyens, émouvoir, étonner, faire rire. Mettre sa tête dans la gueule du lion ou la placer sous la patte de l'éléphant, créer l'illusion, rendre le spectateur heureux et admiratif, faire son numéro. Dans la vente comme dans tout d'ailleurs, nous sommes dans la relation humaine, à chaque interlocuteur, à chaque humeur, à chaque état d'âme correspond un tiroir qu'il faut savoir ouvrir au moment propice. »

J'avais le sentiment d'être vraiment dans le match, mon auditoire me suivait du regard avec attention, la veille, en travaillant mon sujet, la rencontre inopinée du matin restait incrustée dans mes pensées et l'architecture de la vente réussie que je déroulais avait été construite avec en arrière-plan l'image de cette mystérieuse jeune femme, révélée soudainement maître nageuse, je parlais, sans oser me l'avouer ouvertement, avec la volonté de la séduire, de la convaincre, et si affinités, de nous impliquer et engager ensemble.

Mais calquer ma vie sentimentale sur le schéma d'un plan business me laissait un peu honteux, est-ce qu'aimer c'est se vendre et séduire acheter ?

Jeff m'attendait en milieu d'après-midi pour un débriefing.
« T'as fait du bon boulot, bravo Thomas, leur boss m'a appelé, tu t'en n'es pas rendu compte mais il était incognito dans la salle camouflé en commercial, je pense que lundi prochain il voudra avoir un entretien avec toi, c'est du moins ce qu'il m'a dit, pas d'objection de mon côté, et dans une semaine les choses auront bien évoluées, l'important c'est

d'accrocher le plus rapidement la barre des mille. La compta m'a appris que tu avais déménagé, tu as changé d'adresse.

-Oui, une opportunité.

-Plus grand ?

-Non, pas vraiment, plus calme, mais surtout plus près.

-Du boulot ?

-Un tout petit peu plus, une station de métro.

-Peanuts, c'est pas une raison suffisante ça.

-Exact, quand je dis plus près, c'est plus près de quelqu'un.

-Alors elle doit être sacrément mignonne.

-Jeff, tu as déjà été amoureux sans…, sans raison, comme ça, par hasard. Tu as déjà connu, vécu cela ?

-Ah l'amour, oui, j'ai déjà connu ce truc là quelques dizaines de fois, c'est un peu comme arrêter de fumer, Sacha Guitry prétendait que c'était très facile, il l'avait fait une bonne douzaine de fois.

-Et toi tu n'as jamais arrêté de tirer sur ton cigare…

-Parfaitement, ni sur mon cigare ni sur le reste non plus…

-Je te parle d'être amoureux, tomber amoureux, trébucher, perdre l'équilibre, s'affaler soudainement en pleine rue comme quelqu'un de ivre, tu l'as déjà rencontré ce…, cet étourdissement, cette ivresse contre laquelle tu ne peux rien faire, le mec qui picole il peut toujours s'arrêter, personne ne l'oblige à remplir son verre, mais là le verre il se remplit tout seul, et ce n'est pas un verre, c'est un puit sans fond…

-Arrête Thomas ! Je te vois venir à des kilomètres, arrête tes conneries, on n'est plus des collégiens, un puit sans fond, n'importe quoi ! Tu déménages vraiment, dans tous les sens du terme. »

ETIENNE MARCEL

Je continuais à déménager, inexorablement, cette personne devenait une addiction, j'aimais le mot 'personne', car elle n'était encore que personne et je ne voulais pas penser 'femme' ou 'fille' en me l'imaginant.

Lundi soir je me suis rendu au Carrefour City pour des futilités, la nuit avait ma préférence, elle ne fermait jamais ses volets, je suis passé cinq fois sous ses fenêtres.

A force de harceler le destin nous nous sommes le lendemain brutalement retrouvés face à face, je n'en menais pas large, j'ai vite compris que ce destin était un personnage mi magicien mais aussi mi ogre, que l'on attendait, espérait et qui le moment venu pouvait nous dévorer tout cru, nous laisser immobile, paralysé, pétrifié en statue de sel devant ce à quoi on avait rêvé intensément depuis si longtemps.

« Bonjour……… »

Je me suis retourné, le simple mot lancé était accompagné d'un large sourire, un peu timide mais aussi très volontaire. La rame précédente venait de partir, le quai était encore brièvement désert, il n'y avait que le souvenir immédiat de sa voix, si avenante, pour occuper l'espace, je n'en croyais ni mes yeux ni mes oreilles, cette station Château Rouge s'avérait devenir soudainement le lieu féérique que j'avais toujours imaginé.

« Bonjour…, quelle bonne surprise ! On est mardi, je…, je pensais que c'était votre jour de congé…

-Non, pas de piscine aujourd'hui, je vais rendre visite à ma mère, je la ravitaille ! »

Elle me désignait du menton le cabas à provisions qui pendait au bout de son bras.

Ainsi donc c'était bien cela, mardi égal congé, le Ferrailleur avait fait preuve de perspicacité.

« Vous lui faites régulièrement ses courses ? Je vous ai déjà croisée un autre jour dans les mêmes circonstances.

-Oui, elle n'est plus très autonome.

-Ah ? Alors elle a de la chance de vous avoir, elle n'habite pas très loin de chez vous ?

-Je descends à Saint-Placide, c'est sur la route de mon travail. Elle est malade, mais c'est moi qui ai de la chance de l'avoir, autrement je ne serai pas là.

-C'est vrai, moi non plus, on a tous eu un jour cette chance unique, autrement il n'y aurait personne sur le quai, une Maman…

-Oui, une Maman, comme vous dites…

-Et alors, la piscine, là où vous travaillez, c'est laquelle ? »

Le métro est arrivé, nous avons continué notre conversation, la promiscuité et le bruit ont fait que nous nous sommes rapprochés l'un de l'autre, je regardais sa main accrochée à la barre de métal, ses doigts fins, ses ongles soignés et son visage dépourvu de maquillage, les seuls bijoux apparents étaient deux petites boucles d'oreilles en or. Nous avons pu parler, longtemps…

A Barbès je savais qu'elle travaillait à la piscine du Luxembourg, je ne connaissais pas, elle en profitait pour courir dans le parc, souvent sur l'heure de midi et parfois après son travail, en dehors de la surveillance du bassin elle donnait également des cours d'éveil aquatique et encadrait aussi des classes entières sur le temps scolaire.

A la Gare du Nord je me suis mis à lui parler de moi, en prenant soin de commencer par ce que nous pourrions avoir en commun, nager : il fallait que je m'y remette, et courir, j'ai toujours aimé cela. Faire son jogging dans le jardin du Luxembourg, j'ai appris que c'était parfois compliqué, mais très agréable en dehors de certaines heures, éviter absolument le dimanche matin qui souvent ressemblait à un mini périphérique m'a-t-elle dit ; compliqué à cause des horaires d'ouverture et de fermeture à géométrie variable, ils peuvent paraît-il changer d'un jour à l'autre plusieurs fois dans la semaine, ce n'est pas une question d'humeur des gardiens mais de durée effective du jour, il lui était arrivé de devoir s'adapter à deux horaires différents en l'espace de quelques jours.

Gare de l'Est je connaissais les heures d'ouverture de la piscine, particulièrement celles des nocturnes, il y avait deux jours où elle restait ouverte jusqu'à vingt-deux heures, les mardi et les jeudi, mais cela ne la concernait pas trop, ces créneaux de surveillance étaient principalement assurés par des personnels célibataires, à cet instant j'ai senti mon cœur se contracter, puis entre les mots, les silences, les phrases et les regards j'ai fini par comprendre qu'elle n'avait pas toujours vécu seule.

« Oui, m'a-t-elle annoncé alors que nous parlions encore de sport, avant j'avais un coach, il partageait ma vie.

-Ah… et maintenant ?

-Maintenant le coach c'est moi. »

Il a bien fallu que je parle un peu de moi, la rame venait de quitter la station Château d'Eau.

« Je travaille dans une boite de com', depuis quelques années, j'ai débarqué là-dedans tout à fait par hasard, ils se sont mélangés les crayons au cours du recrutement, pour tout dire j'ai pris la place d'un autre, c'est comme cela, on dit que c'est le destin, mais il faut croire au destin… »

Bien que l'idée m'ait effleuré je me suis abstenu de lui parler de ce même destin qui avait fait croiser nos routes ce matin, je ne voulais pas risquer de fêler, d'assombrir une joie si immense, si inattendue. Alors j'ai continué avec en tête la deadline de la station saint-Placide, j'avais brutalement décidé de zapper Saint-Germain et de prolonger jusqu'à Montparnasse.

« Comment cela peut-il se faire ? C'est incroyable.

-Je ne sais pas, cela s'est fait, c'est un sujet sur lequel je ne me suis jamais posé de questions, parfois je me dis que tous les jours il y a des gens qui prennent notre place, partout, je sais, cela peut paraître stupide, mais bon…

-Et…, la communication, vous travaillez sur quoi ?

-Tout. Tout venant. Tout est possible, c'est une question de demande, on n'a pas encore travaillé sur l'image d'une piscine, mais cela peut très bien arriver, on a un boss… comment dire…assez original, genre attrape mouche, un type fantasque mais efficace, parmi ses leitmotivs préférés il y celui-ci : *comment est tout ? Tout est possible !* En ce moment on s'attaque à un truc qui peut paraître complètement loufoque, l'Arback, cela vous dit quelque chose ? Non ?

-Non, vraiment rien, l'art back ?

-Cela ne m'étonne pas, il s'en est vendu quelques dizaines l'an passé sur la France, et là on place la barre très, très haut, des centaines de milliers, deux cent mille exactement, c'est très excitant… »

Strasbourg Saint-Denis, la rame se remplissait, un type avec un accordéon s'était glissé parmi les voyageurs, il poussait sa chansonnette, ce qui a eu pour effet de nous rapprocher encore un peu plus l'un de l'autre, nous parlions presque à voix basse, je pouvais humer son parfum.

« Il chante faux.

-Oui c'est un peu vrai, et cet art… art back, pour être si excitant qu'est-ce que c'est ?

-Back comme dos, cela concerne les cyclistes, vous avez un vélo ?

-Oh, un vieux biclou comme on dit, un truc qui a fait la dernière guerre, il faut que je le remplace, il ne sort pas assez, pour ainsi dire jamais, sauf les jours de grèves, et c'est un calvaire, il faut que je regonfle les pneus à chaque fois, il dort, enfin, il moisit à la cave, et en plus l'éclairage est pourri… c'est encore un truc à dynamo…

-Justement, l'éclairage, là on est en plein dans notre business ! L'Arback c'est quelque chose qui non seulement signale bien votre présence à ceux qui vous suivent mais qui en plus vous offre la possibilité de faire passer un message, ou en tout cas d'embellir la vie, enfin le monde, enfin la ville quoi, vous m'avez compris…

-Embellir la vie, le monde avec mon vieux clou ? Rien qu'en pédalant ?

-Oui, mais la nuit.

-Ah, on ne peut pas embellir la vie le jour, ça ne marche pas ? »

Réaumur-Sébastopol, l'accordéoniste a disparu, la rame s'est remplie un peu plus, cela devenait vraiment compliqué d'échanger discrètement, nous nous sommes encore un peu rapprochés et quasiment mis à chuchoter, je nageais dans l'irréel.

-Non, il faut vraiment qu'il fasse nuit, l'Arback est un système qui se fixe sous la selle, sur le cadre, et lorsque l'on se met à pédaler un hologramme est projeté sur le dos du cycliste, c'est quelque chose de magique, pour l'instant on possède une banque d'images, assez conventionnelles, mais on peut facilement imaginer des développements, des thèmes sans limite, des photos perso, des messages, des poèmes, c'est magique, comme je vous l'ai dit, magique ! Et puis, en ce qui concerne le jour il y a d'autres moyens d'embellir la vie, non ? »

Elle a souri. Un beau sourire, toujours tinté de timidité mais si spontané.

« Alors vous êtes des magiciens…, pas encore, il faut que cela marche…

-J'ai confiance, cela marchera, roulera, il y aura un effet boule de neige, dès que les premiers circuleront la contamination se fera toute seule, la presse s'en mêlera, ils sont toujours à l'affût de ce genre de gadget pour les fêtes de fin d'année, cela pourrait être le cadeau idéal.

-Et ça coûte cher ?

-Dans les cent euros.

-Quand même. Beau cadeau !

-Il faut le voir fonctionner, on oublie le prix. »

Le métro est resté bloqué quelques instants à la station Etienne Marcel, les portes ne cessaient de se refermer et de s'ouvrir à nouveau, dans le silence nous nous sommes tus, je regardais le bout de mes chaussures en réfléchissant intensément à ce que j'allais bien pouvoir trouver pour relancer la conversation, c'est elle qui m'a devancé, le métro n'avait pas encore redémarré lorsqu'elle m'a demandé :

« Et vous, vous avez un vélo ? »

La question était maligne, un léger sourire m'a fait penser qu'elle connaissait déjà la réponse.

« Non, je n'ai ni voiture ni vélo, je n'ai pratiquement rien d'ailleurs, même pas le permis de conduire, si, j'ai ce métro, mais c'est au programme, forcément, on va tous s'acheter un vélo à la boite, je le sens venir comme cela, Arback oblige.

-Et… ailleurs, dans les autres pays, ça marche ?

-Oui, ça pédale fort, Amérique du Nord en particulier, un soir mon boss s'est fait dépasser à un feu rouge par Einstein au Canada.

-Pas banal, et alors ?

-Alors il a acheté un ours, enfin la peau d'un ours, un ours blanc, on n'ose plus mettre un pied devant l'autre dans son bureau, il occupe toute la place, son petit nom c'est Lulu.

-Lulu ? Quel rapport avec Einstein et le…, le truc du vélo ?

-Aucun, vous savez on est un peu bizarre dans la com', c'est… c'est une drôle de piscine, pas très académique. »

Les Halles, encore un peu plus de monde, je fais rapidement le calcul : il me reste six stations avant de la voir disparaître, je glisse une main dans la poche droite de mon pantalon, la lettre est toujours là, je la caresse avec un doigt en me disant : oui, je sais, ce n'est jamais le bon moment, il existe mille et une raisons pour remettre au lendemain. Les paroles de l'appel du Shérif me reviennent : « Tu dois faire vivre l'histoire, tu as cette chance, vivre quelque chose d'exceptionnel. » Alors je me dis : c'est un peu tôt pour la lettre, mais progresse, monte une marche, avant qu'elle quitte ce métro, juste avant, demande-lui son prénom et donne-lui le tien.

Châtelet, il y a eu un blanc, la rame était quasiment bondée, nous passions le temps à observer furtivement le voisinage et essayer de ne gêner personne tout en restant l'un près de l'autre.

Elle a repris le dialogue en mettant un terme à ce soudain silence qui nous embarrassait mutuellement, la pensée que ce devait être plus par nécessité polie que réelle envie m'est venue, mais non, à l'écouter ce qu'elle disait n'avait rien d'insignifiant :

« Vous aimez bien Tintin ?

-Tintin ? J'ai mis quelques secondes à décrypter le caractère surprenant de sa question, son regard fixé sur ma boutonnière est venu à mon secours. Ah ! La fusée lunaire, c'est un signe de reconnaissance qui concerne la tribu, toutes les personnes impliquées de près ou de loin dans l'Arback dont je viens de vous parler le portent. Objectif lune ! On veut vraiment marcher sur la lune, deux cent mille exemplaires, c'est cela la lune pour nous.

-C'est amusant, et tout le monde marche ?

-Oui, oui, cela peut paraître un peu puéril mais j'aime bien, il faut savoir rester gamin dans la créativité, et vous, quel est votre album préféré ? »

En quittant Saint-Michel j'avais appris que c'était L'Oreille Cassée, plus qu'une simple BD pour elle, une partie de son enfance où elle avait appris à lire, mieux qu'une poupée ou qu'un Teddy Bear en peluche élimée, elle prétendait pouvoir le réciter par cœur, pour des raisons demeurées obscures j'ai fini par comprendre que ce devait être la seule distraction dont elle disposait là où elle vivait. Oui, elle avait par la suite lu tous les autres, mais l'épopée de ce fétiche en Amérique du Sud chargeait sa voix et son regard d'émotion, elle en parlait comme d'un ami, un compagnon de jeu, témoin ou complice silencieux d'une période de sa vie qu'elle laissait entrevoir mystérieuse.

J'ai orienté la conversation dans une autre direction pour mettre un terme à l'embarras pudique qui affleurait sur son visage, nous arrivions à Odéon, je lui ai parlé du musée Hergé de Bruxelles, elle ne connaissait pas et avouait ne pas courir les musées, nous avions ce point commun.

Il restait maintenant trois stations avant de la voir descendre, les traits de sa figure avaient changé, ils s'étaient rembrunis mais pour moi demeuraient tout aussi attachants, davantage même, je sentais se lover dans ma poitrine l'agréable et secrète sensation née de l'idée que je pouvais peut-être lui venir en aide, la conseiller, la protéger. J'en rêvais brièvement, je m'en rendais compte, je me traitais dans l'instant d'idiot, mais c'était bon.

La piscine, me suis-je dit, parle lui de la piscine.

« J'ai vraiment envie de m'y remettre, vous êtes bien placée pour m'indiquer quels sont les meilleurs créneaux, là où il y a le moins de monde ?

-C'est très simple : les moments où vous travaillez. Évitez quand même le mercredi. Les fins de nocturnes c'est bien aussi, à partir de vingt et une heure les lignes se libèrent, ou alors en week-end, tout en fin d'après-midi il n'y a pas grand monde.

-Il faut prévoir un bonnet ?

-Non, ce n'est pas obligatoire, mais vous pouvez, le textile est un sujet chaud en ce moment.

-A cause du réchauffement climatique ? »

Saint-Germain-des-Prés, là où je devais descendre, j'ai eu une pensée pour Max le Ferrailleur, la rame commençait à se vider, encore deux stations. Suite à ma question un sourire a éclairé son visage :

« Non, rien à voir, le sujet brûlant se sont les tenues de bains, depuis l'ouverture on a interdit le short de bain et maintenant on commence à voir fleurir des burkinis, les gens ne comprennent plus.

-C'est autorisé ?

-Toléré, pour le moment, la consigne de la ville c'est de ne rien dire, laisser faire, j'ai un collègue, un ancien, en arrêt de travail, pendant des dizaines d'années il a fait sortir du bassin les gens en short, là il a carrément pété les plombs. On nous dit que le règlement a changé, non, en fin de compte ce qui a changé c'est qu'il n'y a plus de règlement.

-C'est sûr que l'on peut se poser des questions sur l'application de la notion de laïcité, essayez, vous, d'aller vous baigner en bikini à Kaboul ou Téhéran…vous avez déjà séjourné dans un pays musulman ?

-Non, jamais, et vous ?

-Oui, Maroc et Turquie, et dans un cadre très, très touristique, d'ailleurs au Maroc c'était à Fès au palais Jamai, il y avait une piscine fantastique, extérieur, un vrai plaisir, ce n'est pas le bon exemple, les bikinis ne manquaient pas, on était un peu dans un ghetto, fortuné et peuplé d'européens. »

Tout en lui parlant j'avais échafaudé un plan : attendre la dernière minute pour lui demander des renseignements pratiques sur son lieu de travail et juste avant qu'elle ne descende lui donner mon adresse mail, un peu comme lancer une bouteille à la mer…

Nous venions de quitter Saint-Sulpice, le métro fonçait vers le terminus de notre conversation. J'ai toujours sur moi un calepin en cuir noir pour des prises de notes avec à l'intérieur quelques cartes de visite, j'en ai extrait une tout en lui parlant des charmes de la ville impériale…

« Vous êtes presque arrivée, je lui ai tendu la carte, moi c'est Thomas et vous ?

-Pauline.

-Rien ne presse mais quand vous aurez une minute ce serait sympa de me rappeler les meilleurs horaires pour aller nager, là où la fréquentation est la plus basse, vous avez mon adresse mail, pas un roman, deux lignes cela suffit »

Comme ses deux mains étaient occupées je ne me suis pas risqué à lui tendre la mienne, je l'ai regardée glisser ma carte dans l'une de ses poches puis après m'avoir souhaité une bonne journée se mêler au flot résigné des marabouts.

Pauline, un joli prénom, il chantait déjà dans ma tête, enfin pouvoir mettre un nom sur un visage, j'étais heureux.

LES HALLES

Les jours suivants, celle que je me suis mis à appeler Pauline dans mes pensées s'est totalement évaporée, en me remémorant notre conversation je m'interrogeais sur ce qui aurait pu lui déplaire ou l'effrayer. Ma boite mail restait aussi déserte que le quai pourtant animé du Château Rouge, je m'étais résolu à ne plus forcer le destin et grimpais sans attendre dans la première rame venue avec au fond du cœur l'espoir de cette perle rare, cette rencontre fortuite dont parlait la lettre du shérif, une passagère clandestine qui ne me quittait plus.

Le premier jour d'octobre, un lundi, Jeff a demandé à me rencontrer avant que je me rende tour Montparnasse, l'heure était inhabituelle, lui seul et Lulu étaient présents dans les locaux, le ménage n'était pas encore terminé, Jeff parcourait la presse dans un nuage de havane avec en fond sonore ce que je détestais, un opéra, des gens qui se gargarisent publiquement en beuglant des inepties à l'eau de rose.
« J'ai les bons chiffres du loto pour ce soir, le un, le six, le huit et le zéro.
-Y'a pas de zéro.
-Si, dans le cas présent il y en a un, et c'est ça notre problème, le boss de chez Rkub commence à transpirer, mille six cent quatre-vingt, tu t'imagines, c'est le total à fin septembre, plutôt bien partie la fusée non ?

-Ce n'est que le décollage.

-S'il commence à chier dans son froc au décollage, qu'est-ce que ça va être en phase l'alunissage !

-Qu'est-ce qui le fait chier, de gagner de l'argent ?

-Non, bien sûr, mais pas que…

-Je ne vois pas, la production ne va plus suivre ?

-Non Thomas, ils en bazardaient quelques caisses, on leur a fait miroiter des wagons, mais bientôt à ce rythme-là on ne va plus parler de wagon, mais de trains, de trains entiers. Le problème c'est les commerciaux, la commission des vendeurs, fixe minimum pour ne pas dire dérisoire et gros pourcentage, c'est écrit, acté, il n'y a rien à faire, les mecs on les a fait gagner au loto…

-ça ne va pas durer, c'est comme les joueurs de foot.

-Oui, on est bien d'accord, mais en attendant ils vont engranger, un max ! Les contrats sont béton, son conseiller juridique lui a dit : *achtung minen !*…

-Mais lui, il passe bien à la caisse lui aussi ?

-Je ne me fait pas trop de soucis là-dessus, pauvre chéri, ce qui lui fait mal au cul c'est de devoir bientôt allonger trente mille euros net par mois à ses vendeurs, ça déséquilibre les relations humaines dans l'entreprise, le mec qui emballe les Arback il émarge à mille cinq cents brut, tu comprends ?

-Je comprends, mais ce n'est pas notre problème, il fallait y penser avant, il n'a qu'à filer des primes à tout le monde, nous on va sur la lune, mille six cent quatre-vingt ! Sacrée semaine qui se prépare, je vais en remettre une couche aujourd'hui, le jour où on passe à cinq chiffres on leur paye le Champagne.

-Non.

-Non ? Alors JE leur paye le Champagne.

-Peut-être, et je veux bien participer, si je dis non c'est que tu ne vas pas en remettre une couche, la réunion d'aujourd'hui est annulée, c'est pour cela que je voulais te voir, ce n'est pas ma décision, c'est celle de leur boss. »

C'est ainsi que je me suis retrouvé baignant dans l'air humide et frais de cette matinée d'automne, Jeff m'avait conseillé : « profites en pour t'occuper de toi, glande un peu, on ne glande jamais assez, surtout dans notre métier. »

La lumière n'était plus la même, elle avait perdu de cette subtilité qui par moment nimbait certaines journées de septembre d'une ambiance si sereine, j'avais toujours été sensible à la magie des équinoxes, adolescent il me semblait que certains soirs de mars le monde retenait son souffle, que quelque chose de beau et inattendu allait apparaître. Bientôt l'obscurité, les ténèbres deviendraient aussi violentes que le plein soleil d'été.

Je m'étais installé en terrasse, guettant l'arrivée de Max, l'inévitable Ferrailleur.

Des moineaux pépiaient à mes pieds en se disputant des miettes de chips, un autre pépiement est venu se greffer sur leur chamaillerie, celui-là provenait de mon smartphone, il m'annonçait l'arrivée d'un nouveau mail au moment même où une main s'abattait sur mon épaule.

« Oublie un peu ces conneries là, ça peut sûrement attendre, autrement ça finit mal, j'ai un pote qui en est mort, il n'allait jamais chier sans son téléphone, il est mort sur le trône, comme un roi, le roi des cons, en consultant la météo du week-end ou les résultats sportifs, crise cardiaque ! Après dissipation des brunes matinales… bla, bla, bla… les blondes en début de soirée deviendront carrément dévergondées, à part ça tu vas bien ? Et ta brune, comment elle va ? »

Il avait pris place face à moi, son habituel journal à la main, hirsute et débraillé, à l'image de ses propos, avant de lui répondre j'ai balayé du regard l'écran de ma boite mail, c'était elle !

De : pauline.mueller@laposte.net
Bonjour,
Il y a beaucoup de détails pratiques que vous trouverez via le net sur le site de la piscine, si vous avez l'intention de venir souvent

nager il vaut mieux se faire établir une carte rechargeable, plus économique que les tickets à l'unité.

En ce qui concerne les bons créneaux horaires, le matin de bonne heure, dès l'ouverture (7h les mardi et jeudi). En week-end le soir à 18h les samedi et dimanche, et l'idéal vers 14h en semaine après le rush des nageurs du midi.

Bonne journée.

J'avais son nom et son adresse mail, c'était comme un trésor, Max s'impatientait :

« Alors Shérif, quoi de neuf à Spincity ?

-Mille six cent quatre-vingt.

-Pffeet... nazet, ça change tout, tu parles de quoi là, de tes battements de cœur ? Ah l'amour !

-Non, des ventes d'Arback, et encore à l'heure qu'il est le chiffre a dû encore grimper.

-Profitez-en, avec le prélèvement à la source les lendemains de fêtes vont être moins rose, la baisse du pouvoir des chats, comme dit l'autre, c'est pas pour les chiens ah, ah, ah, t'en penses quoi toi Petit ?

-De quoi ?

-Du fait que l'on se fasse traire comme des chèvres à tout bout de champ. »

Après avoir partagé deux cafés avec le Ferrailleur en l'écoutant dézinguer à tout va ce qui bougeait dans l'actualité je me suis remis à glander sans avoir évoqué avec lui le mail dont je venais de prendre connaissance.

J'ai beaucoup marché et relu souvent les lignes que Pauline m'avait écrites, elle, la fille, la maître nageuse possédait maintenant un nom que je me plaisais à associer au souvenir de son visage dans mes pensées. J'échafaudais toutes sortes de réponses, aucune ne me convenait.

En début d'après-midi j'ai profité de mon temps libre pour faire l'acquisition d'un nouveau maillot de bain et d'une paire de lunettes de natation, ensuite je me suis rendu à la piscine, sans l'intention de nager, simplement pour m'y faire établir une carte d'abonnement.

Dans le hall d'entrée de larges baies vitrées permettaient de profiter d'une vision complète de l'ensemble du bassin principal, au premier étage une cafétéria offrait en surplomb une vue encore meilleure sur ce qui paraissait être une fourmilière aquatique. Je me suis attablé devant un café pour contempler, durant quelques minutes en grignotant un cookie, le spectacle des différents ébats.

Pauline était présente, assise sur l'une des deux chaises hautes destinées à la surveillance du bassin, un autre maître-nageur occupait le siège à ses côtés. Tous les deux étaient vêtus à l'identique, short noir et t-shirt rouge, ils échangeaient souvent des paroles, je me suis trouvé soudain stupide en constatant que j'étais déjà jaloux de ce type.

Il fallait absolument que je lui réponde, vite, dès aujourd'hui, être lu avant qu'elle ne s'endorme me paraissait impératif, le paradoxe étant que je craignais de la rencontrer dans le quartier avec l'obligation de la remercier de vive voix, ce qui gâcherait l'opportunité de lui écrire des mots qui n'auraient qu'un très lointain rapport avec les horaires de piscine.

Ces mots j'ai fini par les trouver, les soupeser, les choisir puis les faire courir sur le clavier jusqu'au bord de l'abîme qui s'ouvrait dans mon ventre lorsque je les regardais naître :

De : thomasderrien@gmail.com
Bonsoir,
Merci pour les précieux conseils, suivis d'effets, puisque ça y est, je suis encarté, j'ai profité d'une journée 'off' pour découvrir cette piscine dans l'après-midi, je vous y ai aperçue…
Il faisait vraiment beau, l'été s'étire et s'attarde dans la magie des lumières d'équinoxe, mais les plus belles éclaircies restent invisibles, ce sont celles où le hasard (parfois étonnamment perspicace) me fait

croiser une silhouette, un regard, un sourire…dans l'anonymat du monde.
Je vous souhaite une bonne semaine.
Thomas.

Trois jours ont passés. Jeudi Jeff nous a annoncé :
« Prévoyez tous les deux d'être à Bordeaux demain soir, Véronique vous a réservé deux chambres au Novotel Meriadeck, malheureusement je ne peux pas être là, je pars à Copenhague pour le week-end et ça m'empoisonne bien.
Il se passe des choses, on a plus que doublé avec Rkub depuis lundi, quand j'appelle, la fille du standard se met à bé,b,b,b,bé guai, guai, guai… yéyé, un truc comme trois mille neuf cents et des poussières, je vous mets en relation avec la direction qu'elle susurre, et là, the boss himself probablement un œil sur le compteur de son bureau récite : on, on, on… arrive en vue des quatre mille… trois mille neuf cent quatre-vingt-douze. Ah, ah, ah le mec il est en transe, oublié les vapeurs relatives aux commissions de ses commerciaux, ça y est ! Il est dans le trip ! A fond putain ! Je le renifle, putain comme je le renifle !! Bon, pour faire simple, la réunion de lundi qu'ils ont annulée est reportée samedi matin à Bordeaux, c'est plus central pour l'ensemble des gus dispersés, paraît-il, je me demande quand même ce que le mec de Strasbourg va aller branler en Gironde le week-end, c'est leur problème, vu de loin comme ça j'ai l'impression que cette bande de ouistitis coure comme des canards sans têtes, il ne faut rien changer, je compte sur vous pour leur mettre une bonne piqûre de rappel dans les fesses, vous ne serez pas trop de deux, Thomas tu prends la fesse droite, et toi Fred la gauche, détail : les managers seront là, ne vous ratez pas les mecs ! »

Fred n'était pas très chaud, je l'ai rassuré :
« T'inquiète, je m'occupe des éléments de langage…on en parlera dans le train…le terrain est bien défriché, ils avancent comme des bulldozers. »

Vendredi, quatre longs jours avec ni son, ni image, pas une heure sans que je ne consulte ma boite mail, parfois même au cœur de la nuit.

J'espérais une réponse de sa part avant d'aller tâter l'eau de la piscine, crainte de me retrouver face à elle et de devoir lire dans son regard quelque chose qui dans mes lignes lui aurait déplu. Peut-être que tu y a été un peu fort avec ces *plus belles éclaircies qui restent invisibles…* C'était mon angoisse, elle ne me lâchait pas d'une semelle, plus lourde que la valise à roulettes que je traînais vendredi midi à l'entrée des catacombes du Château Rouge.

Nous nous sommes croisés sans qu'elle me reconnaisse, j'allais attraper mon train à Montparnasse déguisé en pingouin-marabout, et elle : méconnaissable, habillée en princesse.

Je me souviens à peine de la robe d'été, noire je crois, et des ballerines blanches, mais je garde encore dans mes yeux cette légère veste jaune qui faisait d'elle un soleil. Ses mollets nus s'éloignaient sur le trottoir opposé et m'abandonnaient, résigné à être dévoré durant de longues heures par mon étonnement et mes regrets de ne pas lui avoir crié en pleine rue : la plus…, non pas la plus belle, cela ne veut rien dire, la plus, la plus… pas la plus élégante non plus, encore plus stupide, alors la plus… j'étais encore et encore davantage amoureux, et le plus extraordinaire restait cette démarche, sa manière de bouger, non elle ne bougeait pas, non elle ne se déplaçait pas, elle flottait, elle volait, ce jour-là j'ai compris que c'était elle qui habillait ses vêtements et non l'inverse.

Fred occupait déjà sa place dans le train, nous voyagions face à face, il dévorait un sandwich.

« Tu manges déjà ?

-Non, enfin ! Jeff m'a tenu la jambe, il s'en fout lui, son déjeuner c'est un cigare.

-Tu veux que je te dise un truc ?

-Dis toujours, un de plus, un de moins, on m'en a balancé des trucs aujourd'hui.
-La barbe, cela te va bien la barbe de quatre cinq jours, c'est très tendance.
-Ah ouais, tu te mets à aimer les barbus maintenant ? Je croyais que tu détestais ?
-Terminé, ma vie a changé…
-Bof, la mienne change tous les jours, et toi, depuis quand ?
-Depuis que je me suis fait chier dessus par un pigeon, bizarre hein ?
-Je ne vois pas le rapport.
-Et pourtant il y en a un…tiens, tu m'excuses… »

Je venais d'entendre le tintement de l'arrivée d'un nouveau mail, un coup d'œil sur mon portable et mon cœur s'est emballé :

De : pauline.mueller@laposte.net

« Les affaires reprennent ? A commenté Fred, on a explosé les cinq mille ? »

J'ai lu ces lignes comme on dénoue le ruban d'un paquet pour découvrir un présent, dans ce genre d'exercice il y a toujours une petite voix qui assure : « Si ça te plaît pas ou si c'est pas la bonne taille on peut toujours changer… »

Bonjour,
Je ne suis pas très douée pour les échanges virtuels…
Félicitation pour votre inscription.
Ce que vous m'écrivez au sujet des lumières d'automne me laisse dans la confusion, c'est joli mais j'ai l'esprit ailleurs en ce moment.
Bon courage pour vos premières séances et bonne fin de semaine également.

Il n'y avait pas de signature, le texte très court, limite lapidaire, les mots *confusion* et *esprit ailleurs* résonnaient négativement dans ma tête.

Surtout ne pas répondre immédiatement, c'est la résolution que j'avais prise.

Le lendemain nous nous sommes retrouvés devant une équipe survoltée, beaucoup étaient arrivés tard dans la nuit, tous arboraient ostensiblement le pin's de la fusée lunaire sur leurs vêtements, Fred m'a murmuré que certains devaient le mettre sur leur pyjama et dormir avec, beau travail !
Le chiffre a encore bondi, nous étions à plus de cinq mille, la première commande de réassort venue d'un magasin lillois venait de tomber.
L'exercice pour nous était de conforter l'équipe de vente sur l'idée que chacun était son propre patron sur son propre secteur, Fred excellait dans ce domaine :
« Le seul reporting qu'on vous demande c'est de connaître et de vivre avec un chiffre à l'instant T, votre chiffre, tout le reste c'est de la mauvaise littérature, vous êtes des hussards, vous avez le devoir de gagner et par conséquent tous les droits, celui de déjeuner d'une pomme le midi et de festoyer d'une poularde rôtie le soir, votre direction vous suivra. »
Tous buvaient du miel et la direction suivait. Nos conseils de ne pas démarcher pour le moment la grande distribution étaient entendus et compris :
« Ces centaines de petits ruisseaux donneront un jour naissance à un fleuve qui emportera tout sur son passage… aujourd'hui ce serait suicidaire, la production peut à peine suivre… »

Fred est resté à Bordeaux pour y passer la fin du week-end, j'ai attrapé de justesse le dernier train en direction de Paris, après l'arrêt de Tours je me suis profondément assoupi, je déambulais dans une ville elle aussi endormie sous une énorme cloche de verre, en levant la tête il était possible d'observer les étoiles et de discerner le clignotement furtif des avions, le seul bruit que l'on percevait était le feulement régulier des pédaliers de bicyclettes qui sillonnaient rues et boulevards de cette étrange citée. J'en comptais des milliers, leur nombre grossissait à mesure que la nuit avançait, sans répit des centaines d'autres surgis de nulle part courraient se jeter comme des affluents dans ce fleuve immense et silencieux, tous avaient dessiné sur leurs dos l'image d'une jeune femme traversant une rue vêtue d'une robe légère et d'une veste jaune, la maître nageuse.

Vu d'en haut et du fond de mon sommeil, bercé par les soubresauts du train, la ville devenait un gigantesque arbre de Noël zébré d'une multitude de guirlandes toutes identiques.

Quelqu'un m'attendait sur le quai de la gare, le mauvais destin, invisible, il me suivait, restait attaché à mes pas, ne me perdait pas de vue, j'aurai dû sentir son regard peser sur mes épaules. Je devais encore vagabonder dans mes rêves. Dans les couloirs déserts de Château Rouge je n'ai rien vu venir, ils étaient trois à attendre autre chose que le métro, comme je ne voulais pas lâcher ma valise j'ai été jeté à terre et comme la valise ne leur suffisait pas, ils m'ont roué de coups et totalement dépouillé, des maghrébins très jeunes, presque des enfants.

« On les appelle les enfants de la Goutte-d'Or, a expliqué l'un des deux inspecteurs venus m'interroger à l'hôpital Lariboisière, ils débordent parfois de leur territoire, ce sont des mineurs sans attaches familiales en France, ils sont ultra violents, sans abri et poly toxicomanes, ils vivent, enfin, ils survivent d'agressions et de vols à l'arraché, vous ne reverrez jamais votre valise, ni téléphone, ni ordinateur, ni rien… Il n'y a qu'une seule de vos poches qu'ils n'ont pas vidée, on y a trouvé une lettre et votre billet de train, c'est grâce à lui que l'on a pu remonter le fil de votre identification…

-La lettre… alors vous avez ouvert la lettre ?

-Oui, désolé, il fallait bien, d'ailleurs elle est là, on vous l'a rapportée, tenez…

-Et alors vous l'avez lue ? Forcément.

-Oui, forcément, a-t-il dit en la déposant délicatement à mes pieds sur le drap blanc accompagnée du billet de train, et… comment dire… »

C'est son collègue qui après s'être éclairci la voix a continué :

« D'ailleurs si j'étais une femme c'est le genre de lettre que j'aimerais bien recevoir… Bon, beaucoup plus terre à terre, l'an passé ces mineurs isolés ont provoqué plus de huit cent gardes à vue, cette année on est bien , ou mal, parti pour battre le record, nous sommes là pour recueillir le maximum d'informations sur vos agresseurs et leur mode opératoire, même celles qui peuvent vous sembler anodines et sans intérêt et… euh… avant cela le personnel de l'hôpital nous a indiqué que vous n'aviez aucune personne à prévenir en cas d'accident, vous confirmez ?

-Oui, oui je confirme.

-Vous n'avez plus de parents, pas de frère ou sœur ?

-Si, mais…

-Vous… vous savez quelque fois ce genre d'accident peut être l'opportunité de… de resserrer des liens distendus, enfin, c'est vous qui voyez. »

Oui, c'est moi qui voyais, je n'allais quand même pas leur parler de Max le Ferrailleur ou du Shérif.

Je suis sorti le mercredi matin avec un arrêt de travail jeté dans la première poubelle, j'ai trimballé mes deux côtes cassées, mon poignet bandé et mon visage tuméfié jusqu'au bureau.

« T'es dingue, on serait venu te chercher, putain ils ne t'ont pas raté ! Tu sais ce que ça veut dire B.D.N ?

-Non, bande de nazes ?

-Boule de neige ! Dis un chiffre ? Non, attends, j'ai mieux, la météo en direct… »

Jeff avait composé un numéro sur son téléphone puis me l'avait tendu :

« *Rkub bonjour, onze mille quatre cents soixante-quatre…* »

Il jubilait : « Tu t'rends compte, en deux jours on est passé à cinq chiffres, ce n'est plus une grosse boule, c'est une avalanche, vous leur avez fait fumer toute la moquette du Novotel ! Demain il y a un container qui débarque au havre, tout est déjà vendu, c'est comme s'il était vide, je leur en ai fait programmer dix autres, dix d'un coup, à ce train-là dans un mois ce sera un cargo entier ! Rien que pour nous ! Tu t'imagines mon Lulu ! »

Le serrurier m'attendait au pied de l'immeuble, comble de malchance l'ascenseur était en dérangement durant tout l'après-midi, il a fallu se taper les huit étages et en profiter pour faire la conversation.

« Normalement il me faut une pièce d'identité, je dois m'assurer que la personne qui me fait intervenir est bien l'occupant du logement, parce que les magouilles c'est pas ça qui manque, et en plus avec tous ces divorces… bon là vous me présentez un papier des flics comme quoi monsieur Thomas Derrien s'est fait agressé et entièrement dépouillé, mais rien ne me prouve que vous êtes bien monsieur Derrien, bon, mis à part que vous avez bien la tête qui correspond au papier des flics, ah la racaille ! C'est pas dans l'avion qu'il faut les remettre, mais dans la Seine, les pieds dans le béton. »

Il ne lui a fallu que quelques minutes.

« Tenez, j'ai dit, entrez je vais vous faire un chèque… oh putain merde alors !!!

-Et oui, putain comme vous dites, y'a eu du passage, ils n'ont pas perdu de temps, je vous conseille de ne rien toucher, les flics vont rappliquer pour faire des relevés d'empreintes et d'A.D.N. J'ai l'habitude vous savez, hélas. »

Même plus de quoi lui établir un chèque, une fois la serrure remplacée et son papier signé je me suis assis sur le carrelage, le dos à la porte, j'ai pleuré en silence en écoutant ses pas redescendre l'escalier.

Alors j'ai extrait de ma poche la lettre, l'essentiel demeurait là, il leur avait par bonheur échappé, on peut tout remplacer, une serrure, un téléphone, un ordinateur, une carte de crédit, mais pas une lettre comme celle-ci.

Après avoir longuement examiné son passage entre les mains des inspecteurs, je l'ai relue : *Ceci n'est pas une lettre d'amour… soulager une conscience sujette à beaucoup de confusion…*

Confusion, dans le dernier mail de Pauline figurait : *ce que vous m'écrivez au sujet des lumières d'automne me laisse dans la confusion…*, le même mot ! j'ai eu l'impression que cette soudaine et troublante similitude donnait la vie à ce papier, il frémissait légèrement entre mes mains tremblantes, dans ma tête un oiseau a soudainement pris son envol, il fallait absolument que je lui réponde.

Entre la banque, l'assureur et mon opérateur téléphonique j'ai réussi à caser une visite surprise chez Max.

CHÂTELET

En fin d'après-midi, avec beaucoup de difficultés je suis parvenu à localiser son repaire, il habitait au bout d'une impasse, ce qui lui allait bien, un logement de bric et de broc entouré de végétations savamment ordonnées avec beaucoup de laisser aller, étrangement cela ressemblait plus au fin fond de la Creuse qu'au cœur de Paris.

« Alors Petit, il a fallu que tu te fasses casser la gueule, hein c'est bien çà, pour venir me rendre visite ! Ah, ah voilà ce que c'est, tu lui as dit que tu l'aimais et t'es tombé sur une ceinture noire de karaté troisième dan, bah mon pote, celle-là elle a rajouté un chapitre au Kamasutra, la vache ! Fais voir ton œil ?

-Max, j'ai besoin de ton P.C.

-Mon quoi ? Ordinateur ? Je n'héberge plus ce genre de bestiole chez moi, par contre une bonne bouteille de derrière les fagots ça va te retaper.

-Non Max, il faut vraiment que j'envoie un mail, oui c'est bien ça, dimanche soir je me suis fait choper dans les couloirs du métro à Château Rouge, ils m'ont tout piqué et pendant que j'étais à l'hosto ils ont vidé l'appart.

-Bon, t'es pas le premier ni le dernier non plus, j'ai ce qu'il te faut. »

Il me fallait un P.C, je suivais docilement le Ferrailleur comme un petit chien, ne l'écoutant que d'une oreille je m'efforçais en marchant de trouver les phrases, les mots, les pensées à faire courir sur le clavier devant lequel j'allais enfin pouvoir m'installer.

Paco était son copain, il tenait un drôle de business, l'Atelier de la Bicyclette, une sorte de hangar en retrait des boulevards, par certains côtés semblable à l'endroit où Max avait établi son nid, l'atelier en question avait les allures d'un repaire de fondus de vélo.

« Ça devrait te plaire… toi et ta boite qui donnez dans le cinéma sur deux roues, bon on en est loin ici, c'est plutôt la clinique de la Petite Reine, ça trafique un peu mais tout est réglo, avec ta tronche et ta démarche ils vont croire que tu t'es fait ramasser dans un couloir de bus. »

Paco, la clope au bec, nous a conduits au cœur du fouillis de ce qui lui servait de bureau, il nous a recommandé la machine à café puis nous a abandonné sans poser de question.

« Alors ? a interrogé Max, ton envie pressante, c'est quoi ? Tu peux te lâcher maintenant ?

-C'est elle.

-Ah ! J'en étais sûr !

-On a commencé à correspondre et je me suis inscrit à la piscine.

-Vois pas le rapport.

-Elle est maître nageuse.

-Oh Petit ! Maître Nageuse ! Pas banal… c'était donc cela le sac de sport, une piscine, bel endroit pour prendre un bouillon ! Et elle a un prénom cette petite sirène ?

-Oui, Pauline.

-Pas très original mais charmant, sans faire de jeux de mots on pourrait dire Pauline à la page… allez, je t'accorde un quart d'heure pas plus, je file à la supérette, on va arroser cela.

De : thomasderrien@gmail.com
Bonsoir,
Désolé pour la confusion, je voulais simplement vous faire partager ma sensibilité sur cette mise en lumière si particulière du monde à laquelle on assiste durant cette période de l'année, on retrouve cette même configuration au mois de mars. Nous en

sommes tous les acteurs involontaires, mais il m'a semblé, et je persiste à le penser, que vous êtes une bonne ambassadrice de cette magie naturelle si simple et reposante.

Prenez-le comme un compliment sans arrière-pensée, vous m'écrivez avoir l'esprit ailleurs en ce moment, je ne souhaite pas que cela vous rende soucieuse.

Ma première apparition à la piscine risque d'être retardée, je me suis fait agresser par une bande de voyous à Château Rouge en rentrant de nuit d'un séminaire en province, bilan entre autres : deux côtes cassées, ou fêlées, pas très recommandé pour la natation…bon, on avisera… ma préoccupation du moment est de me ré équiper avec tous ces objets dont on rêve parfois l'anéantissement, cela va sûrement vous sembler étrange mais je vous écris sur l'ordinateur de l'ami d'un ami dans le bureau poussiéreux de l'arrière-cour d'un atelier de réparation de bicyclettes, il y a dans notre quotidien les nécessités qui nous sont imposées, les priorités que nous nous fixons et puis parfois on ne se l'explique pas des choses qui surgissent et éclipsent tout le reste.

J'aime vivre de tels moments et je voulais simplement vous faire partager celui-ci. Bon courage pour cette fin de semaine et à bientôt peut-être.

Thomas.

J'ai rapidement relu ces lignes avant de les envoyer, pas très satisfait de la forme que je jugeais un peu bâclée mais l'essentiel était dit, écrit, proclamé, il n'y avait plus qu'à attendre.

Max avait déniché une bouteille de crémant d'Alsace.

« Bon les mecs il n'est pas très frais mais ça vaut bien certains Champagnes… on va dignement arroser ta nouvelle vie… »

Paco nous a rejoint au son du bouchon qui saute, après avoir trinqué je regardais méditatif l'agrandissement photographique punaisé au mur, un rassemblement hétéroclite de cyclistes avec pour certains des accoutrements aussi saugrenus que leurs montures.

« C'est le club des cents a expliqué Paco, il est encore ouvert, il n'y a pas de limite, chaque premier jeudi du mois on organise une balade nocturne dans Paris, je dis qu'il est encore ouvert parce que chaque membre a la possibilité d'inviter deux personnes à une séance, je t'invite si tu veux pour la balade de novembre ?

-Pourquoi pas, j'ai répondu, avec déjà la pointe d'une idée qui germait dans ma tête. »

Ensuite deux amis de Paco nous ont rejoints, puis une deuxième bouteille, puis une troisième enrobée de conversations que je n'écoutais plus, Max me saoulait autant que le crémant, j'ai regagné la rue Doudeauville en titubant légèrement d'un trottoir à l'autre et beaucoup plus encore dans mes pensées.

La journée du lendemain a été consacrée à me raccorder de nouveau au monde, ce qui fut fait en fin de matinée, une avalanche de mails a inondé ma boîte, rien du côté de la princesse de Château Rouge.

Le miroir de la salle de bain s'obstinait à me rappeler ma mésaventure, les ecchymoses jaunissaient légèrement, l'automne s'emparait également de mon visage, je me comparais aux platanes de l'avenue, tout compte fait je n'étais pressé de rencontrer personne, elle y compris. Je suis resté cloîtré le restant de la semaine, les nuits étant particulièrement pénibles je somnolais souvent dans la journée et ce n'était qu'assis le buste bien rejeté en arrière que je pouvais goûter de brèves séquences de sommeil réparateur.

Samedi matin au terme d'une nouvelle courte nuit je me suis décidé à appeler Jeff la première heure raisonnable venue, ce qui pour lui correspondait à sept heures, effectivement il se trouvait déjà au bureau, l'opéra battait son plein et la musique faisait défiler dans le ciel de mon imagination des gros nimbo-cumulus de Havane.

« Bien sûr, arrive tout de suite, treize mille deux cent soixante, des commandes doivent encore tomber aujourd'hui, je suis pour l'ouverture du dimanche, je suis pour l'ouverture de tout, tous les jours de la semaine, boulangers, bordels et grandes surfaces, les gens prennent trois jours de repos tous les dix et basta, je suis pour la vie non-stop, le dimanche est vraiment le jour le plus con et le plus triste de la semaine, encore ici à Paris on s'en tire un peu, mais va passer un dimanche à Châteauroux, tu crèves, d'ailleurs ils y ont pensé… arrive, arrive ! Tiens, prends des croissants au passage… »

C'est en quittant le métro désert, car elle n'était pas là, que j'ai pris la décision d'aller nager en soirée.

Le bureau était effectivement noyé dans le tabac, en entamant la première viennoiserie Jeff m'a interrogé la bouche pleine :

« Alors, tu sais pourquoi ils y ont pensé ?
-Qui ça ? A quoi ?
-Pourquoi un dimanche à Châteauroux peut s'avérer mortel ? En sortant de la ville direction Issoudun il y a un bled qui s'appelle Crevant, amusant non ?
-Cette année Halloween tombe un mercredi.
-Peut-être bien, on s'en fout, j'vois pas le rapport avec Crevant ?
-T'as raison, y'en a pas, je suis venu te parler de la chose suivante, hier soir un ami m'a fait découvrir un atelier comment dire… un espèce de club de fondus de bicyclettes, ils réparent, trafiquent, bricolent, prêtent, louent, échangent, genre économie solidaire, mais surtout une fois par mois ils organisent une traversée de Paris en nocturne, ils sont une bonne centaine, les membres du club plus quelques invités, alors j'ai pensé que l'on pourrait récupérer le truc et pourquoi pas l'étendre à toutes les grandes villes, on sponsorise leur assos et on les équipe tous d'Arback pour la soirée d'Halloween avec pour tout le monde le même hologramme dans le dos, tu imagines une véritable armée de sorcières à cheval sur leurs balais qui descendent les Champs ou la rue

de Rivoli avec en bas du dos *Arback* et notre numéro de téléphone qui s'affiche...

-Arrête ! Tu veux que je te dise ! Tu devrais te faire casser la gueule plus souvent ! ça te réussit plutôt bien. On est déjà en train de se faire des couilles en or, mais alors là ! »

Ensuite, pour une raison ou pour une autre, enfin, pour la seule et unique raison de la rencontrer, la croiser à nouveau, j'ai défilé trois fois sous ses fenêtres, je suis allé à deux reprises acheter des produits presque inutiles au Carrefour City. J'ai aussi poussé la porte de son immeuble et constaté avec intérêt que le digicode était défectueux, la rangée de boites aux lettres s'offrait à mes yeux, je les ai détaillées une à une et le cœur battant mon regard s'est posé sur ce bout de carton blanc, scotché à même le métal lugubre et froid, où il était inscrit manuellement en lettres bâtons MUELLER.

J'ai bien suivi ses conseils : pénétrer samedi dans le hall de la piscine à dix-huit heures pile, quarante minutes avant la fermeture.

Elle se trouvait là, seule, assise sur une chaise haute. Je me suis prudemment mis à l'eau côté petit bain, là où j'avais pied afin de tester et d'évaluer sans risque ma douleur. J'ai vite eu l'impression qu'elle m'avait reconnu, je n'osais pas la regarder ostensiblement, je m'efforçais de me comporter le plus naturellement possible, j'ai nagé dans la ligne opposée au bord du bassin sur lequel elle se trouvait, un crawl lent regulier et tranquille, j'ai défilé six fois devant elle, dur de ne pas la regarder et excitant de penser qu'elle pouvait m'observer. Mes deux côtes me laissaient momentanément en paix freinant naturellement l'intensité de mon effort, j'étais bien.

C'est en nageant sous ses yeux que m'est venue l'idée d'insérer dans sa boite aux lettres l'extravagante missive du shérif qui ne me quittait plus, puis j'ai vite pensé que ce serait une bêtise mais retenu l'idée de déposer quelque chose, un truc anonyme à la fois joli et insignifiant, la lettre pouvait attendre, après tout ce périple elle ne méritait qu'une remise en main propre avec des éclaircissements de vive voix sur son origine.

En quittant la piscine j'ai traversé un petit square au milieu duquel trônait sur un carré de pelouse un érable du Canada déjà en feu, j'ai détaché une feuille rouge, le plus petit possible, que j'ai glissée dans mon portefeuille.

Paco m'attendait, il s'apprêtait à fermer, c'est Max qui m'avait arrangé le rendez-vous.
« Sec ! Bien sûr !?
-Euh, je sors de la piscine, pas si sec que cela.
-Non, j'te parle du whisky, j'ai pas de glaçon mais c'est du très bon, un Islay, on ne va quand même pas noyer la tourbe dans de la flotte non ? Le samedi c'est sacré, je décompresse, c'est la journée la plus dure, la plus chiante mais la plus rentable aussi, bon, à ce propos Max m'a parlé de la nuit la plus rentable, alors, c'est quoi votre truc ? »

J'avais le feu vert de Jeff, je lui ai tout expliqué : à partir du lundi des types de chez Rkub débarquent et équipent la centaine de bécanes avec les Arback, après les gus n'auront qu'à pédaler, vestes, blousons, ou coupe vents de préférence sombre, surtout pas de jaune, après restitution du matériel chaque acteur recevra cinquante euros en cash, un bon pactole pour l'assos…

Paco sirotait son whisky avec cérémonie, sous l'effet de mes paroles ou de l'alcool ses yeux s'étaient mis à briller.

« Putain de moine ! ça fait presque cinq mille euros de l'heure votre histoire ! Heureusement qu'on a des selles sur nos vélos, le commerce moderne ça me troue le cul. »

Le digicode était toujours en panne, à croire que c'était comme ça… Après avoir traversé la rue, en levant la tête j'ai aperçu de la lumière dans son appartement, je venais de glisser la feuille d'érable rouge dans sa boite aux lettres, mon seul regret étant qu'elle ne la découvrirait probablement que lundi soir au retour de son travail.

Il y a des dates qui resteront toujours tatouées dans nos mémoires, le quatorze octobre deux mille dix-huit est vite devenu pour moi une suite de chiffres fétiches bien souvent utilisée comme code secret ou clef de déverrouillage.
C'était un dimanche, j'avais très mal dormi, toujours du fait de ma blessure aux côtes mais également de certains espoirs qui commençaient à se fissurer, Pauline occupait mes pensées, trop, au point que je me surprenais à regretter cette longue conversation que nous avions eu dans le métro, durant de courtes périodes je me jugeais puéril et stupide, le Ferrailleur qui riait de moi d'avoir déménagé pour quelqu'un que je ne connaissais même pas, que je n'avais fait qu'effleurer des yeux, aurait dû me gifler et me traiter d'imbécile pour me ramener à la raison, mais lui ? Lui et la raison !
C'était sans doute le moment le plus lugubre de la journée, celui où je me trouvais devant ma tasse de café au lait au bord du vide angoissant d'une bonne douzaine d'heures, mon horizon le plus proche restant le quai du métro de lundi matin. Je m'employais à télécharger des applications sur ma nouvelle tablette lorsque je me suis brusquement rendu compte qu'un mail de Pauline s'était glissé parmi la dizaine d'envois publicitaires nocturnes, l'horaire m'a tout de suite interpellé : le message était daté du dimanche 14 octobre, zéro deux heures cinquante et une. Je suis resté quelques minutes à remuer la cuillère dans mon bol, je me trouvais sur le seuil, derrière une porte que j'appréhendais à pousser, le plus excitant étant qu'il n'y avait ni serrure et verrou, un grand vide tourbillonnait en moi, c'était donc aussi cela l'amour...

De : pauline.mueller@laposte.net
Bonjour,
Finalement votre première apparition à la piscine n'a pas été si retardée que cela, je vous ai aperçu hier soir, en vous observant nager

on n'imagine pas que vous avez deux côtes cassées. Je voulais vous remercier pour votre gentillesse.

Oui, j'ai l'esprit ailleurs et j'ai aussi des insomnies, ma maman est très malade, j'aimerais comme vous pouvoir apprécier cette magie si simple et naturelle de la lumière dont vous parlez si bien…

Je ne sais pas pourquoi je vous écris tout cela, je tiens à vous dire que je me méfie du monde entier, j'ai vécu une séparation difficile avec quelqu'un de manipulateur qui m'a ruiné l'âme et le cerveau, pour remonter la pente je me suis retrouvée sous l'emprise d'une coach qui en quelques mois m'a ruinée elle aussi financièrement.

Je vous souhaite un bon dimanche.

Voilà, j'étais abasourdi, je n'en revenais pas, quelqu'un qui au milieu de la nuit, à quelques centaines de mètres de là vous dévoile des choses si intimes… j'ai relu ces lignes des dizaines de fois, le mot *ruinée* avait été employé à deux reprises, l'envie d'interpréter cela comme un appel au secours a surgi en moi, il fallait que je réfléchisse, seul.

Je suis allé courir au jardin du Luxembourg, d'abord la marche rapide, ensuite des petites foulées, en une semaine j'avais bien récupéré, seuls quelques mouvements asymétriques déclenchaient un petit pincement douloureux. Au terme du troisième tour je me suis assis sur un banc exposé plein soleil, j'ai fermé longuement les yeux, écouté, déchiffré la vie autour de moi, il fallait que je la rencontre, que je lui parle, ailleurs qu'entre deux stations.

Lundi matin elle n'était pas dans le métro, un sentiment de panique m'a envahi, pendant des heures j'avais hésité à lui répondre, résisté à une forme d'emportement exubérant, et maintenant la crainte qu'elle prenne mon silence pour de l'indifférence me rendait malheureux, j'avançais résigné comme quelqu'un qui viendrait de manquer son train ou son avion.

Je n'ai pas pu échapper à Max, je n'ai rien fait pour non plus, il y a des parts de hasard dans lesquelles on n'a pas trop envie de se débattre, ce lundi matin devait inévitablement ressembler aux autres lundi matin.

« T'as meilleure mine, t'as plus l'air de sortir d'un concasseur, la piscine te fait du bien.

-T'es au courant ?

-Paco. Il m'a appelé, il ne joue jamais au loto, en clair il a du mal à imaginer comment il pourrait empocher cinq mille euros en se baladant à vélo durant deux petites heures...

-Et alors ?

-Alors je lui ai dit et répété que ce n'était pas de la daube, qu'il pouvait vous faire confiance, qu'est-ce que vous allez projeter sur le dos des gonzs ? Il m'a parlé de sorcières, c'est toujours d'actualité ? Vaut mieux, évitez les chevreuils ou les lapins, en Savoie ce week-end les chasseurs ont flingué un vététiste, raide mort le mec, pris pour un sanglier. Tu t'imagines ! Un sanglier triple plateaux, freins à disques, dix-huit vitesses, ah les cons ! Mais le pire Petit c'est un député de la bande à Macruche qui demande l'interdiction des V.T.T pendant la période de la chasse, non, non, on ne rêve pas ! Et pendant ce temps-là le député Mélenchon perquisitionné exhorte : *Camarades ! Enfoncez la porte !!!* Tu rêves ? »

Non et oui à la fois, depuis quelques semaines je vivais dans un rêve, seule Pauline occupait mes pensées.

« Tu sais, c'est un peu dur en ce moment, ce matin surtout, on... on s'écrit mais je ne sais pas quoi faire, et ...

-Mais putain ! Bordel de merde ! Tu te rends compte que depuis des dizaines d'années c'est la seule phrase politique sensée que l'on entend : *Enfoncez la porte !* Tu devrais prendre exemple, enfoncer la porte c'est la seule chose de cette journée que tu as à retenir, mais Petit, ne l'oublie pas ! La porte c'est toi ! »

J'ai suivi les conseils du Ferrailleur, le soir, installé devant mon nouvel ordinateur avec en tête la pensée qu'elle devait, intriguée, avoir trouvé la feuille d'érable tombée parmi son courrier. J'ai consacré deux bonnes heures à assembler les milliers de mots éparpillés dans les volutes de mon imagination pour reconstituer le puzzle d'une invitation : se rencontrer en dehors du cadre ponctuel et souterrain du métropolitain. J'avais déposé devant moi la lettre du Shérif, elle me fascinait, comment ce bout de papier chiffonné pouvait-il à ce point incliner mon comportement et décider de mon existence, comment pouvait-il aussi et surtout secrètement se préparer à bouleverser la vie de quelqu'un qui ignorait jusqu'à présent son existence ?

De : thomasderrien@gmail.com
Bonsoir Pauline,

Je me permets de vous appeler par votre prénom, vos confidences nocturnes m'ont… j'ai du mal à trouver le bon mot, la langue française est pourtant assez riche, mais on est parfois confronté à des situations hors du temps qui nous laissent désarmés, nous traversons tous un jour ou l'autre des périodes difficiles à vivre, j'ai eu ma part, nous pourrons en reparler un jour.

Je souhaite que votre Maman aille mieux, très sincèrement, pour le reste j'avoue que vos confidences sur votre vie privée m'ont un peu désarçonné, j'y vois une marque de confiance qui me touche car nous ne nous connaissons que très peu.

On n'est ruiné que momentanément, c'est la seule chose que je peux vous écrire avec certitude ce soir, pour l'avoir vécue, plusieurs fois même.

J'aimerais vous en dire plus… le coaching est quelque chose de très tendance, on y trouve de tout, apparemment vous n'y avez pas rencontré le meilleur, c'est quelque chose qu'il m'arrive de côtoyer fréquemment dans mon job, personnellement je reste persuadé que le meilleur des coach c'est nous, surtout vous, l'image que j'ai de vous ne correspond pas à celle de quelqu'un ayant besoin d'être conseillé, le problème du coaching reste celui de l'intrusion, c'est un domaine où le meilleur est absent et où le pire ne peut qu'empirer, désolé d'être aussi direct…

J'aimerais poursuivre cette conversation autour d'un repas, c'est sans arrière- pensée, vous avez dû constater avant-hier soir que j'étais un piètre nageur, je suis certain d'avoir besoin de conseils.

Et puis j'aimerais parler, ne me prenez pas pour un prédateur, juste parler, ce que vous m'avez écrit m'interpelle et je souhaiterai juste partager avec vous certaines visions du monde, en ce moment je suis assez libre comme l'air, cela peut être un soir ou un midi, pas le mercredi 31, nous avons une grosse opération en cours concernant ce dont je vous ai parlé dans le métro l'autre jour, pour le reste je peux m'arranger assez facilement.

Voilà, peut-être allons-nous nous croiser demain ou un autre jour, ce n'est pas très facile de parler au milieu de la foule… en attendant de vos nouvelles je vous souhaite beaucoup de réconfort pour vous et votre Maman, et surtout pas trop d'insomnie…

Bonne fin de soirée,
Thomas.

La réponse m'est parvenue le lendemain midi dans le bureau de Jeff, l'excitation était à son comble, la barre des vingt-cinq mille allait probablement voler en éclats dans le courant de la journée, à Lille, Saint Etienne et Lyon des parades nocturnes Halloween semblables à celle de Paris étaient en phase préparation.

« Bon, ce n'est pas parce que l'on est bien parti pour aller marcher sur la lune qu'il faut oublier le reste, vous vous souvenez de la G.F.O, Go Fast One, la boite que l'on devait racheter l'hiver dernier, la Thérèse de mes deux, tout était booké, elle nous a bien baladé et planté au dernier moment ! Et bien j'ai une bonne nouvelle, elle a un cancer du sein, logiquement d'après ma taupe elle ne devrait pas tarder à remettre sa boutique aux enchères. »

J'écoutais tête baissée, un œil sur le regard inexpressif et figé de Lulu, l'autre sur ma messagerie, Fred à mes côtés faisait tournoyer son stylo entre ses doigts, un vrai numéro de virtuose, Véronique l'air absorbée prenait des notes, sans doute avait-elle relevé la bonne nouvelle du cancer du sein, je la savais blindée mais jusqu'à un certain point, celui que Jeff venait de dépasser. En observant son calepin je me suis aperçu qu'en guise de notes c'était surtout un sein qu'elle gribouillait, une poire suspendue dans le vide au milieu de rien, le cynisme de Jeff était sidéral. C'est le moment où je me suis mis à penser à ce que Pauline m'avait écrit au sujet de la santé de sa Maman, l'idée qu'il pouvait s'agir d'un cancer s'est incrustée en moi comme une évidence.

Très vite j'ai cessé d'écouter ce qui se disait dans la pièce… et nonchalamment ouvert le mail qui venait de me parvenir, avec le même détachement que si je m'apprêtais à consulter les prévisions météo de la journée.

De : pauline.mueller@laposte.net

Rassurez-vous vous ne ressemblez pas à un piètre nageur, il faudra améliorer vos battements de jambes et de pieds.
Je ne vous prends pas pour un prédateur, mais nous ne pouvons être qu'amis.
J'ai un emploi du temps très chargé cette semaine et les tensions engendrées par le changement de « dress code » perturbe la convivialité à laquelle chacun était habitué.
Êtes-vous libre lundi midi prochain ? Mon travail commence à 13h30.
Je vous souhaite une bonne journée.
Oui, bien sûr, vous pouvez m'appeler Pauline.

Le temps était toujours exceptionnellement beau et chaud, j'ai regagné la rue Doudeauville à pied en savourant la douceur de l'été indien, une longue marche dans Paris accompagné par ce mail qui me tenait la main comme le petit enfant que j'étais soudainement redevenu, il m'arrivait de le relire de temps à autre, je n'en revenais toujours pas, « *êtes-vous libre lundi prochain ?* », cette courte phrase dissolvait instantanément la moindre contrariété qui pouvait me traverser l'esprit, je me la récitais de peur qu'elle ne s'éteigne brutalement comme la flamme soufflée par un courant d'air. A vrai dire le souvenir de mon déjeuner avec le Shérif avait soudainement refait surface, lui aussi avait rendez-vous, un lundi, je m'en souvenais parfaitement, et lui aussi, surtout, avait en poche la même lettre que moi.

La pensée que je devais me manifester le plus vite possible de peur qu'elle ne change d'avis s'est imposée, j'ai profité d'un petit square pour occuper un banc et lui répondre depuis mon portable, l'instant était plaisant, une image de carte postale, des enfants jouaient, criaient dans l'insouciance et la lumière des derniers jours de l'heure d'été, l'impression d'un monde paisible, les souvenirs cuisants de ma récente agression s'estompaient.

De : thomasderrien@gmail.com

Oui, avec plaisir, c'est bon pour moi lundi midi, cela ne peut faire que du bien de parler. On peut se retrouver sur le coup de midi, est-ce que la brasserie Aux Trois Fontaines à côté du Luxembourg vous convient ?

Le service est rapide, j'y déjeune parfois avec des clients (mais vous n'êtes pas une cliente !!). Si vous avez d'autres suggestions sur l'endroit où déjeuner n'hésitez pas à me le dire, dans tous les cas c'est moi qui invite.

J'espère que se recentrer sur le travail vous aide à repousser vos soucis en arrière-plan, c'est aussi pour vous l'avantage d'avoir constamment des visages différents sous les yeux et de pouvoir adapter un discours varié.

Bon courage pour le restant de la semaine, l'image que j'ai de vous est celle d'un caractère fort, je sais aussi que c'est dur de naviguer parmi les récifs de l'adversité, mais : 'là où il y a une volonté existe toujours un chemin'.

Je me suis souvenu que ce soir il y avait nocturne à la piscine jusqu'à vingt-deux heures. J'ai hésité, le moment où j'ai regagné mon appartement me permettait de ressortir pour aller nager.

Après cet échange de mails je ne me projetais que dans la perspective de ce prochain repas et l'éventualité de la croiser d'ici là faisait naître en moi la crainte que la possibilité d'une parole de travers ou mal interprétée puisse subitement la faire revenir sur l'acceptation de mon invitation.

J'ai malgré tout pris le chemin de la piscine, elle surveillait le bassin, j'ai nagé cinq cents mètres dans la ligne la plus opposée, lentement, préoccupé par l'allure que pouvait avoir mes battements de jambes. En remontant l'échelle nos lointains regards ont dû se croiser, je me suis retenu de lui adresser un bref signe de la main, mais c'est elle qui m'a devancé.

Le lendemain deux mails attendaient que je me réveille.

De : pauline.mueller@laposte.net

La brasserie des Trois Fontaines me convient.

De : pauline.mueller@laposte.net

Je suis désolée, il m'arrive de me rendre compte après que je suis un peu expéditive dans mes réponses. Oui, le travail m'aide à penser à autre chose et nous nous soutenons entre collègues.
C'est gentil de vouloir m'inviter mais je préfère payer ma part. J'ai été élevée ainsi, je n'aime pas profiter des situations et encore moins des personnes.

J'ai traversé la semaine comme une comète, avec pour inséparable compagnon son bref signe de la main mais toujours également ce vide au creux du ventre, la crainte d'avoir à la croiser avant notre déjeuner de lundi, je l'analysais comme une fuite, j'attrapais le métro avec un bon quart d'heure d'avance sur mon horaire habituel ce qui me permettait de me distraire avec la gouaille et la faconde du Ferrailleur au petit café du matin.

Max montrait toujours de l'intérêt pour ma relation avec celle qu'il persistait à nommer *La Princesse du Château Rouge* mais se passionnait vraiment pour la progression du volume de nos ventes d'Arback, cela l'amusait et le consternait à la fois. Ce vendredi matin il était particulièrement remonté contre la hausse du prix de l'essence.

« Moi je n'en ai rien à foutre, ma bagnole c'est le métro, ils ne vont quand même pas indexer le prix de la carte orange sur celui du gazole. Non mais t'imagines le mec qui se tape deux plombes de trajet par jour, coincé dans les embouteillages avec un plein qui a pris vingt-trois pour cent en un an, son patron lui a filé généreusement un pour cent d'augmentation, le mec il ferait mieux de rester au pajot ! Tout ça pour sauver la planète, tu parles ! Ah elle prend du poids la planète, ils lui en foutent des trucs sur le dos tous ces petits branleurs en souliers vernis avec la raie du cul parfumée. Mais putain vous avec le vélo vous êtes dans le cœur de cible, bien que vous n'en ayez non plus rien à foutre de la planète. Dans dix jours vous allez faire un tabac, ah je veux voir ça ! Vous risquez de passer à la télé, y'a encore plus de cons qui vont acheter votre truc, vous y avez pensé ?

-On a un boss qui sait faire, il y a plus que pensé, c'est une question de carnet d'adresses, et lui de ce côté c'est une bibliothèque qu'il a.

-Et toi Petit, le gazole tu t'en fous, c'est plutôt aux sentiments que tu marches, le cours de ton palpitant, à la hausse ?

-Bof.

-Quoi bof, c'est pas une réponse ça, bof, n'importe quoi, vous vous revoyez ?

-Pas en ce moment.

-Ah ? Y'a de l'eau dans le gaz ? C'est courant tu sais, un peu comme le tango argentin, le mec fait deux pas en avant et la fille deux en arrière mais au bout du compte l'important c'est d'être enveloppés tous les deux par la même musique, emballés quoi, tu m'as compris. Vous vous écrivez ?
-On déjeune ensemble lundi prochain.
-Quoi !! »

CITÉ

La semaine s'était achevée en feu d'artifice.

« C'est la grippe ! avait décrété Jeff, aussi contagieux que la grippe, si le produit est bon il va apprendre à marcher tout seul, une merde va finir par se vautrer, nous il ne marche pas, il pédale, il dévale, maintenant ce n'est plus qu'une question d'approvisionnement et de mise en scène, je parie qu'après le show Halloween on va exploser les cinquante mille. »

Devant la glace je regardais le pin's accroché à ma boutonnière, j'étais dans une autre fusée, elle fonçait inexorablement vers un jour et une heure : lundi, midi.

J'ai consacré une partie de l'après-midi du samedi à m'acheter de nouveaux vêtements, que finalement je me suis décidé à ne pas porter ce jour-là, une petite voix me murmurait : fait simple, nature.

J'avais également pris la résolution de laisser de côté cette habitude de préparer des sujets de discussion, je n'allais pas au business… J'ai simplement relu la lettre dans ma tête, je me la suis récitée à plusieurs reprises, comme une prière, pour me donner du courage et me rassurer.

Dimanche je suis allé courir, enfin… trottiner au Luxembourg, sur le retour j'ai fait une halte aux Trois Fontaines, réservé une table pour le lendemain, la numéro douze, un peu à l'écart du brouhaha avec depuis la banquette une belle vue sur la salle et le service.

Lundi est arrivé, le jour que j'attendais et redoutais le plus. En lever de rideau j'avais rendez-vous dans la salle Ops de la boite avec la logistique de chez Rkub pour mettre au point les détails pratiques de l'opération Halloween.

Jeff a surgi en fin de matinée pour me kidnapper.

« Désolé, là il faut que j'y aille…

-Que t'y ailles… que t'y ailles… tu vas bien prendre le temps de manger quand même, il faut que l'on parle Thomas.

-Oui, justement, je vais prendre le temps de manger, et là je ne peux pas me permettre d'arriver en retard, je…

-Une nana, tu as peur que ça refroidisse…dis ! Il faudra que tu nous la présentes !?

-Tu la connais.

-Je la connais ? Moi je la connais ! Elle n'est quand même pas dans la boite ? Ah, une de chez Rkub ? C'est la petite blonde que j'ai vue à la pause-café ?

-Tu la connais depuis que tu es un petit garçon, comme moi, comme nous tous, moi ça fait des dizaines d'années que je l'attends…

-Qu'est-ce que tu me racontes ? Ils t'ont vraiment fait un bilan complet à l'hosto ?

-J'ai réfléchi sur le sujet une bonne partie de la nuit, j'en pense qu'on est tous des orphelins de l'amour Jeff, toi comme les autres, on fait les malins devant la glace le matin mais au fond de nous-mêmes, ou au fond de notre lit quand la lumière, les lumières sont éteintes, on n'est pas si fiers que cela, on est toujours à la poursuite d'un fantôme, celui de la petite fille en manteau rouge que l'on guettait à la sortie de l'école lorsqu'on avait douze, treize ans et à laquelle on pensait tellement fort que plus rien n'existait autour de nous, tu as forcément connu cela, personne ne peut dire le contraire, non ?

-Écoute, c'est touchant, oui, peut-être, j'ai cessé de m'intéresser aux fantômes, les seuls fantômes qui me préoccupent en ce moment c'est la centaine de sorcières à bicyclettes que l'on va lancer dans Paris à la fin du mois.

-Maintenant oui, mais avant, douze, treize ans, personne ne peut y échapper, toi comme les autres, après… après c'est une question de mémoire morte.

-Pffeeettt…, la vie m'a imposé le deuil de pas mal de choses, et pour certaines je ne m'en plains pas, bien sûr il y a des corbillards que je n'ai pas aimé suivre mais tu vois, j'ai beau être célibataire et sans enfants, ce sont les berceaux qui me passionnent maintenant, cette boîte, notre boîte, c'est mon bébé, je lui ai appris à marcher, à parler, à avoir faim et à manger, à baiser, à baiser, tu comprends Thomas ? Et je …

-On ne parle pas de la même chose, moi je n'ai jamais fait le deuil de l'ivresse de mon adolescence, de ce sentiment plus fort que l'attraction terrestre, depuis mes douze, treize ans le monde a été bouleversé, internet, les réseaux et tout ce bordel, mais l'attirance que l'on ressent pour quelqu'un n'a pas été numérisée, les battements de …

-De ton cœur non plus ! Tu parles bien, j'ai bien fait de t'engager, démerdes toi, tu vas être en retard, je ne veux plus rien savoir, je repasse vers dix-sept heures on se voit à ce moment. »

J'avais dix minutes d'avance, j'ai tourné un peu dans le quartier, je ne pouvais pas rester statique. A midi pile j'étais en vue de la brasserie, Pauline m'avait devancé, de l'angle de la rue je l'ai aperçue, droite, plongée dans la lecture de la carte extérieure, elle portait des bottes et un manteau de laine noir, élégante sans fioriture. Je trouve stupide de dire que le cœur battant je me suis dirigé vers elle, le robinet à l'eau de rose des romans de gare coule à plein flot, je ne vais pas révéler qu'elle était belle, elle était, c'est tout, cette présence illuminait ce qui allait peut-être devenir l'un des plus beaux jours de ma vie.

« On arrive ensemble… »
Je m'étais placé derrière elle, elle s'est retournée, après un furtif moment d'hésitation nos mains se sont serrées.
« Vous avez bien trouvé ?

-Je connaissais déjà.
-Alors c'est sans surprise…
-Oui et non, je n'y suis jamais entrée. »

Le service avait débuté, nous avions la table prévue, le patron m'a reconnu, il est venu nous serrer la main.

« Vous venez souvent ici ?
-Pour le travail oui, occasionnellement, rien à voir avec aujourd'hui. »

J'ai opté pour un Schweppes, donné l'exemple, comme elle hésitait j'ai vite pensé que le politiquement correct pour une première rencontre devait être sans alcool, elle m'a suivi, la même chose.

Et puis je me suis subitement réveillé la nuit dans une maison où l'électricité venait d'être coupée de manière impromptue, j'avançais à tâtons avec la crainte de me cogner, de me vautrer ou de renverser quelque chose, de briser un objet précieux que rien ne pourrait jamais remplacer. Cette crainte avait une sœur jumelle qui était de ne prononcer que des banalités, alors une main tombée du ciel s'est emparée d'une autre main, celle de ma pensée, elle m'a fait prononcer cette phrase incroyable que quelques secondes auparavant j'aurais probablement considéré avec terreur :

« C'est un mystère que vous soyez là.
-Vraiment ?
-Oui vraiment, j'ai vécu dans l'éventualité que vous vous décommandiez, vous y avez pensé ?
-Non.
-Moi oui, très fort. C'est…, c'est compliqué à expliquer, compliqué et cela va sûrement vous paraître, comment dire… un peu loufoque, l'autre jour dans le métro lorsque nous avons parlé de mon pin's, la Fusée lunaire, celle-là, vous m'avez dit pouvoir réciter par cœur l'album de l'Oreille Cassée…
-Pas tout à fait, mais presque, c'est sur cette B.D que j'ai appris à lire, c'est cela que vous trouvez mystérieux ?

-Un peu, oui. Il se trouve que moi aussi il y a des mots, des lignes que je peux lire les yeux fermés, pas une fable de La Fontaine ni un souvenir d'écolier, pas une chanson non plus, quelque chose de vraiment différent qui m'accompagne partout. On a parfois le sentiment d'avoir une existence fade, monotone, mais la vie nous réserve des rencontres surprenantes, il y a quelques semaines un ami m'a parlé d'un Shérif à qui je suis allé rendre visite…

-En Amérique, comme Tintin ? C'est pour ça alors ?

-Euh, non, pas du tout… »

Nos deux boissons sont arrivées, nous avons choisi de concert le poisson du jour, de la lotte, j'ai pris soin de faire mettre de côté deux parts de cheesecake.

« Vous verrez, ce truc est une tuerie, il vaut mieux anticiper, et puis ça nous mettra dans l'ambiance bien que je ne sois pas allé au U.S rencontrer ce Shérif que je viens d'évoquer, il réside en France, dans… dans ce qu'on appelle un établissement spécialisé…, c'est, c'est un euphémisme.

-Ah, chez les…

-Oui comme vous dites, chez les fous, quelque chose l'a rendu… fou peut être pas, mais assez secoué pour perdre pied, bon admettons que c'est une histoire de fous, euh… je ne veux pas vous embêter, mais…

-Non, non, continuez.

-On vit tous à un moment ou à un autre des histoires folles mais jamais on admettra être fou, le fou c'est toujours l'autre, je vais essayer de faire bref, le type, le Shérif en question, pour entrer en contact avec quelqu'un invente une histoire, une ville appelée Spincity dans le désert de Californie, elle est traversée par une route qui quelques kilomètres plus loin disparaît subitement, s'arrête net au bord d'un canyon au fond duquel viennent s'écraser régulièrement des voitures avec leurs occupants. Vous me suivez ? Effrayant hein !?

-Un peu bizarre oui.

-Vous avez raison, encore plus bizarre : au fond du canyon habite un type, un peu comme un ermite, il enterre les cadavres, fait pousser des roses sur leur sépultures, élève quelques poules et récupère toutes sortes d'objets dans les carcasses automobiles, des journaux, des livres, des affaires de toilettes, tout ce que l'on trimballe quand on part en voyage, et un jour Job, oui le type en question se prénomme Job, Job découvre dissimulée dans la doublure de la veste d'un conducteur défunt une enveloppe dans laquelle se trouve une lettre manuscrite commençant par ces mots : *ceci n'est pas une lettre d'amour…*, Job confie la lettre au Shérif, le Shérif me l'a récitée intégralement, et moi je l'ai recopiée, elle ne me quitte plus, c'est la seule chose oubliée par les types qui m'ont agressé dans le métro, ce que j'avais de plus précieux, ils ne pouvaient pas mieux faire, bon, elle n'a pas trop bonne mine… »

J'ai sorti l'enveloppe fripée et tâchée de ma poche, je l'ai déposée droite contre l'une des deux bouteilles de Schweppes, un silence s'est installé, seuls nos regards murmuraient timidement quelque chose d'inaudible, puis pour combler ce blanc j'ai ajouté :

« Maintenant je la connais également par cœur, comme vous Tintin en Amérique, et… si je me souviens bien il est aussi question d'un canyon dans cet album ?

-Un peu différent de celui-là, un peu moins morbide aussi. Mais mon Tintin préféré c'est l'Oreille Cassée…

-C'est vrai, je suis désolé pour ce côté morbide, mais c'est aussi une belle histoire vous savez, qui d'ailleurs ressemble un peu à une bande dessinée, j'ai… j'aimerais qu'un jour vous lisiez cette lettre, et… »

Nos deux plats sont arrivés, l'envie de l'appeler Pauline comme elle me l'avait autorisé dans l'un de ses mails me brûlait les lèvres, la crainte que l'oiseau s'envole me faisait redoubler de prudence dans ma manière d'être, j'ai repris :

« On vit tous un peu dans une B.D, souvent plus compliquée que Tintin. Comment va votre Maman ?

-Ma Maman, pas très bien, c'est un peu grâce à elle que je suis ici…

-Ah ? Grâce à elle ?

-Elle n'est vraiment pas bien, au point que je lui ai proposé de rester auprès d'elle ce midi, j'ai peur, je me demande même si je vais aller travailler cet après-midi, tout est dur en ce moment.

-Quelque fois le travail nous aide à oublier le reste.

-Je n'ai pas envie d'oublier, pas ma mère. Et puis le travail… il y a beaucoup de tension en ce moment à la piscine à cause de la nouvelle règlementation.

-Le burkini ?

-Oui, entre autres, le personnel est un peu déboussolé et les usagers s'en mêlent, on a beaucoup de réflexions, des affiches sauvages ont été placardées dans les vestiaires, signées B.G, on a fini par comprendre par recoupement que cela signifiait bassin gaulois, ou alors encore mieux, enfin mieux… certaines ont été signées *Les Lardons Nageurs*. Il y a une semaine on a retrouvé une tranche de jambon au fond du bassin, sur les affiches dans les vestiaires il est question de faillite de la laïcité, le porc doit dépolluer la piscine de l'intégrisme musulman, depuis quelques jours la tranche de jambon a été remplacée par des lardons que certains baigneurs cachent dans leur maillots de bains avant de discrètement s'en débarrasser dans l'eau, résultat tout le monde s'en prend plein la tête, nous les maîtres-nageurs bien sûr mais aussi les caissières de l'accueil et les agents d'entretien.

Et vous, vous m'avez écrit pas le trente et un pour déjeuner en me parlant d'une grosse opération en cours avec vos Arback ?

-C'est bien, vous vous souvenez du nom.

-Je n'en ai pas encore croisé, et pourtant je fais attention.

-Dans le métro impossible, mais pour le reste il se peut que cela vienne assez vite, l'opération consiste à organiser une parade d'une centaine de cyclistes, tous équipés d'Arback, et de les faire tourner dans le cœur de Paris la nuit d'Halloween avec dans le dos un hologramme représentant une sorcière à cheval sur son balai.

-Et vous les avez trouvés ? Cent volontaires c'est…

-Facile, on les avait avant l'idée, et c'est un peu grâce à vous.

-A moi !?

-Oui, à vous, pour tout vous dire, après mon agression et le cambriolage qui l'a suivie je n'avais plus d'internet, P.C, portable, tablette, tout s'était envolé et ma priorité était de répondre à votre mail, par relation je me suis retrouvé immergé dans un endroit bizarre, dans le bureau d'un type dénommé Paco, il tient l'Atelier de la Bicyclette, j'ai pu avoir accès à son ordinateur et c'est de là-bas que je vous ai écrit, c'est là aussi que j'ai fait la connaissance du club des cent, des gus qui chaque fin de mois organisent une virée nocturne dans Paris, voilà. »

Elle mangeait lentement, j'avais pris beaucoup d'avance, je la regardais, il y a des visages lisses éternellement beau, sans surprise, le sien était tout le contraire, c'était un visage de bord de mer, de Bretagne, d'Irlande ou de Norvège, là où comme les rochers de la côte le ciel se déchire brutalement plusieurs fois par jour. Un visage qui parlait, sans effort, sans apprêt, qui délaissait les mots pour raconter l'inquiétude, le tourment, et quand soudain les nuages se retiraient un sourire simple, franc, parfois empreint de timidité, éclairait ses traits d'une lumière douce. Dans son regard aussi se succédaient les embruns, les embellies, au rythme de notre conversation. Je l'observais, cette spontanéité naturelle dans cette part d'ombre et de mystère que nous portons tous en nous lui conférait un côté attachant, elle n'était pas tout ce que je détestais : un récurrent sourire béat sculpté sur un visage perpétuellement crépi de bonheur et de joie, en lui parlant je regardais ses poignets, ses doigts longs et fins et je me laissais lentement envahir par la pensée réconfortante que je n'étais plus amoureux d'une image.

« Et…vous connaissez l'itinéraire ?

-Non, pas exactement, on doit mettre cela au point cette semaine, la rue de Rivoli c'est sûr, pour le reste rien n'est définitivement établi, pourquoi pas le rue Doudeauville, ça va les faire pédaler les types, c'est pas la porte à côté, vous serez présente ce soir-là ?

-Le trente et un, c'est un mercredi, oui, probablement, en tous cas pas à la piscine. Mais, c'est le genre de manifestation qu'il faut déclarer en préfecture ?

-Le peu que je connaisse les oiseaux cela m'étonnerait, je vous tiendrai au courant, on espère une couverture médiatique, notre boss a de bonnes relations dans l'audiovisuel, on aimerait bien faire le buzz là-dessus, c'est vrai que dans notre rue ce serait amusant.

-Cela fait longtemps que vous habitez là ?

-Non, pas très.

-Et avant ?

-Avant pas très non plus.

-Pas très quoi ?

-Pas très loin non plus.

-Ah ?

-Marcadet Poissonnier, une station de métro, juste à côté.

-Plus grand, plus calme ?

-Euh, non, rien de tout cela. J'avais baissé la tête, je faisais lentement tourner mon verre d'eau comme si je devais goûter un grand cru et comme le liquide les mots tournoyaient dans ma tête, mon ventre s'est creusé sous le ressac de l'émotion, puis la vague a déferlé : ni plus grand, ni plus calme, plus près de vous… »

Les deux cheesecakes ont débarqué opportunément pour dissiper un embarras réciproque. Le repas s'est achevé sur des banalités, l'heure avait tourné et je ne voulais pas la mettre en retard. Après nous être levés je lui ai désigné l'enveloppe esseulée sur la table.

« Prenez là, elle est pour vous.

-Je… je ne sais pas si je peux… si je dois.

-Vous n'êtes pas obligée de l'ouvrir tout de suite, cela peut attendre, rien ne presse, vous la lirez lorsque vous en aurez envie.

-Mais vous, elle va vous manquer… je…

-Non, non, elle ne me manquera pas, je m'y suis attaché mais elle doit vivre son destin, être lue, un jour lorsque vous l'ouvrirez, sans le savoir vous ferez un heureux, le Shérif dont je vous ai parlé. »

Une fois dehors avant de nous séparer j'ai jugé prématuré de lui proposer de nous faire la bise, je l'ai appelée par son prénom et demandé :

« Au revoir et bon après-midi Pauline, on pourrait peut-être se tutoyer ?

-Oui, bien sûr, bonne fin de journée également et… bon défilé !

-Si on fait un détour dans notre rue je vous… je te préviendrai, et puis, je ne sais pas, on se reverra peut-être avant ?

-D'ac ! »

J'ai passé le restant de la journée au fil à organiser les détails pratiques de la parade cycliste. Jeff était pile poil de retour à l'horaire annoncé, je l'ai emmené en début de soirée visiter le repaire de Paco, les trois premiers Arback avaient été livrés, les essais dans l'obscurité de l'atelier étaient plutôt bluffant.

Nous n'étions que lundi mais Paco pour fêter le futur évènement nous avait copieusement arrosé au whisky, puis Jeff un cigare au bec avait tenu à parader dans le quartier chevauchant un vélo équipé d'un Arback, il avait ôté sa veste et promenait lentement sur le dos de sa chemise blanche une peinture 'pop art' de Roy Lichtenstein, je la connaissais bien, *In the Car*, elle datait de 1963, le tableau représentait un couple sur les places avant d'une voiture, un homme aux cheveux noirs, costume bleu pétrole, cravate rouge, agrippé au volant, le regard en coin vers la passagère, femme blonde, aussi jeune que lui, manteau léopard, boucles d'oreilles nacrées, regard haut perché dans le lointain, le tout enveloppé dans une impression de vitesse.

La nuit tombée de cet été agonisant était nimbée de douceur, pas un souffle de vent, en les regardant filer tous les deux vers ce qui semblait être l'infini de la rue je me suis mis à penser au canyon de Spincity, puis au Shérif, puis à la lettre. En fourrant la main dans ma poche je me suis rassuré en la vérifiant vide, ces dernières heures avaient donc bien existé.

Paco nous a resservi du whisky puis Jeff a tenu à nous emmener dîner dans un bouchon lyonnais, comme à son habitude il s'est montré à la fois délicat et grossier, en regardant l'addition il s'est exclamé :

« Quoi ! Deux cent quarante-sept euros !

-Quelque chose ne va pas monsieur ? a demandé le garçon.

-Si, si, tout va bien, trente -trois mille vingt-sept ! Putain de bordel de merde, vous comprenez ?

-Euh, non, excusez-moi, pas très bien.

-Pas grave, tenez gardez tout, un jour vous comprendrez. »

Il a déroulé trois billets de cent euros qui sont restés sur la table.

J'ai regagné à pied l'appartement, mes douleurs costales s'étaient pratiquement évanouies, un carré de lumière brillait encore à son étage, sur mon ordinateur un courriel m'attendait :

De : pauline.mueller@laposte.net

J'ai passé un très bon moment, je vous remercie pour ce repas et votre générosité, j'ai oublié, oui on peut se tutoyer, cela ne me choque pas du tout, je te souhaite une bonne semaine.
Pauline.

J'ai brutalement eu envie de me servir encore du whisky, l'ivresse me gagnait de toutes parts, trente-trois mille et des poussières ! Je n'en revenais pas, et puis ces quelques mots : *un bon moment…*

En m'endormant je me suis souvenu que la piscine le mardi ouvrait à sept heures, j'ai soudainement décidé de me construire une autre vie en me regardant devant la glace, nu dans la salle de bains, résolu à déménager de nouveau, habiter un nouveau corps.

Il n'y avait pas foule dans le métro de six heures vingt, même si nous l'avions voulu nous aurions eu des difficultés à nous éviter.

« Vous…

-Tu.

-Oui c'est vrai, tu es tombé du lit.

-Résolutions ! Nouvelle vie, quatre séances de natation par semaine, minimum !

-On a l'habitude pour cela, il y a deux principales périodes concernant ce genre d'épidémies, une qui débute le deux janvier et l'autre à la mi-septembre, cela ne dure que quelques semaines…

-J'ai chopé le virus hier soir en pensant à notre déjeuner, il y a du monde à cette heure ?

-Pas très, entre nous on les appelle les somnambules, ils plongent à moitié réveillés, nagent vingt minutes, en général bien, ils ressortent, douche et bye-bye. »

La question me brûlait les lèvres, je n'ai pas eu à la poser.

« Je n'ai pas lu la lettre.

-Vrai ! Cela te fait peur ?

-Peur non, ça m'intimide un peu, je ne suis pas une fonceuse, j'avance à petits pas.

-Il n'y a pas urgence, et… euh… moi aussi cela m'intimide un peu, alors rien ne presse, elle vient de tellement loin… il ne faut pas la perdre c'est tout, et puis même si tu la perds je la connais par cœur…, je pourrais rédiger une sœur jumelle.

-Je ne risque pas de la perdre, elle est là. »

Effectivement l'enveloppe fripée qu'elle a extraite de la poche arrière de son jean était toujours cachetée.

Je venais de commander mon deuxième expresso quand Max s'est affaissé face à moi en lançant son journal sur la table.

« Dis donc Petit, t'as une longueur d'avance aujourd'hui.
-Douze.
-Une douzaine de quoi ? Pas d'escargots en tous cas.
-Douze longueurs, je sors de la piscine, six cent mètres exactement.
-Ah Tarzan ! Tu fais des nocturnes maintenant, et bien entendu c'est elle qui surveillait le bassin.
-Oui, bien entendu, on ne peut rien te cacher.
-Rien me cacher, rien me cacher, facile à dire, le menu d'hier midi par exemple, ah que j'aurais aimé être une petite souris, un déjeuner en tête à tête entre deux inconnus c'est aussi une sacrée piscine non !?
-Pas si inconnus que ça.
-Résumons un peu, vous avez programmé de vous revoir ? Sûrement ?
-Non, pas besoin, on s'est revu ce matin dans le métro, sans concertation, et évidemment entrevu tout à l'heure à la piscine, tu veux vraiment que je te résume, tu te souviens de ce que tu m'as dit l'autre jour ? La seule phrase politique sensée depuis des lustres ? Camarades ! Enfoncez la porte ! Et bien je l'ai fait, je lui ai remis la lettre, enfin non, plus exactement je l'ai déposée sur la table après lui avoir parlé de toute l'histoire, te toi, Job, Spincity, le canyon, le Shérif…
-Bon sang t'as pris des risques, elle aurait pu se tirer en courant.
-Bah non, elle est partie en emportant la lettre, en marchant.
-Tu fais un sacré Shérif tu sais, tu devrais le lui dire, il serait fier de toi. »

Je n'ai pas repris contact avec le Shérif, une fière envie de le faire me taraudait pourtant, je préférais attendre, avoir la certitude qu'elle ait bien lu la lettre et à la lumière du texte qu'elle abritait je guettais les opportunités *de nouvelles rencontres fortuites,* il m'arrivait de tricher, souvent. Cela devenait une addiction.

Le mercredi j'ai déposé une nouvelle feuille d'érable dans sa boite aux lettres, le jeudi je me suis de nouveau rendu à la piscine, tard, à vingt et une heures passées, imaginant faire la fermeture et avec un peu de chance entrevoyant la possibilité d'effectuer le trajet du retour en métro avec elle, mais elle n'était pas là, d'autres surveillaient le bassin. Alors je me suis mis en tête que forcément elle serait de service le lendemain, c'était une erreur, elle avait disparu, j'avais nagé durant une demi-heure dans un désert de solitude. En apprenant d'où je venais Max m'a balancé rigolard :

« Bientôt t'iras bosser avec tes palmes. »

Il n'avait pas pris la dimension du sentiment qui m'habitait mais les jours suivants m'ont démontré que cette analyse n'était pas la bonne, en réalité il dissimulait derrière des boutades souvent de mauvais goût un intérêt croissant d'entomologiste pour le spectacle offert par les deux insectes que nous représentions à ses yeux. Ce qui me mettait mal à l'aise c'est ce cynisme jusqu'au-boutiste qu'il affichait ostensiblement dès que le domaine du sentiment amoureux était abordé, chacune de ses sorties renforçait ma conviction qu'il avait dû beaucoup souffrir dans ses relations et échanges avec le sexe opposé.

Ce soir-là, fort de son amitié avec Paco, il s'était invité au pot organisé par Rkub sur le site de l'Atelier de la Bicyclette, Jeff était présent bien entendu et très rapidement le courant s'est bien établi entre eux, deux mondes diamétralement opposés se rejoignaient sur le terrain de la dérision et du cynisme, Max en clodo recherché et Jeff en costume de bobo assumé, bien évidemment la gente féminine trinquait, quelques participantes à la future manifestation commençaient à les regarder d'un drôle d'œil, l'alcool ne coulait pas à flot, mais suffisamment pour révéler des fonds de pensées et provoquer des réparties acérées.

« Maintenant on va plus mater votre dos que ce qui se trouve en dessous, avait proclamé Max.

-Oui, avait renchéri Jeff, quand l'imbécile regarde la lune les sages le montre du doigt, mais on est tous des imbéciles, heureux de l'être même, que serions-nous sans vous mesdames, d'ailleurs, sans la lune, la terre n'existerait plus. »

Ce soir-là je me suis rendu compte que l'être amoureux se retrouve seul perdu dans un désert, les rares bédouins qu'il lui arrive de croiser ne parlent pas le même langage que lui, l'euro, le dollar sont des langues universelles qui permettent de se déplacer aisément aux quatre coins de la planète, mais l'amour est quelque chose d'indéchiffrable, un dialecte mystérieux, les mots que l'on prononce n'obtiennent en retour que des ricanements d'incompréhension, ce qui peut s'avérer être le forme la plus secrète et raffinée de la jalousie.

Samedi matin, la tête encore lourde des excès de la veille, j'ai posé le pied hors du lit avec la ferme intention de la rencontrer, de la croiser à nouveau, de la voir, la regarder et si possible lui parler. Je me suis rendu au Carrefour City pour des babioles en passant à deux reprises sous ses fenêtres obscures, inanimées, vérifiant furtivement si le digicode de son immeuble était toujours en dérangement, ce qui était le cas.

Puis je me suis changé pour aller courir au Luxembourg, j'ai laissé passer quelques rames à la station Château Rouge en parcourant un journal abandonné sur un banc, terrorisé par la lecture d'un article expliquant qu'avec la fonte irréversible du permafrost une telle quantité de gaz allait être libérée que la vie sur terre serait anéantie.

Je suis entré dans le parc par la rue de Vaugirard, vu l'heure matinale pour un week-end il n'y avait pas trop de monde, les jambes nues étaient encore dominantes, l'été n'en finissait pas, les coureurs pour la plupart tournaient dans le sens des aiguilles d'une montre, j'ai décidé de faire l'inverse, calculant que dans l'hypothèse d'une rencontre il valait mieux croiser un grand nombre plutôt que de rattraper quelques-uns.

Difficilement croyable !

Elle se trouvait là ! Au pied d'un banc à effectuer des étirements, apparition quasi miraculeuse, le soleil bas dans la chevelure déjà rousse d'un immense mélèze me donnait l'impression d'avoir poussé la porte d'un autre monde, elle était vêtue d'un short et d'un coupe-vent, ses jambes étaient très jolies.

La stupeur devait être partagée, elle m'a reconnu de loin et s'est redressée en mettant fin à une série de flexions.

« On aurait presque pu voyager ensemble…

-Je suis venue en courant.

-Tu es partie de bonne heure.

-J'ai dormi chez ma mère cette nuit, pas très loin d'ici, j'aime ce parc, les arbres sont magnifiques, les liquidambars là- bas en particulier, ce rouge !

-Ce ne sont pas des érables ?

Non, ça y ressemble beaucoup, je suis incollable dans ce domaine, mon père m'a tout appris, il aimait les arbres, il m'a expliqué qu'ils parlaient… »

Nous avons couru deux tours ensemble, le temps d'en apprendre un peu plus sur la vie de Pauline.

« Phouuuu Phouuuu… mon père était Rangers, garde forestier aux États-Unis dans le parc de Yosemite au nord de la Californie, Phouuuu Phouuuu…

-Haihnn Haihnn… alors tu es américaine ?

-Yes, Phouuuu Phouuuu… j'ai la double nationalité Phouuuu Phouuuu… ma mère était en vacances là- bas, histoire d'amour, elle est restée vivre avec lui Phouuuu Phouuuu… trois ans.

-Vous êtes revenus en France ? Haihnn Haihnn…

-Oui pour un mois qui est devenu une éternité Phouuuu Phouuuu… Ray, c'est le nom de mon père Phouuuu Phouuuu… était resté aux States, ma mère Phouuuu Phouuuu… n'a jamais repris l'avion.

-Haihnn Haihnn… ils se sont séparés ?

-Oui, brutalement Phouuuu Phouuuu… je n'ai jamais su pourquoi.

-Ta mère ne t'a jamais rien expliqué !? Haihnn Haihnn…

-Non, Phouuuu Phouuuu… ma mère est décédée Phouuuu Phouuuu…

-Décédée !??... Mais… Haihnn Haihnn…

-C'est ma deuxième maman Phouuuu Phouuuu… celle qui m'a élevée.

-Haihnn Haihnn… elle ne t'a rien révélé non plus ? Haihnn Haihnn… et ton père ?

-Je l'ai revu le jour de mes quinze ans Phouuuu Phouuuu… à Paris dans le bois de Vincennes Phouuuu Phouuuu… il m'a expliqué comment reconnaître un érable Phouuuu Phouuuu… d'un liquidambar, d'ailleurs Phouuuu Phouuuu… cette semaine j'ai reçu Phouuuu Phouuuu… deux feuilles de liquidambar dans ma boite aux lettres Phouuuu Phouuuu…

-C'est peut-être ton père ? Haihnn Haihnn…

-Non, Phouuuu Phouuuu… il est décédé aussi. Mais, Phouuuu Phouuuu… j'y ai pensé, j'aurai aimé que ce soit Phouuuu… lui…

SAINT-MICHEL

J'ai rêvé durant quatre nuits, avec application, je regagnais mon lit accompagné par cette célèbre phrase de Marcel Proust : *longtemps je me suis couché de bonne heure…*, c'était un cérémonial, un rendez-vous secret, je tentais d'incruster dans ma mémoire le fossile des traits de son visage, son sourire si rare mais tellement soudain, naturel, enfantin, puis je fermais les yeux en priant pour que cette image réapparaisse au cœur de mon sommeil, parfois dans le nœud de situations improbables qui me faisaient me réveiller, alors dans mes pensées je caressais longtemps cette image avant de tenter de me rendormir avec à l'esprit le secret espoir de la retrouver tapie dans quelque alcôve de la mystérieuse nuit.

Mardi matin dès sept heures j'étais à l'ouverture de la piscine, le premier à poser le pied dans le hall, je portais déjà mon maillot sur moi si bien qu'après une douche éclair j'étais la première personne à fendre l'eau du bassin, les deux maîtres-nageurs de surveillance étaient des hommes, déçu mais imperturbable j'ai enchaîné les longueurs avec en tête ce besoin irrésistible de rétablir un lien que je pressentais en voie de relâchement.

En regagnant le bureau je me suis installé devant mon P.C pour taper les lignes imaginées lors de mes aller et retour aquatique.

De : thomasderrien@gmail.com
Bonjour Pauline,
Je suis allé nager ce matin à la première heure avec l'espoir de te rencontrer et de pouvoir parler un peu, j'ai ma conscience à soulager, après la conversation que nous avons eu en courant samedi au Luxembourg je dois te dire que par certains côtés je suis resté un gamin et c'est ce facétieux qui a glissé dans ta boite les deux feuilles de liquidambar, j'éprouvais le besoin de te laisser un signe, de semer comme le Petit Poucet des marques d'intérêt et surtout des preuves d'estime. Voilà, j'étais loin d'imaginer tout ce que tu m'as appris sur ta famille, j'espère que la santé de ta « seconde » Maman ne te cause pas trop de soucis, la vie n'est pour personne un long fleuve tranquille, j'ai traversé également des périodes difficiles, nous pourrions en reparler si tu le veux bien.
Je vais avoir besoin de décompresser après notre show d'Halloween, si cela t'est possible nous pourrions partager un repas vendredi soir, je connais une brasserie de la mer avec huitres et poissons au top.
C'est en toute amitié et sans arrière-pensée, si ce n'est pas possible pour toi ce jour propose-moi une autre date.
Bon courage Pauline et à très bientôt.
Thomas.

L'interrogation majeure qui rythmait ma journée était de savoir si la lettre du Shérif avait été ouverte, sans doute la révélation de mon dernier mail allait elle accélérer les choses. Le tourbillon pré-Halloween qui s'était emparé de la boite a eu vite fait de m'enrôler et ce n'est qu'à la fin de la journée sur le chemin du retour, en émergeant des catacombes du Château Rouge, que j'ai pu découvrir entouré du brouhaha de la circulation le courriel qui venait de me parvenir.

De : pauline.mueller@laposte.net

Merci bien pour l'invitation.

Je peux vendredi soir mais je ne dois pas rentrer trop tard, j'ai promis à ma mère quelque chose et de surplus je travaille ce week-end.
Je n'aime pas les huitres, mais j'aime le poisson.
Bonne fin de journée.

Le texte n'était pas signé, par retour je lui ai communiqué l'adresse du restaurant en m'interrogeant sur ce qu'elle avait bien pu promettre à sa mère qui nécessite une visite au milieu de la nuit.

Le coup était jubilatoire, Jeff avait vraiment bien fait les choses, prince obscur de la communication, la traîne de son manteau de magicien avait parfaitement été déroulée en fin de journal par quelques chaînes de télévisions, après diverses noyades de migrants et la flambée à la pompe du prix des carburants, des millions de téléspectateurs avaient pu suivre du regard la magique déambulation nocturne de dizaines de sorcières à balais chevauchant des vélos : « *… et puis hier, à Paris comme dans plusieurs autres villes de France, la nuit d'Halloween a été marquée par des défilés cyclistes qui ont surpris promeneurs et automobilistes, comme vous pouvez le voir sur ces images tournées dans la capitale ces cyclistes en pédalant projettent dans leur dos un hologramme, image de circonstance pour ce dernier jour d'octobre : une sorcière sur son balais. La société distributrice assure pouvoir proposer un large choix de thèmes à même de satisfaire les goûts de chacun, et dans un avenir très proche être capable de réaliser des projections entièrement personnalisées. Le système peut facilement s'adapter sur pratiquement tous les types de bicyclettes, les premières expérimentations ont eu lieu au Canada et depuis quelques semaines la société française importatrice a vu ses ventes s'envoler à l'approche des fêtes de fin d'année, des milliers de commandes sont enregistrées chaque jour, de quoi renforcer encore la visibilité des gilets jaunes et glisser une touche de poésie dans les embarras de la circulation…* »

Bien entendu ce vendredi Jeff triomphait, il affichait la dégaine impériale de celui qui se fiche de tout, qu'aucune contrariété ne peut atteindre, il envoyait promener la terre entière dans les volutes auréolées qu'il s'appliquait à dessiner en suspension au cœur de l'euphorie ambiante, Champagne à tous les étages !

« Putain, comme quoi ! On va exploser, défoncer, pulvériser les cinquante mille, d'ailleurs à l'heure qu'il est c'est déjà fait, mais on n'aura réalisé qu'un quart du chemin, le plus dur ! Le décollage et la vitesse de croisière, là maintenant on fonce à tombeau ouvert, non ! A coffre-fort ouvert vers cette boule blanche au cœur de la nuit, la lune ! Hein Thomas ! La lune ! C'est bien ton idée ! Putain de bordel de merde ! On va marcher sur la lune ! »

La soirée d'Halloween m'avait laissé un goût amer, je restais sans nouvelles de Pauline, à la suite du défilé officiel j'avais embarqué avec moi une dizaine de volontaires pour prolonger la ballade nocturne et bien entendu nous avons sillonné à deux reprises la rue Doudeauville, malgré l'heure tardive ses deux fenêtres étaient encore éclairées, mais aucune apparition de sa part ni une quelconque autre manifestation.

Le lendemain jour férié la piscine étant fermée je me suis rabattu sur le jardin du Luxembourg où j'ai enchaîné mes cinq tours avec en final une longue séance d'étirements dans un endroit bien visible au cas où…

J'ai résisté durant la soirée à l'envie de lui adresser un mail pour lui narrer le succès de notre show nocturne préférant rester lové dans la pensée de notre dîner du lendemain. Et puis dans l'obscurité, avant de m'endormir la tentation a été trop forte, j'ai envoyé sur sa boite mail une simple photo sans légende ni commentaire : le dos de trois cyclistes équipés d'Arback, trois sorcières roulant de front au milieu de notre rue.

Elle ne dormait donc pas, quelques minutes plus tard je recevais ces lignes lapidaires qui m'ont glacé le sang :

De : pauline.mueller@laposte.net

La photo est jolie.
Je suis désolée, mais je pense que pour demain soir c'est une mauvaise idée.
Je suis vraiment navrée.
Je ne viendrai pas.

Je me trouvais doublement sonné, ma première pensée a filé vers le Shérif, seule l'heure tardive a suspendu ma main au-dessus du numéro déjà promptement affiché. J'avais réalisé avec consternation que ce dernier message écrit par Pauline reprenait pratiquement mot à mot celui qui avait causé le désespoir du Shérif, le même scénario se reproduisait, une invitation à partager un repas annulé au dernier moment sans motif ni raison et pour lui la dégringolade, jusqu'à se retrouver enfermé chez les fous. La seule chose qui nous différenciait était que Pauline, elle, avait pris la lettre, elle pouvait l'ouvrir et la lire à tout moment. L'idée que ce soit sa lecture qui ait motivé cette volte-face m'a privé de sommeil pendant de longues heures jusqu'à me retrouver hagard, recraché par une nuit quasi blanche devant le miroir de ma salle de bain.

De : thomasderrien@gmail.com

Bonjour Pauline,
J'espère qu'il ne s'est rien passé de grave, je pense à ta maman.
Je pense aussi que la 'mauvaise idée' serait de ne pas venir, j'ai le pressentiment que nous passons à côté de quelque chose de grand. Je suis vraiment désolé, je souhaite que tu puisses lire ces lignes avant ce soir, je veux que tu saches que quel que soit ta décision je serai présent à l'endroit et à l'heure que nous avions convenus.
C'est toi qui décides, je ne peux pas t'en vouloir et je n'ai pas à le faire, j'espère simplement que ce n'est pas la lecture de ce que

renfermait l'enveloppe qui te tourmente ? Je me suis souvent demandé si tu avais ouvert la lettre… et je me le demande encore… j'aimerais en reparler avec toi.
Bon courage et à bientôt.
Thomas.

Le pire étant que le lendemain nous puissions nous croiser dans le même métro, je l'avais attrapé au vol juste avant la fermeture des portes, brièvement inspecté mon entourage immédiat puis ressassé mes pensées au fil des stations. En marchant vers la sortie sur le quai de Saint-Germain-des-Prés, lorsque la queue de rame est parvenue à ma hauteur sa silhouette a surgi emportée par la vitesse, elle se tenait debout face à la dernière porte, le visage pensif, embrumé de tristesse, son front semblait appuyé contre la vitre, une attitude assez inhabituelle chez elle. Nos regards se sont brièvement croisés, c'est moi qui ai réagi le premier en ébauchant un signe de la main hésitant auquel elle a eu le temps de répondre par un hochement de tête assez volontaire.

C'est cette image que je gardais en fond d'écran en prenant place devant le journal déplié du Ferrailleur.

« Dis donc fiston t'as une drôle de trombine pour quelqu'un qui vient de gagner au Loto ? Tu t'es quand même pas fait casser la gueule une nouvelle fois dans le métro ?

-Au Loto, tu parles d'un loto !

-Ouais, ouais, ouais bande de requins, j'ai vu votre sketch à la télé, ça va tomber les biffetons. Remarque, vous auriez tort de vous gêner, si tant de connards font la queue pour se transformer en hommes sandwichs, une sorcière ! Tu parles ! C'est pour appâter ! L'année prochaine ils se trimballeront avec la pub du supermarché dans le dos, comme tout le monde, on l'a tous dans le dos ! Mais, mais, mais…

-Quoi mais, mais, mais…

-Mais les temps changent Petit, ceux qui ont la bouche pleine de caviar finissent par avoir de la merde dans les yeux, vas regarder passer les péniches sous le pont de l'Alma…

-T'es à jeun ?

-Ah oui ! Complètement ! Question de flics, de technocrates, quand tu commences à parler d'un truc qui dérange ou tu es fou ou tu es bourré. Bon, les péniches qui glissent, l'eau qui flirt à ras bord avec la ligne de flottaison, on imagine bien qu'un container où qu'un mètre cube de graviers en plus et le bateau coule ! Et bien en ce moment Coco c'est pareil, toujours plus ! Mais la barque est pleine, encore quelques taxes, impôts ou règlementation à la con de plus et elle prend l'eau de toute part, ça déborde, tu comprends ?

Y'a longtemps on a eu un premier ministre rondouillard qui a fini président, il possédait une vieille bastide dans le Lot et jouait au flipper la clope au bec dans sa cave ou son grenier, peu importe. Comme tous les présidents il récitait pas mal de conneries mais un jour il a prononcé cette phrase sensée : *n'emmerdez pas les français.* Les autres ont plus ou moins compris, mais le petit dernier, le petit banquier à la face d'ange il n'a rien biter au système, lui il veut les mettre au pas, les dresser, mais bon, dresser c'est pas politiquement correct, pas vendeur hein, alors on dit réformer, voilà ! Heureusement cela risque de lui péter au nez, t'as déjà entendu parler des gilets jaunes ?

-Non.

-ça va venir, t'inquiète pas, mais vu la gueule que tu tires c'est pas ton principal souci, le business j'ai pas d'inquiétude là-dessus, il suffit de regarder la télé, alors il reste cette chose bizarre, ce truc qu'on appelle l'amour… ?

-Compliqué, et puis… pas trop envie d'en parler.

-Alors tout va bien Petit, t'es sur la bonne voie si c'est pas facile et si tu veux le garder pour toi, les amours pas compliqués c'est un peu comme de la fausse monnaie, le temps est un très bon détecteur de faux billets, et puis il vaut mieux préférer les petites pièces, la ferraille aux grosses coupures, l'amour, le vrai, c'est plus une tune dans un jukebox qu'un abonnement à l'opéra, bon moi j'te dis ça, c'est comme ça que j'vois les choses, ça s'rait quoi la chanson ?

-Quelle chanson ?

-Celle que tu lui ferais écouter si t'avais une tune à mettre dans le jukebox.

-C'est fini les jukebox.

-Ouais je sais, j'en ai entendu parler, vous maintenant c'est les lecteurs M.P.3, hein c'est ça ? Mais l'amour Petit, c'est comme l'infini, on se pose les mêmes questions, alors, c'est quoi la chanson ?

-Je ne sais pas... un truc intemporel, quelque chose comme... je ne sais pas, tiens comme *Green Oignons*, un truc qui traverse les générations, tu connais ?

-Très bien ! Souris un peu merde ! T'es amoureux, t'es milliardaire ! »

Je n'avais pas trop envie de sourire, nous nous sommes quittés sur un malentendu, Max me bassinait avec ses gilets jaunes, je n'y comprenais rien et il en remettait une couche :

« J'ai quand même pas rêvé, la récitante de service à la télé elle l'a bien dit en commentant votre petite sauterie cyclo : *de quoi renforcer encore la visibilité des gilets jaunes...* ou un truc de ce genre, dans le mille la chérie !

-Écoute Max, tout à l'heure je t'ai dit compliqué, alors ce n'est pas la peine d'en rajouter, j'ai ma dose...

-Tu m'as dit : pas trop envie d'en parler, mais bien sûr que si bon dieu, parle lui, appelle-la.

-Je n'ai pas son numéro.

-Quoi ! Vous déjeuner ensemble et tu n'as pas son téléphone ! Vous êtes vraiment des zigotos bizarres tous les deux, remarque, par certains côtés cela ne manque pas de charme... »

J'ai fini par appeler un autre zigoto, le Shérif, enfin celui qui m'avait confié son étoile, je voulais lui raconter l'étrange et troublante coïncidence, bizarrement sa voix s'était métamorphosée, à l'écouter il semblait avoir pris dix années de plus, il parlait très lentement et semblait éprouver des difficultés à respirer, mon récit n'a pas paru le surprendre et notre conversation aurait pu se résumer à ceci :

« Bien sûr qu'elle l'a ouverte, te bile pas, l'important ce n'est pas qu'elle vienne ou non, l'essentiel c'est qu'elle l'ait lue. »

Le service avait à peine débuté, le sablier des minutes se vidait inexorablement emportant avec elles l'espoir d'un revirement in extremis. Elle ne viendra pas, cette certitude m'est presque apparue comme un soulagement, au moins les choses étaient claires et carrées. Je me suis abstenu de commander des huitres en souvenir de ce qu'elle m'avait indiqué, j'avais l'impression de vivre l'un des moments insignifiants les plus importants de mon existence, parfois, soudainement, je me comportais comme si elle se trouvait assise face à moi, je construisais des dialogues imaginaires mais toujours plausibles, je me la représentais habillée avec recherche dans la simplicité, un foulard de soie autour des épaules, je regardais ses mains posées comme deux papillons sur la nappe blanche ou croisées sous son menton, ses doigts longs et fins, je fermais brièvement les yeux et il me semblait l'entendre me raconter des choses, me demander des nouvelles de Job, des précisions sur le canyon, m'avouer les paupières baissés avoir décacheté la lettre, nous étions prisonnier de la même gêne, alors pour effacer cet embarras construit de toutes pièces je détaillais d'un regard circulaire la salle du restaurant jusque dans ses moindres recoins et je m'apercevais que ce vendredi soir j'occupais une unique table solitaire.

Lorsque j'y repense, dire qu'il m'a fallu attendre des dizaines d'années pour comprendre ce que voulais vraiment dire le mot imprévisible, pour en appréhender toute la dimension, le puissant souffle d'anéantissement, pour constater que ce simple mot en une petite seconde pouvait effacer toute la craie sur le tableau noir du monde, faire table rase des mots, des bruits, des couleurs, des gens, de la pluie, du vent et du froid, éteindre d'un simple clic d'interrupteur l'agitation de la civilisation, la lampe de chevet de mon univers.

Pauline s'était abritée sous l'arrêt de bus, à travers le rideau de bruine fine qui nous séparait je la détaillais interloqué, hésitant entre hasard plus qu'improbable et provocation qui ne lui ressemblait en rien, les deux mains plantées dans son manteau noir, le cou ramassé jusqu'au menton dans le col relevé, la tête droite elle ne regardait que moi.

J'ai traversé la rue le cœur battant avec la raideur d'un automate.

« Bonsoir, ne me dis pas que tu attends le bus ?

-Non, ce n'est pas moi.

-Pas toi ?

-C'est ma mère, j'ai parlé avec elle, c'est elle qui me l'a demandé, qui a insisté pour que je vienne, trop tard pour dîner, je suis désolée, c'est pour elle que je suis là, elle me l'a fait promettre, à cause… à cause de la lettre.

-De la lettre ! Alors, tu l'as lue ?

-Oui, elle aussi, enfin je la lui ai lue, vu l'état dans lequel elle se trouve, elle déchiffre difficilement les manuscrits.

-Et alors, qu'est-ce qu'elle en a dit ?

-Elle m'a dit qu'une lettre comme cela on n'en recevait qu'une dans sa vie, et demandé qui l'avait écrite ?

-Bonne question… Tu… tu as raté le filet de Saint Pierre, ils servent des cafés au bar… on ne va pas rester là plantés à attendre un bus que l'on ne prendra jamais… »

J'ai retraversé la rue avec elle à mes côtés. Pauline a commandé un thé au miel avec un nuage de lait, j'ai trouvé confortable de l'accompagner. Nos deux cuillères faisaient les cent pas dans leurs tasses.

« Je… pour répondre à ta question, je n'en sais rien, cela reste pour moi un mystère, quelque chose qui me travaille, comme je te l'ai expliqué aux Trois Fontaines cette lettre a été découverte cachée dans la doublure de la veste d'un homme qui s'est prétendument tué avec son épouse au volant d'une voiture en s'écrasant au fond d'un canyon.

-Une fiction.

-Oui, une fiction, cette lettre a été découverte par une sorte d'ermite pilleur d'épaves qui vit au fond du canyon, cette lettre je ne l'ai jamais vue, je l'ai recopiée d'après le récit de toute cette histoire qu'a fait le prétendu Shérif d'une ville fantôme appelée Spincity. Maintenant cette lettre elle existe bien, elle a forcément été écrite par quelqu'un et…

-Et pour quelqu'un.

-Oui… et… et le dernier domicile connu, comme on dit, c'est le Shérif, peut-être qu'il l'a écrite lui-même, je n'en sais rien, en tout cas il la connait par cœur. Mais tu connaissais déjà un peu l'histoire, tu en as parlé à ta maman ?

-Vaguement, j'ai vite compris que cela ne la passionnait pas, elle s'en est tenue au texte qu'elle m'a demandé de le lui relire deux fois, deux phrases la fascinaient : *ceci n'est pas une lettre d'amour…* et… *rien ne semblait prémédité, nous ne faisions que passer…* c'est pour cela que je suis ici. »

Les percolateurs faisaient un raffut du diable, il fallait élever un peu la voix pour se comprendre, pas vraiment l'endroit propice aux confidences, je me suis quand même risqué à poser cette question :

« Tu n'es pas obligée de répondre, mais… qu'est-ce qui a bien pu rendre mauvaise cette idée ?

-Le passé.

-Ah…je comprends, mais on ne peut pas toujours vivre dans le passé.

-Non, mais on ne peut jamais oublier, quelques temps après m'être séparée de mon compagnon je me suis faite une amie en courant au Luxembourg, comme ça, par hasard, à force de se croiser on a fini par sympathiser, et puis un jour elle m'a invitée à dîner, c'est ce repas qui m'a amenée aux portes d'un enfer dont je viens juste de sortir, elle était devenue ma coach et moi sa marionnette qui lui obéissait stupidement jusqu'à perdre tout contrôle de ma vie. Je veux rester seule !

-Mais je comprends Pauline, je comprends parfaitement, je comprends. Je…je n'avais pas en tête, je n'ai pas en tête l'idée de t'amener aux portes de l'enfer, je ne me sens pas une vocation de coach, je… je ne suis pas à la recherche d'une marionnette, je ne suis à la recherche de rien d'ailleurs, j'ai juste envie de parler, moi aussi je suis seul, je vis seul, c'est bien d'être seul, confortable mais parfois infernal, c'était une simple invitation pour parler et… comme maintenant c'est bien de pouvoir parler devant un thé, je ne supporte pas l'idée de passer pour un harceleur, la mauvaise idée c'est ça.

-Je ne me suis jamais senti harcelée. »

C'est à sa tasse qu'elle parlait, elle ne me regardait plus, lorsqu'après un long silence elle a relevé la tête pour détailler la salle ses yeux étaient mouillés de larmes.

« Sortons, a-t-elle murmuré d'une voix lasse avant que nous ayons vidé nos tasses, la lumière me fatigue. »

Le trottoir était bordé de marronniers, d'un coup de pied nerveux elle a fait valser une bogue qui a traversé la rue puis elle s'est mise à parler :

« C'est un peu stupide… mais je ne sais pas quoi te dire… je suis désolée, désolée d'être sans cesse désolée, encore une fois je me suis laissée embarquer dans un truc, c'est ma mère…

-Alors c'est à elle que je dois d'être là, ce soir à parler avec toi, ta mystérieuse, ta seconde maman ?

-Elle est malade Thomas, très malade.

-Qu'est-ce qu'elle a ?

-Des suites d'une longue maladie… tu connais la formule, t'en as déjà entendu parler, elle a un cancer, rien d'extraordinaire, un truc tout bête que l'on croise à chaque coin de rue, mais c'est elle, elle que j'aime et qui m'aime qui l'a rencontré, pire qu'une coach, la coach aussi c'était un cancer, j'ai réussi à m'en débarrasser… je dis ma seconde maman parce que…

-Ne te sens pas obligée Pauline…
-Si, si, si… ! »

Ce soir-là en regagnant la rue Doudeauville à pied j'ai appris beaucoup de choses, certaines insignifiantes comme la solution de frotter au dentifrice l'intérieur de ses lunettes de natation pour éviter la formation de buée, puis d'autres très personnelles.

Sa maman s'appelait Émeline, elle est décédée dans un accident de la circulation entre Lyon et Grenoble le jour même de ses dix-huit ans. Elle a revu son père lors des obsèques, il était accompagné de Julia, sa marraine qu'elle avait connue étant toute petite puis jamais revue jusqu'alors.

Julia était sa tante, la sœur de son père, elle travaillait comme traductrice dans une maison d'édition, maîtrisait parfaitement le français. Julia est restée en France d'abord quelques mois puis s'y est installée de manière définitive, le travail de traduction qu'elle effectuait habitant la Californie ne souffrait en rien d'être délocalisé sur Lyon ou Paris. Avec le temps des sentiments forts se sont noués entre elles deux, lorsque Pauline a obtenu son poste de maître nageuse dans la capitale Julia a tenu à la rejoindre, chacune conservant son indépendance, au fil des ans la tante, la marraine est peu à peu devenue une grande sœur, une confidente et amie intime, une seconde maman à qui elle pouvait tout dire, quelqu'un qui ne la jugeait pas, qui la regardait vivre avec tellement d'attention que parfois il lui était arrivé de s'interroger si ce n'était pas là pour elle un moyen de prolonger une éternelle jeunesse de caractère et une curiosité d'esprit dans un corps où l'ombre de la maladie avait commencé à roder.

Son cancer s'est brutalement réveillé au printemps dernier. Pauline racontait bien la vie, les bons comme les mauvais jours, elle faisait preuve d'une grande spontanéité, non seulement dans ses paroles mais aussi à travers les traits de son visage, en dépit de l'obscurité, je guettais d'un regard en biais ces signes naturels d'authenticité révélés par les néons d'une vitrine ou le faisceau des phares d'une voiture. Elle marchait rapidement, aussi vite qu'elle parlait, pressée d'en finir, de tout me dire, elle m'a parlé du rythme des chimios, des cheveux qui tombent accompagnés de la séance chez le perruquier, elle m'a décrit la fatigue et les forces qui s'écoulent dans un sablier. C'était ses mots, ses images à elle, puis elle a enchaîné sur la maigreur, les os en saillie sous la peau, enfin pour finir elle m'a dépeint aujourd'hui, la couleur, ce jaune ocre luminescent qui enveloppait d'une fine pellicule un corps en voie de momification.

Sa seconde maman ne voulait pas entendre parler d'hôpital, elle ne quittait pratiquement plus son lit, un médecin et une aide-soignante la visitait quotidiennement. La raison ne l'avait pas abandonnée et l'esprit fonctionnait encore avec vivacité, parfois sur sa demande Pauline allait lui chercher tel ou tel livre sur les rayonnages de la bibliothèque puis sur ses indications lui faisait la lecture de tel ou tel passage, le dernier en date était une œuvre de Rudyar Kipling, *La Lumière qui s'éteint*.

« Tu comprends, m'a-t-elle dit, à force de l'observer je deviens de plus en plus intransigeante, c'est comme elle que je veux continuer à vivre, elle ne demande pas grand-chose, mais ce qu'elle veut elle y tient, elle est d'une extrême exigence avec elle-même, elle ne suit que l'idée qu'elle a en tête, moi, elle m'écoute... tu sais, j'ai trop écouté ma coach, pourtant je lui en avais parlé à Julia, parlé et reparlé, presque tous les jours, elle ne l'avait jamais bien sentie, c'est ce sentiment que j'avais ancré en moi, mais je me disais qu'elle ne la connaissait pas assez, c'est l'argent qui a mis le feu aux poudres, un matin je me suis réveillée sans un litre de lait au frigo et un compte en banque incapable d'assurer le paiement du prochain loyer, elle, elle roulait en Alfa Romeo... »

Quelques centaines de mètres de plus et l'on était parvenu devant la porte de son immeuble, une pluie fine mêlée à des bourrasques nous avait fait allonger le pas, j'étais pratiquement demeuré silencieux durant tout le trajet, à mesure que nous avancions sa voix s'était apaisée, une intonation lente et douce nappait de pudeur chacune de ses paroles, nous étions bien à marcher côte à côte, parfois la configuration de notre progression ne laissait aucun espace entre nos bras, je rêvais d'un café ou d'un second thé au miel chez elle, dans son appartement, son espace de vie, entouré de ses objets, sa décoration, sa musique…

« C'était une belle ballade, elle va être contente, je vais lui raconter…

-Quand, demain ? Je… tu travailles ce week-end ? Non ?

-Oui, je suis de service. Je monte vite et je redescends, il faut que je lui ramène quelque chose.

-Bon, alors… on peut se faire la bise ?

-Oui, on peut. »

Comment deux joues qui se frôlent peuvent-elles placer en apesanteur l'ensemble de nos préoccupations quotidiennes, comment ce bonheur si ténu, si anodin peut-il anesthésier nos angoisses, nous faire oublier nos chagrins et tenir à distance l'agitation confuse du monde qui nous entoure.

La mauvaise idée avait muée cette nuit- là en conte de fée, je m'étais endormi enlacé contre mon oreiller, étreint dans un tourbillon de rêves fous et inavouables.

Je suis allé nager samedi soir, la piscine était partagée en deux, une moitié réquisitionnée le week-end pour une compétition de hockey subaquatique féminin. J'y suis retourné le lendemain soir, Pauline était toujours là et cette idée que d'aucun aurait pu juger stupide m'habillait de la tête aux pieds : je l'aimais.

Je n'ai pas eu la possibilité de m'approcher d'elle ni pu lui parler. Le soir, avant de plonger dans le bouillon de la semaine qui s'annonçait je me suis réfugié sur le net.

De : thomasderrien@gmail.com

Bonsoir Pauline,

Je ne viens pas te parler de dentifrice, disons que c'est un prétexte, sur un grand fond de vérité tout de même, j'ai suivi tes conseils et je n'ai plus eu de buée sur mes lunettes, ce qui m'a permis de t'apercevoir furtivement à chacun de mes passages, cela je pense ne t'aura pas échappé... les circonstances ont fait que je n'ai pas eu à résister à l'envie de venir te parler, tu es comment dire... inaccessible en haut de ton perchoir... Je peux le faire maintenant à tête reposée, ce qui est sans doute mieux ainsi.

Ces mots pour te dire combien je suis touché par les confidences et les révélations très personnelles que tu m'as faites au sujet de ta 'seconde Maman', je te souhaite beaucoup de courage, j'aimerais pouvoir exprimer beaucoup plus mais je me sens totalement impuissant, c'est un domaine si intime...

Mes deux parents ne sont plus de ce monde, mon père nous a quitté le premier, j'avais quinze ans, il tenait à être incinéré, ce qui fut fait, il avait le sens de la mise en scène et l'exercé jusqu'au dernier moment, lorsque son cercueil s'est mis à glisser lentement vers la crémation pour disparaître à jamais Gainsbourg a entonné de sa voix grave et suave la Chanson de Prévert : oh je voudrais tant que tu te souviennes... cette chanson était la tienne... jour après jour les amours mortes n'en finissent pas de mourir...

Les adultes pleuraient, certains enfants également par contagion, cela m'arrive encore.

La dernière volonté de mon père était que ses cendres soient réparties dans cinq petites urnes identiques, la première pour ma mère, la deuxième pour mon frère aîné, les deux suivantes pour mes sœurs jumelles et enfin la dernière pour moi le benjamin. Chacun de nous devait aller disperser les cendres à un endroit précis qui devait rester secret. J'ai attendu longtemps, un peu comme cette fameuse lettre découverte par Job, avant de me décider à décacheter l'enveloppe qui devait me révéler le lieu de la dispersion.

J'avais hérité, si l'on peut dire, d'une île, Ouessant, pourquoi ? Je n'en sais toujours rien, je ne vois plus ni mon frère ni mes sœurs et je ne conserve aucune archives familiales, lettres, photos… Les quelques lignes contenues dans l'enveloppe décrivent sommairement une cale de mise à l'eau avec des rails de voie ferrée qui disparaissent dans l'océan.

Je ne suis jamais allé à Ouessant, je n'ai jamais su ni cherché non plus à savoir quelles étaient les quatre autres destinations, l'urne est toujours rangée au fond d'un tiroir à chaussettes, c'est là que mon père hiberne depuis quelques années, je ne suis pas pressé de lui rendre sa liberté, j'ai l'impression que plus le temps avance plus je me rapproche de lui, et puis à vrai dire j'aimerais auparavant résoudre l'énigme : pourquoi cet endroit précis ? Que s'est-il passé là-bas ?

Tout cela pour te dire que je pense que l'on consacre notre vie à croiser des mystères, à commencer par nous-mêmes. Si aujourd'hui je devais reproduire un testament similaire je demanderai que mes cendres soient dispersées sur le quai de la station métro Château Rouge un matin de septembre.

Bonne nuit Pauline et bon courage pour demain.
Thomas.

La semaine suivante s'est révélée féérique. Lundi le hasard a de nouveau conspiré pour que nous nous rencontrions dans la même rame, un peu gênés l'un et l'autre suite aux révélations mutuelles échangées depuis vendredi.

En soirée un mail patientait dans ma boite, il m'annonçait : *j'irai sûrement courir demain matin, c'est mon jour de congé, peut-être que nous nous croiserons…*

Effectivement nous nous sommes croisés pour ensuite courir côte à côte, quatre tours à bonne allure.

Mercredi soir nous nous sommes rencontrés au Carrefour City, j'ai osé l'inviter à la pizzeria, elle n'a pas dit non mais s'en est sortie en avouant avoir grignoté de bonne heure puis devoir filer rendre visite à Julia.

Jeudi j'ai attendu en vain le Ferrailleur en buvant trois expressos les uns derrière les autres l'esprit dans un nuage. Le soir je suis allé nager à la dernière heure, tachant d'apercevoir sa silhouette, avec en tête un chiffre qui tournait en boucle sur une musique de Jeff himself : *soixante-trois mille trois cent trente-trois ! ça y est les gars ! on a fait un tiers du parcours et cette putain de fusée lunaire prend encore de la vitesse…*

J'avais très envie de lui faire la bise, alors je l'ai attendu ostensiblement en ne laissant aucune chance au hasard, nous sommes rentrés ensemble et séparés au seuil de la station du métro qu'elle devait prendre direction Saint Placide. Le monde était magnifique ce soir-là.

Vendredi, toujours pas de Ferrailleur à l'horizon, en fin de matinée à nouveau un mail de Pauline.

De : pauline.mueller@laposte.net

Je suis désolée de décliner tes invitations, je te remercie pour ces mots emplis de gentillesse, cela me touche énormément.
J'attends avec impatience le moment où je pourrai me détendre, actuellement c'est impossible.

Et puis samedi en fin d'après-midi un appel inconnu est venu me tirer de mes rêveries.

« Allô, monsieur Derrien ? Monsieur Thomas Derrien, ici l'hôpital Lariboisière, je vous appelle au sujet de monsieur Goldet, nous avons retrouvé votre numéro dans son agenda, c'est… c'est à vous qu'il souhaite parler, ce serait bien que vous veniez…

-Euh…Goldet ? Ce nom ne me dit rien, il doit y avoir erreur…

-C'est pourtant bien votre numéro, Goldet, Max Goldet cela ne vous dit vraiment rien ?

-Max ! Ah oui bien sûr Le Ferrailleur.

-Le ferrailleur !?... Ah ! Vous voyez. Les visites sont autorisées tous les jours en début d'après-midi ».

ODÉON

J'ai débarqué à treize heures précise, l'infirmière a levé haut les sourcils lorsque j'ai prononcé le nom de Goldet et m'a sèchement balancé un numéro :

« Quinze au deuxième étage ! »

Max la tête bien calée contre deux oreillers, les jambes nues repliées lui servant de pupitre, écrivait sur un bloc-notes.

« Oh Petit ! Quelle surprise !

-Bah alors, qu'est-ce qu'il t'arrive ?

-Le cœur, c'est pas le joint de culasse ni la courroie de distribution, c'est le cœur, les mecs ici sont des cadors, infarctus qu'ils ont dit, ça m'a pris dans la nuit…

-J'te dérange ?

-Tu rigoles, non tu vois j'écris, j'ai failli clamser alors je me suis dit que c'est trop con de partir comme ça sans avoir écrit ses mémoires, c'est un truc qui m'a toujours turlupiné et là je sens le moment propice pour me jeter à l'eau.

-Tu racontes ton infarctus ?

-Non, les peines de cœur, merci bien, j'ai déjà donné et beaucoup à dire, pas nécessaire d'en rajouter, non, tu vois j'essaye de me mettre le plus de monde à dos dans le minimum de lignes, je suis dans la performance, pas facile, écoute, c'est le début : *cette nuit-là il faisait aussi noir que dans le cul d'un nègre, quelques bougnouls dealaient du shit au pied des tours à la barbe du gardien alcolo supporter du P.S.G . Ces enculés de la B.A.C déroulaient les rondes suite à la vitrine du gros youpin qui avait volé en éclats la nuit dernière, lui l'affameur ne l'avait pas volé non plus, ce qui n'avait pas découragé un ramassis de taffiotes et de gouinasses d'organiser une marche de protestation…* tu vois en quelques mots j'ai réussi à me mettre les noirs, les arabes, les juifs, les obèses, les footeux du P.S.G, les flics, les gays et les lesbiennes sur le paletot, qu'esse t'en penses Petit ?

-C'est nul, tu devrais changer de registre, qu'est-ce qu'ils t'ont fait au juste ?

-Qui ? Mais rien, je les aime tous bien fort, mais dans cette société tout le monde aime tout le monde, en façade bien sûr, mais la haine gouverne le monde.

-Non, pas le flic noir musulman gay supporter du P.S.G marié à une juive obèse, mais les toubibs, qu'est-ce qu'ils t'ont fait ?

-Le toubib tu vas te marrer, il était noir, un ramonage, artère bouchée et hop ! un coup d'écouvillon. Nul ce que j'écris, faut pas dire ça Petit, y'a toujours des cons qui lisent…

-Justement.

-Toi par exemple en ce moment tu devrais écrire, lui écrire, quand on tombe amoureux on est plongé tout habillé dans un état de grâce, pas des jérémiades à l'eau de rose, de la poésie, les femmes aiment qu'on leur écrive, pas du recopiage hein, quelque chose qui vienne de toi, qui les surprenne, les intrigue, un texte qui te surprend toi-même, un assemblage de mots dont tu étais à mille lieux de soupçonner la présence dans ton cerveau, c'est cela aussi la grâce de l'amour, il faut en profiter, cela ne dure pas éternellement, tu lui écris ?

-Oui, on s'échange des mails.

-Mmm'ouais… le papier Petit, rien de tel que le papier forcément caressé par ta main, et puis le son, le parfum, le papier vit, il se froisse, il se ride, il se tache, il se déchire aussi parfois, écris-lui, ça change tout.

-Elle possède quand même… LA LETTRE, c'est ma main qui l'a écrite…

-Ttttt, Ttttt, Ttttt… recopiée Petit, écrite sous la dictée, tu as beau être devenu le Shérif, n'oublie jamais que cette lettre n'est pas de toi, d'accord elle est très belle, belle aussi parce que mystérieuse, personne ne sait qui l'a écrite et à qui elle était destinée, c'est un mystère, forcément beau, avec les mystères tout peut arriver, le meilleur comme le pire, mais c'est bien connu, on ne rêve que du meilleur. »

Troisième jeudi du mois, comme chaque année le rendez-vous a été honoré, Jeff a organisé une soirée cochonnailles dans nos locaux pour l'arrivée du Beaujolais Nouveau. Rkub était bien représenté, les cadres avec les commerciaux de la région parisienne, les conjoints étant invités j'avais tenté ma chance mercredi matin sur le quai de Château Rouge. Pauline avait marqué quelques secondes d'hésitation puis m'avait parlé de Julia et d'un remplacement qu'elle devait effectuer pour la nocturne de ce jeudi. Sans vraiment me l'avouer, en posant la question je n'imaginais pas une réponse positive, je la redoutais même et c'est presque soulagé que je l'ai écouté décliner l'invitation avec une gentillesse aux accents sincères. Et puis, ce n'étais pas un rendez-vous, bien que…, elle m'avait parlé d'aller courir au Luxembourg samedi matin.

Les verres ont succédé aux verres dans l'euphorie du business, *très fruité avec un parfum de banane*, sont les mots qui revenaient régulièrement pour saupoudrer la platitude des conversations. Les esprits se trémoussaient en contemplant béatement la farandole nocturne des Arback sillonnant Paris, elle tournait en boucle sur un écran géant que Jeff avait fait installer dans la salle de conférences, l'alcool juvénile et transparent, à la frontière du rosé, circulait dans les veines et les cerveaux euphoriques s'abandonnaient à l'argent, facile, providentiel, inéluctable. La fusée lunaire devait avoir franchi le cap des soixante-dix mille, ce soir-là personne au juste n'en savait plus rien, Jeff tirait sur son énorme cigare et à qui voulait bien l'entendre délivrait cette arrogante et sereine prophétie : « *no limit* ».

Le monde se dissolvait dans un brouillard de havane.

La mélancolie s'est emparée de moi sur le chemin du retour, une énorme averse m'a précipité dans une course soudaine, ce monde n'était plus le mien, il fallait que je m'en échappe, je ne pouvais pas terminer cette journée sans faire autre chose que de m'endormir vautré dans le chiffre magique, improbable des ventes d'Arback. *Le papier Petit, rien de tel que le papier*…avait décrété Max. Alors je me suis mis à écrire.

Je regarde la pluie
Et j'imagine que chaque goutte est un mot
Alors je fais ce qu'il me pleut
Mais comment te dire
De gouttières en caniveaux
C'est tout un roman
Qui coure vers l'océan
De ruisseaux en rivières
Avant de regagner le ciel
Pour s'élancer à nouveau
Je fais ce qu'il me pleut
Sur les bords du torrent
J'écris ce qu'il me pleut
L'amour est un déluge qui emporte tout
Mais comment te dire…

Voilà, au moins ces lignes auront été écrites par moi me suis-je dit en pensant à la lettre récupérée par Job, je les ai relues à plusieurs reprises et gardé une copie sur mon ordinateur, j'étais heureux et pressé, je suis descendu dans la rue, il pleuvait de plus belle, le digicode avait été réparé et de la lumière éclairait encore l'une de ses fenêtres, bientôt deux heures, je n'ai pas osé sonner.

Au matin une sérieuse gueule de bois accentuée par une nouvelle nuit tourmentée a recraché ma tête en papier mâché sur le quai de Château Rouge avec un retard sérieux sur l'horaire habituel. Pas question de se faire porter pâle, Jeff voulait absolument nous voir, et puis ce n'était pas dans mes habitudes. J'ai manqué d'un cheveu la précédente rame.

Peu de personnes descendent à Château Rouge, le quai brutalement ressemblait à un désert obscur, j'ai d'abord pensé à une hallucination, mais non, c'était Pauline.

« Je t'attendais.

-Moi ? Pauline, tu m'attendais ?

-Oui, je vais être en retard, je m'apprêtais à prendre le prochain. Tu n'as pas lu mon mail ?

-Ton mail ? Lequel, euh…, non, j'ai complètement zappé ma boîte, la soirée… enfin la nuit…, pas longue… enfin pas courte non plus…, soirée Beaujolais au boulot, et puis…, tiens, c'est… c'est un peu plus prématuré que je ne le pensais, mais… j'ai écrit ça cette nuit, je voulais te la glisser dans la boite mais le digicode fonctionne maintenant, et puis…il y avait encore de la lumière chez toi à deux heures du matin… »

La rame suivante nous a cloué le bec, nous nous sommes engouffrés dans le premier wagon qui nous ouvrait ses bras coulissants. Pauline a plié délicatement l'enveloppe en deux avant de la glisser dans sa poche puis m'a demandé :

« Elle vient aussi du fond du canyon ?

-Non, quelques mots écrits assis dans mon lit au milieu de la nuit en écoutant la pluie, désolé pour l'écriture, et puis… j'avais la tête qui tournait un peu…pour tout te dire. »

En lui parlant j'avais sorti mon smartphone pour ouvrir ma boite mail.

« Y'avait quoi dans ton mail ?

-Non, ne lis pas ! Je vais te dire, c'est Julia, elle m'a appelée hier soir complètement excitée, cela faisait longtemps que je ne lui avais pas entendu une voix pareille, il faut que tu viennes elle m'a dit, tout de suite Pauline, il se passe des choses, des choses importantes, elle me l'a répété trois fois, alors je suis venue.

-Au milieu de la nuit ?

-Oui comme ça, cette nuit, elle m'attendait devant son ordinateur, agrippée à une mince liasse de papiers imprimés qu'elle tenait en main. Tu sais je t'ai dit qu'elle continuait à s'occuper de traductions pour une maison d'édition californienne, et bien depuis un mois environ elle travaillait sur un recueil de nouvelles d'un dénommé Nelson Baltimor, et là, incroyable, écoute, avant même que je puisse m'asseoir elle me fait le récit de la nouvelle qu'elle tenait entre les mains, l'histoire d'un regard, sa naissance dans une allée de supermarché, sa vie secrète dans la poche d'un inconnu et sa mort brutale dans une gigantesque casse automobile, le titre de la nouvelle est : *Mais comment te dire…*

-… ? Quoi !!tu es sûre !?? »

Malgré la proximité des autres voyageurs je n'avais pu réprimer un étonnement bruyant.

« Évidemment j'en suis sûre, enfin c'est comme cela que Julia l'a traduit, pourquoi ?

-Pour rien, tu comprendras plus tard, continue…

-Mais c'est l'histoire du canyon Thomas, c'est surtout l'histoire de la lettre, quelqu'un tombe amoureux de quelqu'un d'autre, ils ne font que se croiser, plusieurs fois, alors en attendant une hypothétique nouvelle rencontre l'homme compose une lettre qu'il emmène avec lui partout où il va, aux quatre coins du monde, incroyable, c'est ce qui a fait bondir Julia, les premiers mots de cette lettre sont : *Ceci n'est pas une lettre d'amour…*, confondant non ? Un jour le hasard, les circonstances font que l'homme et la femme se retrouvent dans la même voiture, pourchassés par on ne sait qui, des très méchants sans doute et pour des raisons que l'on ignore, la poursuite se termine dans une impasse au bout de laquelle se trouve en contrebas un immense cimetière automobile, c'est au fond de cette décharge qu'ils vont s'écraser et mourir tous les deux. Quelqu'un, un ferrailleur, peut-être le Job local, va retrouver la lettre et…

-Un ferrailleur ? Tu es bien sûre ?

-Oui, c'est comme cela, c'est la traduction de Julia, le type ne fait pas pousser des roses sur les cadavres, il récupère des plaquettes de freins, des poignées de portières, des rétroviseurs, des essuie-glaces, toutes sortes de pièces et… bon il faut que j'abrège, tu descends à la prochaine, le ferrailleur ouvre l'enveloppe, lit la lettre en silence, longtemps, il s'y reprend puis se met à pleurer. La police, l'ambulance rappliquent sur les lieux du drame, alors il devient comme fou, il se hisse sur le toit d'une carcasse et lit, hurle la lettre à haute voix comme un loup blessé. »

J'étais arrivé, nous nous sommes fait la bise en nous dévisageant bizarrement. Dans les escaliers j'ai effectué une courte pause pour ouvrir le mail dont elle m'avait parlé, c'était plus fort que moi, irrésistible, mes mains tremblaient imperceptiblement, tout s'accélérait, ce nouveau monde allait trop vite, j'avais le pressentiment que pour une raison mystérieuse les gens allaient tous subitement courir dans le labyrinthe des couloirs souterrains, sans doute avait-elle déplié la feuille sur laquelle était écrit le poème, je l'imaginais tournée contre la vitre de la porte opposée, légèrement voutée, le front bas pour se protéger des regards indiscrets, nous devions simultanément lire nos proses respectives, la sienne n'avait rien d'un poème :

De : pauline.mueller@laposte.net

Thomas, je reviens de chez Julia, elle m'a appelée au milieu de la nuit pour me parler d'une découverte vraiment troublante, elle travaille en ce moment sur une traduction de nouvelles publiées par Nelson Baltimor, dans l'une d'elle on retrouve la trame exacte de cette fameuse lettre du Shérif, les lieux sont différents mais le fond est le même, est-ce que cela te dit quelque chose ? On en parle ce matin dans le métro, le premier arrivé attend l'autre…

Julia est comme survoltée, elle m'a dit : « tu te rends compte, il se passe enfin quelque chose dans ce monde, cela faisait longtemps ! Ce n'est vraiment pas le moment de partir ! »

J'aime la revoir comme cela, je veux la garder. A demain, enfin tout à l'heure…
Pauline.

En reprenant mon ascension vers la lumière naturelle ma première pensée a été que Pauline avait dû comprendre ma sidération en découvrant la dernière ligne du court poème, *mais comment te dire…* Ces quatre mots devenaient brutalement la clef de deux mystères, mon attirance, non, mon irréversible attraction pour cette troublante jeune femme métropolitaine et le soudain télescopage avec cette nouvelle tombée du ciel, Nelson Baltimor, ce nom ne me disait rien, internet n'était pas très loquace non plus, il était bien question d'un Nelson joueur émérite de football américain dans la ville de Baltimore, aucun rapport avec la littérature. « *Il se passe enfin quelque chose dans ce monde…* », je fermais les yeux et j'écarquillais grands mes neurones, j'allais dévorer la vie comme un requin.

« Qu'est-ce que vous en pensez ? a demandé Jeff en laissant avec délectation un silence pesant s'installer parmi nous, puis il a enchaîné : vous roulez cinq kilomètres par jour ? Alors on vous offre le vélo.
-Tu veux dire que l'on va transformer tous les cyclistes en panneaux publicitaires ? a relevé Fred.
-Non, pas tous, mais beaucoup en ont rien à foutre de ce qui peut bien se tramer dans leur dos, et puis il n'y aura pas obligatoirement que de la lessive ou des séjours discount en Tunisie, on fera vivre des produits nobles, l'humanitaire ou l'écologie par exemple. Cinq kilomètres, facile à contrôler, la version V2 arrive avec un GPS intégré, on pourra changer les messages à tous moments, la grande distribution nous assiège, il y a un virage à prendre… »
Oui, effectivement, un virage à prendre, je regardais autour de moi, les femmes ne portent plus, ou très rarement d'épingles à cheveux, pourtant c'était bien à ce genre de

virage auquel je pensais. Le pin's de cette fusée lunaire fièrement arboré avait soudainement rétrogradé dans mon échelle de valeurs, durant des années, le chiffre, l'objectif avait représenté mon graal quotidien, non par obligation mais par choix, ce matin-là le choix était différent, ce n'était même plus un choix, une évidence, à la question : « Qu'y a –t'il de plus précieux dans ta vie ? » les phénoménales ventes d'Arback n'arrivaient plus en tête, le plus précieux était né du plus mystérieux et je vivais dans le mystère. La folle idée de donner ma démission m'a traversé l'esprit comme une météorite, mais pourquoi faire ? Être amoureux n'est pas un métier, même à temps complet, et puis… le pactole Arback ! Tu es dans la fusée, tu ne peux pas débarquer entre la terre et la lune, dans le vide intersidéral, tout abandonner mais aussi tout perdre. La réunion ronronnait, chacun buvait les yeux fermés l'élixir délirant dont nous abreuvait Jeff, je pensais à demain : courir avec elle au jardin du Luxembourg.

C'est à cet instant que mon smartphone en mode vibreur m'a tapoté la cuisse, je venais de recevoir un sms, bon sang ! Stéphanie ! L'une de mes deux sœurs jumelles, cela faisait des lustres que nous étions sans nouvelle l'un de l'autre, pas fâchés mais indifférents, qu'est-ce qu'il pouvait bien lui prendre ? Le message était lapidaire et laconique, ma première pensée avait filé vers un décès, mais non :

Incroyable découverte !... appelle-moi quand tu auras une minute.

Bises, Stéph.

Déjà je n'en revenais pas qu'elle ait toujours mon numéro, mais en bonus les mots *incroyable* et *découverte* ne cadraient pas du tout avec son image de sous cheffe de service à la caisse d'allocation familiale.

C'est la goutte d'eau qui a fait déborder le vase de l'ennui, de la lassitude, je me suis éclipsé pour quelques minutes après un clin d'œil entendu vers Jeff.

Sa voix n'avait pas changé, son stress perpétuel non plus :
« Je suis en réunion Thomas.

-Moi aussi, j'y étais, t'as quand même le droit d'aller pisser, t'inquiètes, si tu rates quelque chose je te raconterai…

-Très drôle, t'es toujours le même !

-Oui, un peu, pas tout à fait quand même, alors c'est quoi cette incroyable découverte ? L'Amérique ?

-Papa.

-Quoi Papa ?

-Papa était amoureux d'une autre femme.

-Ah ? L'amour !

-Tu te souviens de la vieille bible de Mémé, le gros cube en cuir marron qui trônait sur le buffet dans la salle à manger, elle faisait partie du lot de livres que j'ai récupéré, tu t'en souviens ?

-Oh tu sais, moi la religion… oui je m'en souviens, moins que de la petite soupière à bonbons qui était à côté, mais oui je m'en souviens, alors ?

-Hier en faisant du tri, je ne sais pas pourquoi je l'ai ouverte et feuilletée, comme ça, il y avait par endroit des feuilles d'arbre séchées, jaune, en forme de cœur, partout, toutes les vingt, trente pages. J'ai aussi découvert dans la doublure de la couverture une longue lettre manuscrite, son écriture, tellement particulière, tu sais bien, toi, qui imitait si mal sa signature…hein ! Dans cette lettre il était question d'une rencontre prévue à un endroit au bord de l'eau avec une femme qu'il nommait *petite fée.* D'après ce que j'ai compris cela faisait longtemps qu'ils se côtoyaient et ce jour-là il écrivait avoir commis la plus grosse erreur de sa vie, s'être tué, cela devait être une île, en Bretagne forcément, il parle de rails qui descendent dans l'eau et de cette petite fée qu'il devait serrer enfin dans ses bras, qui l'attendait, il raconte tout, auparavant elle lui avait écrit, avoué être d'un naturel très pudique, avoir besoin de se sentir en confiance avant de… tu t'imagines Thomas, Papa !

-Quoi Papa ! C'est une lettre de remords qu'il n'a jamais envoyée, c'est ça, c'est terrible, c'est ça ? Tu as tout lu ?

-Oui, lu et relu, en plus il lui avoue qu'il n'a jamais aimé comme cela, il lui écrit des choses... comme, tiens j'ai retenu cela : *t'aimer n'est pas un projet, y renoncer serait une trahison...* En relisant tout calmement j'ai compris qu'il était bien sur l'île ce jour-là, qu'il l'a observée l'attendre à cet endroit précis et pour une raison incompréhensible il s'est enfui avec le dernier bateau. Tu te souviens du jour de ses obsèques, la chanson de Prévert, c'était ça hein, je comprends tout maintenant...

-Écoute Stéphanie, on parle d'accident de voiture, de cancer, d'AVC, d'infarctus, mais finalement on meurt tous un jour de chagrin, le chagrin silencieux et sec de n'avoir pas eu le courage d'aller au bout de quelque chose, de quelqu'un. Tu..., tu as toujours ses cendres ?

-Oui, c'est peut-être idiot mais je n'ai jamais osé savoir où aller les disperser, et toi ?

-Moi je les ai toujours mais je sais où aller, j'ai ouvert l'enveloppe, cela devait rester secret mais plus maintenant, je peux te le dire, c'est sur l'île de Ouessant. »

Beaucoup trop d'évènements s'entrecroisaient, j'ai carrément séché le reste de la réunion, l'idée m'a pris de créer la surprise au Ferrailleur, l'envie surtout de me confier, de partager le vécu de ces dernières heures.

Après un message à Jeff, invoquant des circonstances familiales, ce qui n'était qu'un demi mensonge, je me suis dirigé vers le bureau des sorties de l'hôpital Lariboisière.

Par chance ils ne s'étaient pas encore débarrassé complètement de lui, j'ai reconnu sa voix goguenarde tourmenter un agent administratif au guichet des formalités.

« Un mètre cube de papelards à remplir avant de pouvoir prendre l'air, bon sang ! Quelle histoire ! Et puis je ne vois rien, je n'ai pas mes lunettes, ça c'est terrible, vous pouvez me faire signer n'importe quoi...

-Et moi sans lunettes, tu me reconnais ?

-Oh ! Petit ! ça c'est une sacrée nouvelle ! T'as pu garer ton métro facilement ?

Tu me ramènes alors ! »

Une fois chez lui il faisait froid, durant quelques jours une fenêtre était restée ouverte en son absence, il a tenu à préparer du thé et nous avons grignoté un paquet entier de biscuits palmier.

Et puis on a parlé, j'en avais très envie.

« Max, tu dis souvent 'Petit' mais dans ta tête tu dois me donner un autre surnom, non ? Comment tu m'appelles ?

-Petit, c'est tout, rapport à l'âge, et moi ?

-Toi ? Le Ferrailleur, rapport au film *Max et les ferrailleurs*, tu l'as vu ?

-Bien sûr, pas tout jeune ce truc, pourquoi tu me demandes ça ?

-Depuis quelques heures j'ai l'impression d'être l'objet d'une conspiration.

-On est tous encerclés par des gens qui nous veulent plus de mal que de bien, c'est qui ?

-Personne je pense, j'ai dit l'objet, pas la victime, mais cela reste malgré tout très angoissant. D'abord il faut que je te dise que j'ai suivi tes conseils, je lui ai écrit, à la main, sur du papier.

-Bien !! C'est sans doute la meilleure chose que tu aies faite cette semaine.

-Sûrement, si tu le dis. Ce matin Pauline m'attendait sur le quai de Château Rouge, sa mère l'avait appelée au milieu de la nuit, elle venait de découvrir avec étonnement que la nouvelle d'un auteur américain sur laquelle elle travaillait racontait avec de troublantes similitudes l'histoire du Shérif, un type poursuivi en voiture se tue avec sa femme au fond d'une gigantesque casse automobile et un ferrailleur, tu m'entends Max, un ferrailleur découvre planquée dans la veste du type une lettre secrète qui commence par ces mots : *ceci n'est pas une lettre d'amour…* Incroyable hein ! Mais il y a pire, enfin pire… la nouvelle en question écrite par un certain Nelson Baltimor est titrée : *Mais comment te dire…*, ce sont exactement les mêmes mots qui terminent la lettre que je lui ai écrite cette nuit et donnée ce matin, tu comprends ?

-Rien. Absolument rien, il ne faut surtout pas chercher à comprendre Petit, contente-toi, contentez-vous de vivre, vivre c'est plutôt sympa comme conspiration.

-Ce n'est pas tout… »

Je lui ai raconté la soudaine résurrection de ma sœur Stéphanie et notre conversation de ce matin, les découvertes qu'elle avait faites dans la bible de ma grand-mère, la rencontre prévue au bord de l'eau et au dernier moment cette dérobade, cette porte qu'il n'a pas osé pousser, mon père était amoureux d'une autre femme qui n'était pas ma mère, il n'a jamais osé la prendre dans ses bras, il lui a écrit pourquoi et il n'a jamais osé lui envoyer la lettre.

« Et après ? a questionné Max en nous reversant du thé.

-Après il est mort, j'en suis sûr ; c'est ça qui l'a tué, c'est ce que j'ai dit à ma sœur, les humains meurent de ce qu'ils n'ont pas osé vivre.

-C'est tout à fait juste Petit, c'est bien vrai, quelqu'un a dit, je ne sais plus qui, mais il l'a dit : *on devient vieux quand on cesse d'avoir de l'audace.* La vie est une histoire de fou mais tout le monde s'efforce de vivre raisonnablement, alors on meurt, hé, hé… une bonne fois pour toute. Tu vois, moi je viens d'en réchapper, et bien ça m'a servi de leçon, je n'ai pas l'intention de gaspiller mon temps à faire le raisonnable, c'est d'ailleurs pour ça que je me suis mis à écrire tout un tas de conneries, je m'entraîne, la folie douce c'est comme l'athlétisme, sauf qu'il n'y a pas de stade, mais cela reste avant tout une affaire d'entrainement, le stade c'est toi, tu veux un conseil ? Ne lui en parle pas de l'histoire de ton père, ne lui en parle pas à ta petite Pauline, vis là. »

Je l'ai laissé seul durant quelques heures avec la promesse de ramener des surgelés, j'ai marché le nez au vent puis la tentation s'est révélée trop forte, le besoin de la voir, la regarder, à son insu. Le grand bassin était partagé en quatre, elle donnait un cours à de jeunes enfants dans la partie qui par chance était la plus visible derrière les vitres de la cafétéria. J'ai lentement bu un chocolat chaud et durant de longues minutes savouré cet anonymat. Ainsi donc me murmurait une voix, voici la jeune femme dont tu es amoureux, il y a quelques semaines elle n'existait pas, pas plus que l'homme que tu es aujourd'hui.

En arpentant le hall d'entrée mon regard a été attiré sur le mur du fond par un imposant tableau vitré, l'endroit où étaient exposées les copies des diplômes de l'ensemble des maîtres-nageurs, je n'ai pas eu à chercher longtemps : Pauline Mueller, née le premier décembre 1992 à Mariposa Californie U.S.A, elle possédait donc bien la double nationalité. J'ai aussitôt effectué un rapide calcul, dans quatorze jours ce serait son anniversaire, un lundi exactement.

Heureux de ma découverte je me suis mis en quête d'un Picard pour fêter secrètement cet évènement auprès du Ferrailleur.

Il dormait, profondément, inquiet j'ai dû tambouriner longtemps avant d'obtenir signe de vie.

« Verrines de saumon et cailles farcies au foie gras, ça te va ? Un bon petit Médoc pour arroser tout cela, Trignac 2016, de quoi réveiller un mort, ou… endormir un vivant… tu te sens bien ?

-Un peu mon n'veu ! Quand même la médecine de nos jours ! C'est le docteur Picard qui t'a fait l'ordo !

-Yes, on peut le voir comme ça, tu sais en ce moment je navigue un peu à vue, je suis sur mon nuage…

-Justement, je me demandais, mes problèmes de cœur rien de plus banal, l'infarctus on n'en a rien à foutre, mais toi ! T'en es où toi !?

-Moi Max pour tout te dire je ne sais plus où j'en suis, enfin plus exactement je suis très amoureux, c'est comme ça, très

très amoureux, mais pour le reste je me laisse aller, dériver, je ne suis maître de rien, je ne sais pas où je vais…

-Et bien continue, laisse aller, il fut un temps… j'étais un peu plus âgé que toi, je m'étais pris un râteau entre les deux yeux, version king size hein, modèle pro de chez pro, bref, j'étais perdu, complètement paumé, il y avait le trottoir, un grand vide autour de moi et un taxi, j'aurai pu sauter dans le vide et disparaître, me zigouiller, mais non, j'ai sauté dans le taxi. Le mec a eu du mal à comprendre, quand il m'a demandé « c'est pour où ? », je lui ai répondu « deux cents francs » et j'ai allongé deux Delacroix sur la place du mort.

Voilà, j'ai expliqué, vous mettez le compteur en marche, prise en charge, trajet retour, tarif de nuit, de jour, j'en ai rien à foutre, olé Louis, t'occupe pas des signaux, bourre la machine ! Quand on arrive à deux cents francs vous pilez net et je débarque, pas plus compliqué que cela. Le mec a fourré les deux biffetons dans sa poche de chemise et nous voilà partis. C'était moi qui pilotais, à droite, par-là, la première à gauche, tout droit maintenant, j'avais l'impression d'avoir une console géante au bout de la langue et bien évidemment à un moment donné la voiture a stoppé et le type a dit « voilà, deux cents francs, 14 rue Auguste Lecoeur, soldat héroïque, 1923-1944 ». En lisant la plaque j'ai fait un rapide calcul et je me suis dit, putain ! Vingt et un ans ! C'est à cause des villes qui n'arrêtent pas de s'étendre que les hommes ont inventé les guerres, il fallait bien donner des noms aux rues que l'on construisait, et les héros, les martyrs remplissaient bien la fonction, aussi bien qu'ils remplissaient leur cercueil, quand il y en avait un, cela dit en passant Petit. Bref ! Le taxi me plante là, à vingt mètres d'un rad complètement déglingué au nom prédestiné : Le Terminus. Je suis entré prendre un café et la température, au fond de la salle se tenait une réunion de syndicalistes, mais pas que, ou quelque chose dans ce genre, j'ai repris un deuxième café, puis un troisième, je les écoutais, ils ne refaisaient pas le monde, il le défaisaient, il faut bien commencer par quelque chose, moi c'est ici que j'ai débuté ma carrière d'anarcho révolutionnaire, je ne dirai pas que ma vie a changé mais presque, mon regard n'a plus été le même, tu sais pourquoi je suis content d'être sorti aujourd'hui ? Parce que demain ça va péter dur et je veux être aux premières loges. Alors toi Petit, encore une fois laisse aller, on est tous les deux amoureux, toi d'une jolie jeune femme et moi d'une revanche que j'ai à prendre. »

Le Bordeaux était plus que correct, la bouteille n'a pas tenu l'heure, nous avons continué à parler, de tout, de rien, des gilets jaunes surtout, il y croyait. De temps à autre je jetais un œil sur l'écran de mon téléphone, plusieurs mails étaient arrivés durant notre discussion, un seul a retenu toute mon attention.

De : pauline.mueller@laposte.net
J'ai ouvert l'enveloppe de ce matin, c'est très joli, merci bien. Parfois il vaut mieux ne rien dire.
Bonne soirée.

SAINT-GERMAIN-DES-PRÉS

Matin de novembre, les ténèbres s'étirent, l'air se rafraîchit. Ce jour était brumeux, je n'ai pas voulu céder à l'impatience, craignant de me heurter aux horaires variables d'accessibilité au parc, mais non, il m'ouvrait déjà grand les bras.

J'ai croisé Pauline au bout de quelques minutes, comme à son habitude elle courait dans le sens inverse du mien, le visage plus pâle que la lumière de ce matin d'automne, une mine vraiment fatiguée, pour ne pas dire défaite, elle demeurait belle dans la contrariété, encore plus attachante.

Nous nous sommes faits la bise et nos foulées se sont calées l'une à l'autre, d'abord il n'y a eu que nos souffles, seule la vapeur s'échappait de nos bouches, puis voulant rompre ce silence qui devenait pesant j'ai abordé le sujet de l'étrange découverte littéraire faite par Julia, Pauline ne répondait pas, restait concentrée sur son effort.

« C'est vraiment bizarre… j'y ai pensé une bonne partie de la nuit… elle a tout traduit ?... même en anglais… je me débrouille assez bien… tu…, tu penses qu'elle finira bientôt ?... Pauline ? ça ne va pas Pauline ? »

Elle avait quitté l'allée pour s'appuyer contre un arbre, légèrement voutée je l'ai cru un moment prise de vomissements, non, elle avait enfoui son visage derrière ses deux mains pour dissimuler la montée d'une vague de sanglots.

« Pardon, pardon Thomas, je suis désolée…je…
-C'est pas grave, c'est pas grave… on va s'assoir là-bas…

-Si c'est grave…Julia nous a quittés ce matin…
-Comment ! Ce matin ! Elle…
-Morte, oui, c'est fini, elle est morte. »

Les larmes ruisselaient à présent le long de ses joues blanchies par la fatigue, son menton tremblait d'émotion, la tension du moment la faisait grelotter, j'ai posé mes deux mains sur ses épaules, je n'osais pas rencontrer son regard, étrange pudeur, alors mes bras l'ont enlacée et nos deux visages se sont dissimulés, j'étais pétrifié d'impuissance, aucun son ne pouvait sortir de ma bouche, aucune idée ne me venait à l'esprit, je la serrais de plus en plus fort pour atténuer les soubresauts du chagrin, tandis que, par-dessus son épaule je regardais un merle qui perché sur le dossier d'un banc semblait nous observer.

Nous sommes restés ainsi, muets, au bord d'un grand trou noir, puis peu à peu reprenant mes esprits une seule question effaçait toutes les autres : mais que pouvait-elle bien faire ici ? La réponse m'est arrivée avant d'avoir eu un mot à prononcer.

« C'est pour elle que je suis là, c'est comme cela qu'elle aurait aimé que les choses se passent, si elle me regarde elle doit être heureuse. »

Nous nous étions éloignés, Pauline s'essuyait les yeux avec des gants de course en laine blanche, je la regardais, démuni, j'ai posé cette question :

« Tu as prévenu quelqu'un ?
-Non, pas encore. »

Nous avons regagné la rue Doudeauville par le métro, elle devait récupérer son portable et quelques papiers, mon cœur s'est serré d'émotion lorsqu'elle m'a demandé de l'accompagner, l'appartement était petit, meublé moderne, assez spartiate, j'étais doublement mal à l'aise, les circonstances et ma présence dans ce lieu vers lequel mes regards jetés d'en bas dans la rue étaient si souvent montés. Debout au-milieu de la pièce j'attendais qu'elle rassemble les affaires dont elle avait besoin, mon regard s'est posé sur les deux feuilles de liquidambar que j'avais glissées dans sa boite aux lettres, elles étaient posées sur le bord de l'étagère basse d'un meuble qui faisait office de bibliothèque.

Pauline les yeux mouillés de larmes m'a proposé quelque chose à boire, j'ai décliné et demandé très gêné :

« Pauline, je peux faire quelque chose ?

-Oui, venir avec moi. »

Nous sommes restés silencieux durant le voyage, à la station Châtelet le quai opposé était envahi par une marée de gilets jaunes, les propos du Ferrailleur me sont revenus en mémoire. Peu de temps avant l'arrêt Saint Placide une nouvelle bouffée de chagrin est venue assombrir le visage incliné qu'elle tentait de soustraire à la vue des voyageurs, ses doigts crispés sur la barre métallique se sont mis à blanchir, en signe de réconfort j'ai tapoté son avant-bras puis ma main est restée posée sur son poignet jusqu'à l'arrêt complet, nous n'avions échangé au fil des stations que des regards furtifs et gênés.

Rue Jean Bart, en franchissant la porte en bois bleu marine j'ai réalisé que nous étions encore tous les deux habillés en joggers, complètement déconnectés de la réalité des évènements de ce monde que nous arpentions depuis le lever du jour.

Celle qu'elle appelait sa deuxième maman nous attendait, recroquevillée sur le côté droit, dos au mur, un bras tendu vers nous prolongé par une paume ouverte, ses yeux étaient fermés, ses lèvres dessinaient un rictus que l'on aurait pu interpréter pour un sourire. Sur la table de nuit, dans le prolongement de la main inerte qui semblait nous la désigner, reposait une liasse de feuillets imprimés, sur le premier d'entre eux, lacéré de gribouillages, on pouvait lire : *Mais comment te dire…* effectivement elle nous attendait.

« Je vais devoir prendre quelques jours de congé… merci d'être venu, merci encore… »

J'étais bouleversé, mon corps traduisait une profonde émotion, mes jambes flageolaient plantées dans ma paire de running, j'hésitais, je prononçais le moins de paroles possible tant je pressentais ma voix déformée.

Délaissant le métro c'est en marchant, lentement, que j'ai regagné la rue Doudeauville bercé par l'impression de remonter le cours d'un fleuve. Mes pensées, mes regards, semblaient à jamais incrustés par le filigrane de ce que je venais de vivre, de cette représentation mortuaire, qui avait bien pu orchestrer une pareille mise en scène ?

Au fils des rues j'imaginais le cours de son week-end, le médecin qu'elle avait dû appeler et les dizaines d'autres formalités dont elle allait devoir s'occuper. Le soir avant de m'endormir je revivais sans cesse les deux séquences de cette dramatique journée, ma main posée sur son avant-bras en signe de réconfort et ces interminables minutes silencieuses durant lesquelles nous sommes restés pétrifiés debout côte à côte au chevet de Julia, sans oser prononcer un mot ni nous regarder, Pauline avait placé un mouchoir sous son nez pour contenir ses reniflements, de ce fait je n'avais plus accès à la main que j'envisageais un instant de saisir pour la garder au creux de la mienne en témoignage de communion.

Avant de me glisser au lit je lui ai écrit ces quelques mots.

De : thomasderrien@gmail.com

Bonsoir Pauline,
J'avais beaucoup de choses à te dire ce midi au chevet de Julia mais aucun mot n'était capable de franchir le seuil de mes lèvres, ils restaient agrippés aux grilles de mon cerveau, prisonniers d'une forme de pudeur, de respect et de consternation, j'étais bouleversé et je le suis encore, je ne peux me résoudre à quitter cette journée sans te faire parvenir une marque sincère de compassion. J'ai vécu ces

dernières heures en ne cessant de penser à vous deux, dans le trouble aussi d'avoir été associé si brutalement à ton, votre intimité.

Je ne parviens pas à me défaire non plus de la vision du dernier travail de traduction de Julia avec ce titre : « Mais comment te dire… », c'est pour moi incompréhensible, surnaturel…

Je ne sais pas quand tu auras la possibilité de lire ces lignes et je suis désolé pour le côté froid du message informatique, j'avais très envie de te parler, peut-être un jour prochain échangerons nous nos numéros ?

En attendant j'espère que tu t'en sors, dis-moi si je peux faire quelque chose pour t'aider et si nous ne nous revoyons pas avant communique moi la date et le lieu des obsèques.

A très bientôt je l'espère, bon courage Pauline, je pense beaucoup à toi.
Thomas
06 09 31 82 96

Craignant de tomber dans l'insomnie j'ai zappé un moment sur les chaînes d'informations, Max avait vu juste, la journée avait été pour le moins agitée, à Paris mais aussi en province, un mort et des centaines de blessés, il n'était question que de gilets jaunes.

Mon téléphone s'est mis à biper deux fois coup sur coup, des S.M.S, le premier envoyé par Jeff à l'ensemble du staff : « réunion générale lundi 8 heures, un militaire à l'heure est un militaire en retard, alors soyez militaires, il y aura des croissants… »

Le second baptisé numéro inconnu était lapidaire : « *voilà, tu le connais maintenant. Ne m'appelle pas, j'ai besoin de rester seule. Jeudi 15h cimetière du Montparnasse. Pauline.* »

Après cela il n'était plus question de dormir, je la reverrai au moins jeudi et j'ai son numéro. Nelson Baltimor et sa mystérieuse nouvelle me travaillaient, je suis allé marauder à nouveau sur internet, rien à la rubrique littérature, juste une référence concernant un chanteur, jeune, lunettes noires, moustache tombante et un titre : *J'Suis Solo*. Accessible sur You Tube, pas terrible, il y avait mieux comme berceuse.

J'ai vécu la journée du dimanche dans l'attente et la solitude, je me suis levé un peu avant midi, passé en marchant deux fois sous ses fenêtres, espérant et craignant comme souvent de la rencontrer. Je consultais régulièrement mes messageries et une bouffée de nostalgie m'a précipité sous terre, poussé presque malgré moi dans une rame de la ligne numéro 4, d'abord vers Château Rouge où je suis resté assis quelques minutes à regarder le défilé grondant des chenilles d'acier et de lumière avant de sauter au hasard dans l'une d'elle. Durant la phase de décélération je fermais les yeux pendant les quelques secondes où une voix synthétique égrenait par deux fois le nom de la prochaine station, je revivais alors dans ce théâtre intime les nombreux instants des semaines écoulées, l'emballement soudain de mon cœur pour une silhouette, un regard, une parole, un sac rouge porté en bandoulière happé et effacé par le piétinement frénétique du flot anonyme.

Je suis descendu à Montparnasse, j'ai avalé un steak dans une brasserie puis je me suis dirigé à pied vers le cimetière, j'avais à cœur de reconnaître les lieux. Il y régnait une ambiance assez joyeuse, les gens arpentaient les allées comme dans un jardin public en arborant la mine sérieuse et attentive des visiteurs de musées. Les tombes des célébrités étaient facilement repérables à la vue de l'attroupement qu'elles provoquaient, j'ai ainsi croisé Sartre et Beauvoir, effectué un arrêt prolongé sur celle de Gainsbourg en souvenir de mon père avant de reprendre le métro vers Château Rouge en fredonnant la chanson de Prévert.

En fin d'après-midi je suis reparti dans l'autre sens, pour aller nager, peu de temps avant la fermeture, journée de pèlerinage.

Jeff avait revêtu sa tenue de pingouin comme lui-même la qualifiait, il lui faisait honneur avec beaucoup d'aisance et de naturel, une veste et un pantalon rétrécis au lavage, c'était la mode, une cravate ficelle d'un rouge criard, le tout planté dans une solide paire de Sebago vernies d'apparence inusable, en d'autres temps il aurait sans problème pu postuler dans un cirque, mi clown, mi Monsieur Loyal, mais aujourd'hui le cirque était partout et il assurait de manière remarquable. Le premier havane de la journée n'avait pas encore fait son apparition, mais Lulu avait déserté la moquette, je m'interrogeais sur cette surprenante absence quand big boss a pris la parole :

« Mesdames, messieurs je n'ai qu'un mot à vous dire et un chiffre à révéler, le premier c'est bravo ! Et le second facile à retenir : cent mille !

En septembre on nous prenait pour des doux rêveurs, en octobre pour des fous, aujourd'hui tous ici dans cette pièce nous sommes des déments, nous avons traversé le rideau du possible et posé un pied dans le monde de la démesure, parfois j'ai des insomnies, il m'arrive de me lever et de regarder défiler en bas sur le boulevard les acteurs de la vie nocturne, la nuit dernière deux lucioles, deux Arback, un couple probablement, avec dans leur dos, ce que j'ai ressenti comme une prophétie, le message suivant : *l'état vous fracasse ? fracassez l'état !* J'entends toujours dans ma mémoire des voix ricaner avec cet écho ; « *cela ne marchera jamais* ». Et bien si ! Vous tous ici le savez aussi bien que moi. Cent mille commandes ! C'est démentiel et ce n'est pas fini, le gadget va devenir un phénomène de société, un formidable outil de communication et... d'expression ! Pour le moment la voie est libre, nous avons un véritable boulevard devant nous, les Champs-Élysées ! Il faut se dépêcher d'occuper le terrain car cela ne va pas, ne peut pas durer, l'administration va se réveiller, surtout si on leur pisse dessus, ils vont nous ressortir les vieilles lunes de la sécurité, j'entends déjà le couplet sur les 'sources de distraction', n'oubliez pas que lorsque le premier téléphone de voiture a été mis sur le marché il y avait des pubs à la télé avec un mec qui téléphonait en conduisant et une voix off qui susurrait : *avec radio com 2000 il ira loin ce petit…* Les temps ont changé, le petit maintenant il va en taule direct, peut-être pas mais c'est tout comme ! Bon les amis la mission est très simple il faut doubler les commandes avant la fin de l'année, par chance les chinois ne parviennent plus à fournir, la pénurie d'offres va booster la demande, il faut surfer là-dessus jusqu'au 31 décembre, si vous en voulez dix, commandez en quarante, vous serez prioritaire, les quarante vous les vendrez toujours, sûrement plus vite que vous ne le pensez et au train où vont les choses peut-être les rétrocéder plus cher que vous les aurez payés, risque zéro… »

Ainsi soit-il ! Après la messe Jeff m'a demandé de rester, il est venu occuper à mes côtés le deuxième fauteuil visiteur.

« Je peux ? »

J'ai acquiescé d'un signe de tête agrémenté d'un sourire, question purement protocolaire, l'allumette était déjà craquée.

« Je sais, c'est contraire à la loi, mais une fois de plus considérons que ce bureau appartient au domaine privé, cela l'a toujours été mais aujourd'hui doublement car je souhaite établir avec toi une conversation privée… »

L'emploi du verbe souhaiter aurait dû m'interpeller, Jeff ne souhaitait jamais rien, il voulait.

Sur la défensive je l'ai laissé poursuivre :

« Thomas, si chacun de nous avait une question à poser à l'autre… quelle serait la tienne, tu… tu as quand même deux minutes pour réfléchir…

-C'est tout réfléchi, je me la pose depuis le moment où j'ai mis un pied dans ce bureau, où est Lulu ? »

En observant la fumée fuir très lentement entre ses lèvres je me suis souvenu avoir un jour pensé qu'il devait parfois réfléchir avec ses poumons.

« Tu me facilites la tâche, Lulu est en pension, chez une amie, il se chauffe les poils dans un hôtel particulier de l'avenue Foch, devant une cheminée qui a été rallumée depuis deux semaines et… je ne crois pas qu'il revienne ici un jour. A mon tour maintenant, et toi Thomas, où es-tu ?

-Là.

-Non. Las oui, mais là non. Qu'est-ce qui se passe Thomas ? Tout avait si bien démarré, y a -t-il encore un pilote dans la fusée que nous portons tous à la boutonnière, depuis ton agression tu n'es plus le même, l'équipe de Rkub le ressent, il n'y a plus cet investissement moral, puissant, tu te désintéresses du bébé, et ils sont tous restés des bébés… »

C'est ainsi que je me suis fait virer, en extrême douceur, on appelle cela rupture conventionnelle, Jeff avait mis les formes et les fonds, le soir nous nous sommes retrouvés à l'étage d'un restaurant des Champs Elysée, très belle vue, grand vin et cuisson parfaite d'un saumon à l'unilatéral, ensuite nous avons descendu puis remonter l'Avenue dans sa Maserati en écoutant le deuxième mouvement du concerto numéro cinq de Beethoven. Pour finir il s'était garé avenue Foch le long de la contre-allée et le visage tourné vers le côté opposé m'avait déclaré :

« C'est là, la fenêtre éclairée au deuxième, à droite des deux grands sapins, c'est là que dort Lulu maintenant.

-Ah, je… je suppose qu'il est en bonne compagnie…

-J'en suis sûr. Un jour j'aimerais te présenter Manuella. »

Le moteur tournait toujours, je pensais aux feulements d'un tigre assoupi, Jeff a tendu le bras et légèrement baissé le volume de la musique pour aborder le sujet des fonds, tout était clair il n'y avait rien à redire :

« Six mois de salaire et bien sûr ta part du pactole Arback en fin d'année si l'on y arrive, mais on va y arriver, tu leur dis ce que tu veux, c'est toi qui décides mais il faut que l'on se mette d'accord au départ, la même chanson tu comprends, toi et moi, c'est important. Alors, c'est quoi ?

-Un décès.

-Excellent ! Personne n'ira vérifier.

-Mais si, ils peuvent.

-Désolé Thomas, sincèrement désolé, c'était donc ça, un… tes parents ?

-Non, un peu, enfin, pas vraiment.

-Je ne savais pas, encore une fois désolé, tu… enfin… un proche ?

-Jeff, quelqu'un que je n'ai vu qu'une fois, la première et la dernière. »

J'ai regagné la rue Doudeauville au volant de la Maserati, Jeff tenait vraiment à me la faire conduire, je quittais ou investissais un long tunnel, une énigme, je ne savais pas, cette incertitude me laissait flotter agréablement dans un costume qu'il y a peu de temps je n'aurai jamais imaginé porter. Après que Jeff m'eut déposé au pied de mon immeuble j'ai effectué quelques pas pour constater que la lumière brillait toujours au domicile de Pauline.

Mardi matin nous avons échangé trois sms lapidaires.
Ça va Pauline ? Thomas.
Oui et non.
A demain alors, bon courage.

Une nouvelle vie débutait pour moi, j'ai profité de mon lit un peu plus longtemps, je suis allé courir et laissé de côté l'idée de me rendre à la piscine où j'étais certain de ne pas la rencontrer.

Max m'a accueilli avec surprise, presque enseveli sous une montagne de journaux.

« Petit, tu es très en retard ou très en avance, dans les deux cas quelque chose ne tourne pas rond ?

-Je suis viré.

-Viré ! On ne vire pas les gens comme cela !?

-Si, avec un sac de pognon et on les raccompagne chez eux en Maserati, les avancées sociales c'est quelque chose aujourd'hui !

-Tu parles ! Il avait claqué de la main la pile de journaux, ils en parlent là -dedans des avancées sociales ! Ce n'est pas près de s'arrêter, ça déborde ! Il va falloir en construire des ronds-points si on veut caser tous les gilets jaunes ! Bien sûr qu'ils nous prennent pour ce que l'on est, des cons ! On diminue vos retraites et on augmente tout le reste, l'essence, le gaz, l'électricité… et on vous dit : c'est pour sauver la planète ! Sacrée invention que le réchauffement climatique ! La banquise ! Tu parles ! Le seul truc qui ne fond pas ce sont les dividendes du CAC 40 ! Alors comme ça t'es viré, t'inquiète, on n'en meure pas ça m'est arrivé plusieurs fois, on peut même en ressusciter, mais elle, elle ne t'a pas viré au moins ?

-Non, c'est sa maman qui est partie.

-Partie ? La traductrice ?

-Elle est décédée samedi matin, ses obsèques ont lieu après demain à Montparnasse.

-Bah dis donc, ça fait beaucoup de choses. »

Max s'était tu, il gribouillait avec son stylo un truc indéchiffrable dans le coin du journal, puis son crâne à demi dégarni s'est lentement relevé, il m'a semblé voir de l'eau dans ses yeux.

« Être riche c'est bien, mais méfie-toi, cela ne dure pas, qu'est-ce que tu vas faire maintenant ?

-Aller à l'enterrement. »

J'ai toujours détesté toutes ces sortes de cérémonies, enterrements, mariages, baptêmes, communions, anniversaires à la con, repas de famille, des endroits et des occasions où habituellement on fait bonne figure et bonne chair en racontant beaucoup de conneries, moi cela avait plutôt tendance à me couper l'appétit, c'est donc à jeun que jeudi je me suis engouffré dans le métro, le cœur secrètement en fête à l'idée de revoir Pauline en dépit de circonstances si particulières. Autour de moi dans le wagon chacun pour des raisons diverses arborait une tête d'enterrement, je me suis mis à imaginer que nous nous rendions tous au même endroit, une bouffée d'angoisse m'a assailli à l'idée de me retrouver perdu au milieu de tous ces anonymes.

J'avais noué une cravate dont je me suis empressé de me débarrasser lorsque de loin j'ai reconnu Pauline, elle portait un jean, un pull rouge à col roulé assorti à la couleur d'une paire de bottines, nous nous sommes fait la bise sans qu'elle retire ses mains du blouson de cuir noir dans lequel elle semblait confortablement engoncée.

« Je suis en avance ?

-Non, pas du tout, je te présente Hélène et Jean des amis de Julia, ils travaillent également dans l'édition.

-Ah… j'ai répondu en leur serrant la main pendant que l'énigmatique Nelson Baltimor traversait avec fulgurance mon esprit.

Avec étonnement j'ai rapidement réalisé que nous étions en tout et pour tout cinq avec Julia, c'est-à-dire le même nombre que les agents des pompes funèbres préposés à l'inhumation.

Au moment de la descente du cercueil une pluie fine et froide est tombée du ciel, Pauline les mains jointes a récité la chanson de Brassens, Le *Petit Cheval Blanc, tous derrière, tous derrière et lui devant…*, c'était un très bel hommage qui m'a ému aux larmes, autant que les sanglots difficilement contenus en arrière-plan des paroles qu'elle avait apprises par cœur.

Hélène et Jean se sont éclipsés rapidement et je ne me rappelle plus, ce qui est étrange, qui a eu l'idée ou émis la proposition d'aller boire un chocolat chaud dans un café à la sortie du cimetière, ce devait être moi puisque Pauline a commandé un Cognac au garçon dubitatif.

« Tout est allé tellement vite…il n'y a pas eu d'office religieux, Julia n'en souhaitait à aucun prix, c'était quelque chose de très important pour elle, cela te choque peut-être ?

-Pas plus que cela.

-Un peu quand même ?

-Non, vraiment, les religions nous asservissent et nous détruisent de l'intérieur, j'ai pourtant été élevé dans ce berceau, et puis un jour on se dit : mais bon sang, pourquoi notre perception de la société devrait-elle être ainsi ? Je déteste ce que l'on appelle l'ordre établi, ce qui est établi est forcément sécurisant, mais la liberté et la sécurité ne font jamais bon ménage, ce… ce n'est pas un couple qui… qui dure, enfin… qui dure dans l'intensité. »

J'avais prononcé ces mots tête baissée et mon regard s'est fixé sur les phalanges de ses doigts étrangement abîmées.

« Tu t'es blessée ?

-Tu as remarqué, ce n'est rien, pas très grave.

-J'ai surtout remarqué que tu as de jolis doigts, longs et fins, des doigts de nageuse sans doute, comment tu t'es fait ça, en tombant ?

-Non, dimanche après-midi, à la piscine, au sous-sol il y a une salle de sport et de muscu, j'ai tapé pendant quelques minutes contre le sac de sable, sans gants, d'abord par jeux, pour me défouler et puis…le chagrin, la rage, ce ne sont pas les premières heures les plus éprouvantes, c'est après, la première nuit passée je me suis levée avec la haine et le désespoir, à chaque fois que mon poing s'abattait sur le sac je hurlais dans ma tête *Julia…Julia…* »

Ma tasse de chocolat était vraiment brûlante, je ne pouvais à peine y tremper les lèvres, Pauline semblait boire son Cognac comme de la limonade, bien qu'une légère crispation rembrunissait son visage à chaque gorgée. Un silence s'est installé, je l'ai rompu en émettant l'idée de se balader un peu à pied puis de dîner ensemble, deuxième silence, ses traits sont devenus inexpressifs, elle a extrait de son sac une grande enveloppe kraft repliée en deux qu'elle a posée devant elle en déclarant d'une voix quasi inaudible :

« Je suis désolée, je suis vraiment navrée Thomas, ce n'est pas possible, je dois te dire quelque chose… c'est Julia qui a demandé à ce que tu sois là, elle ne te connaissait pas, ne t'avait jamais rencontré, ce que je lui ai dit de… de ce que nous vivions, de toi, était purement anecdotique…

-Je ne comprends pas Pauline, je …

-Elle était au courant de tout Thomas, c'était ma confidente, la seule personne avec qui je pouvais parler, la seule qui m'écoutait au moins, qui comprenait, je parle avec des collègues de travail mais cela n'a rien à voir.

-Tu lui as tout dit ?

-Par petits bouts oui, cela semblait l'amuser cette histoire de fous, de shérif, de canyon, cette ville Spincity…

-Moi aussi tu sais, tu parles d'histoire de fous mais à l'origine il s'agit bien de cela, je suis remonté à la source, jusqu'à cet asile que l'on appelle pudiquement 'établissement' et …

-Attends, je n'ai pas terminé, je te demande pardon, si je te dis non pour ce soir c'est aussi et surtout à cause de cette enveloppe, prends là. »

Elle l'avait poussée à ma rencontre avec insistance et vidé cul sec le peu de Cognac qu'il restait au fond de son verre ballon, ses yeux brillaient, l'alcool ou les larmes je ne savais plus. J'ai posé mes deux mains à plat sur l'enveloppe et demandé :

-Je préfère l'ouvrir tranquillement chez moi, c'est important ?

-Beaucoup, tu veux de l'aide ?

-De l'aide ? Je ne sais pas, plus, tout va très vite en ce moment, trop, ma vie change plus vite que la météo…

-Alors ce n'est pas fini, je vais te dire, Nelson Baltimor n'a jamais rien écrit, enfin rien publié, il n'existe pas, c'est un fruit de l'imagination de Julia, cette nouvelle au titre si troublant *Mais comment te dire…* a été écrite par Julia de bout en bout, elle a tout inventé à partir des récits que je lui faisais de notre rencontre, c'est cette histoire que contient l'enveloppe qui est entre tes mains. J'ai aussi découvert un mot à mon attention et c'est pour cela que tu es ici aujourd'hui, elle m'écrivait que le jour où elle partirait elle serait heureuse que tu sois là, elle disait également à propos de la fameuse lettre du shérif, des premiers mots : *ceci n'est pas une lettre d'amour…* que bien sûr que si, c'était la plus secrète des lettres d'amour. »

Elle s'était arrêtée de parler, le visage baissé sur ses poings serrés qui mettaient en évidence les blessures de ses doigts, elle reniflait maladroitement les larmes qu'elle ne pouvait refouler et fixait du regard le fond de son verre vide, puis elle a enchaîné :

« Julia était plus qu'une maman pour moi, tu le sais, je suis désolée de te dire non pour ce soir, j'ai vécu avec quelqu'un qui a vidé mon âme, je te l'ai déjà dit, puis j'ai rencontré quelqu'un d'autre qui a vidé mon compte en banque, je te l'ai dit aussi, je ne supporte plus que l'on décide pour moi, j'ai besoin de prendre du recul Thomas, d'être seule, tu as ta vie, tes affaires, votre truc qui va sillonner Paris la nuit, tu sais, j'en ai vu passer un dans notre rue…

-C'est fini Pauline, des trucs comme tu dis tu en verras beaucoup d'autres passer mais pour moi c'est fini, j'ai donné ma démission, enfin non, pour être honnête on m'a demandé de partir, cela s'est fait brutalement, comme tout, comme tout le reste, comme toi, ne le prends pas mal…

-Moi ? Comme moi ?

-C'est dur à expliquer, compliqué à vivre aussi, il y des moments où l'on a l'impression de n'être plus maître de rien, d'être une marionnette entre les mains du destin, j'ai croisé ton chemin et ma vie a changé, voilà, c'est aussi bête et aussi simple que cela.

-Mais qu'est-ce que tu vas faire maintenant ?

-Je… prendre le métro, peut-être, sûrement même te croiser un jour…, aller au Luxembourg, m'assoir sur un banc et regarder passer les nuages, et puis surtout me plonger dans cette nouvelle de Nelson Baltimor, tu l'as lue ?

-Bien sûr, je la connais presque par cœur, c'est aussi un peu à cause d'elle que j'ai besoin de prendre du recul. »

Mes mains avaient quitté l'enveloppe et s'étaient rapprochées des siennes, une dizaine de centimètres nous séparaient, un canyon, c'est ce que j'ai pensé, le regard immobile fixé sur ses doigts écorchés à vif, puis j'ai repris :

« Il faut que je te dise aussi cette chose, le texte que tu as récité, la chanson du *Petit Cheval Blanc,* c'était… c'était très joli, tellement inattendu, je … »

Pauline a enfoui son visage entre ses mains, emportée par une montée de larmes, je me retrouvais vraiment confus, ses joues étaient hors d'atteinte, mes deux mains ont enjambé le canyon pour venir emprisonner les siennes, c'est ainsi que nous nous sommes dit au revoir.

SAINT-SULPICE

L'illumination m'est venue dans le métro du retour, je suis descendu précipitamment à Chatelet en quête d'un magasin de sport.

Au département sports de combat j'ai fait l'acquisition d'une paire de gants de boxe Everlast de couleur rouge avec leur étui de rangement assorti.

J'ai flâné un peu rue de Rivoli à la recherche d'une carte originale que j'ai fini par trouver dans une galerie de peintures, la reproduction d'un tableau de Corot intitulé The Solitude, le profil d'une jeune femme assise sur la berge d'un lac.

De retour dans le métro m'est revenu le souvenir d'un film : *Million Dollars Baby*, du pur Clint Eastwood, à l'époque il m'avait marqué, je me trouvais en déplacement à Ottawa et le titre exact québécois était : *La fille à un million de dollars*.

Je me suis empressé de commander le DVD via mon smartphone pour une livraison au plus tard samedi matin, le jour de son anniversaire.

Un coursier me l'a déposé le lendemain midi au moment où je composais et corrigeais le texte qui allait accompagner la reproduction de Corot, la version finale était la suivante :

Contrairement à cette carte qui peut être repliée après avoir été lue, il y a quelque chose en moi que je ne parviens pas à refermer : l'image que j'ai de toi.

Alors, à défaut de tout, je te serre très fort dans mes pensées pour te souhaiter la belle année que tu mérites.

Quoiqu'il advienne je ne regrette rien, je suis fier de tout cela, fier de la liberté que je prends à t'écrire ces mots, fier de te regarder… les métros peuvent passer…
Sois heureuse Pauline.

Dernier jour du mois, j'ai reçu un appel de Jeff me demandant de passer à l'agence en fin d'après-midi pour finaliser ce qu'il appelait notre accord. Pour des raisons fiscales et comptables il fallait que l'argent promis me soit versé sur le mois de novembre. « Après la fermeture des bureaux, m'avait-il précisé, pour être tranquille ! ».

En fin de compte lorsque la porte de l'ascenseur s'est refermée derrière moi j'ai vite compris que je venais de poser le pied sur le piège de l'une des choses que je détestais le plus au monde : les pots de départ, une tranche de la comédie humaine dans ce qu'elle recèle et révèle de plus fourbe et tragique.

La partition était bien connue et rodée, Jeff a fait tinter une flûte en cristal en la frappant de petits coups brefs à l'aide d'une cuillère à dessert, la faune s'est approchée de l'abreuvoir, le lion côtoyant le zébu, et un silence religieux s'est installé.

Ensuite il a été question de : « croisée des chemins, choix personnel, de ces choses qui resteront à jamais gravées dans l'ADN de l'entreprise et bien sûr surtout du fait que chacun restait maître de son destin… », puis quelqu'un a renversé une flûte qui s'est brisée sur le parquet, comme le silence, alors on a bu, on s'est congratulé et gargarisé au sujet de la prodigieuse progression des ventes d'Arback, j'étais le roi de la soirée, Jeff a posé une main paternel sur mon épaule et m'a entraîné vers son bureau comme s'il allait, devait, me remettre les codes nucléaires ou me confier un certain nombre de secrets d'état aussi sordides qu'inavouables.

Étonnement perplexe en constatant que Lulu avait effectué son retour au pied du bureau de son maître.

« Et oui, épargne moi tout commentaire, il paraîtrait que je me sois conduit comme un ours, bon, admettons, l'ours a débarrassé le plancher, reste l'amour, ah l'amour ! Thomas, l'amour, méfions-nous, l'amour est un escroc international qui ruine et dépouille tout sur son passage, c'est un verre de vodka qui se transforme en somnifère. Tiens, tout est là, le virement est en attente, si tu es OK il part lundi. Et toi ? Tu en es où ?

-C'est son anniversaire demain.

-Putain ! Les anniversaires ! Quelle connerie ! Au lieu de compter et guetter les bornes kilométriques les gens feraient mieux de regarder le paysage… elle a quel âge ?

-Je ne sais pas.

-Tu ne sais pas !

-J'ai oublié, et puis cela ne m'intéresse pas.

-Alors je vais te dire un truc, c'est grave, pour le coup t'es vraiment amoureux ! »

J'ai placé la carte, les gants de boxe et le DVD dans un emballage anonyme puis déposé le tout au secrétariat de la piscine à l'attention de Pauline Mueller, la caissière m'a indiqué que cela lui serait remis, elle devait débuter son travail à 14h.

Il régnait dans la ville une étrange atmosphère, de nouvelles manifestations étaient prévues un peu partout en France avec des débordements violents particulièrement redoutés dans la capitale. Max spectateur attentif de toute agitation sociale, en général bien informé, était aux abonnés absents. Son domicile restait silencieux à l'image de son antique portable qu'il ne consultait qu'épisodiquement. J'ai tout de même laissé sur sa messagerie, sans trop d'illusion, une invitation à se retrouver en fin d'après-midi dans notre bistrot habituel.

Je me suis ensuite dirigé vers le Luxembourg avec repliée dans la poche intérieure de mon blouson la mystérieuse enveloppe brune que Pauline m'avait confiée suite à sa sidérante révélation. Voilà bientôt presque deux jours que je résistais très difficilement à la tentation de décacheter ce rectangle de papier kraft, à plusieurs reprises mes mains l'avaient soupesé, caressé, vu son poids et son épaisseur la nouvelle composée par Julia ne semblait pas bien longue.

Assis sur un banc entouré d'un tapis de petites feuilles jaune or j'ai enfin ouvert la porte de ce placard secret. Il n'y a pas eu de grincements sinistres, ni l'ombre fantomatique de l'énigmatique Nelson Baltimor, seulement ces quatre mots en guise de titre pour m'indiquer que j'étais bien parvenu au bon endroit.

Mais comment te dire…

Ils ont refermé avec précaution la lourde porte métallique de l'escalier de secours du parking souterrain, seules de timides veilleuses permettaient de localiser l'emplacement des véhicules. Ils sont restés un instant la respiration bloquée à tendre l'oreille dans l'obscurité.

« J'ai peur, a murmuré la femme.

-Mais non, a chuchoté l'homme sans tourner la tête, enlève tes bottines, elles font trop de bruit, tu vois, la Chevrolet est là-bas à droite côté pickup près du pilier, la loupiote rouge de l'extincteur, tu attends que j'ai déverrouillé la serrure avec la clef manuelle, et pas de bruit de portière hein, surtout pas, tu la fermes doucement une fois le moteur lancé, ça va aller ?

-J'ai peur a répété la femme.

-Écoute, le plus dur c'est de se tirer de ce bâtiment, une fois à la lumière la ville nous protégera, nous serons en permanence sous le regard de milliers de gens, qu'est-ce que tu fais ?

-Je cherche mes ballerines, je ne peux pas marcher pieds nus on ne sait pas ce qui peut traîner…

-Donne-moi tes bottines, je vais les porter, allez, on y va maintenant. »

Tout s'est déroulé comme prévu, phares éteints, pas de crissements de pneus, juste le feulement du moteur. A la sortie du parking chacun a regardé à droite, à gauche, puis ils se sont lentement glissés dans le trafic de Paradise Avenue.

Après le passage du troisième feu Ron, le regard planté dans le rétroviseur a sifflé comme un serpent :

« Merde ! On est suivi ! »

Marylin qui enfilait ses chaussures s'est brusquement redressée le cou tordu vers l'arrière.

« C'est qui ? Laquelle ?

-Ne te mêle pas de ça, ne te retourne plus, ils devaient être en embuscade tapis dans le sous-sol.

-Ils !? Ils sont combien ?

-Trois je crois, deux à l'avant c'est sûr. Ils mettent le paquet, tu as dû leur en faire des misères.

-Je suis désolée Ron, jamais je n'aurai dû t'embarquer dans tout cela, rentre dans un parking et séparons-nous.

-Pas question, on va les balader, on a le temps, ton avion décolle dans quatre heures, tu penses qu'ils savent que tu vas à l'aéroport ?

-Je ne sais plus… plus Ron, il y a une heure j'étais loin d'imaginer que j'allais te croiser dans cette galerie marchande.

-Moi non plus figure toi, tiens on va prendre à droite sur Essex Street, pour tout te dire je ne me souviens même pas pourquoi je me trouvais là, si quand même, il me fallait un disque dur externe pour effectuer des sauvegardes, mais rien d'urgent, cela aurait pu être n'importe où ailleurs.

-Ils sont toujours là ?

-Oui, ils ont tourné après nous, regarde devant, cool… et toi ?

-Moi ? J'avais rendez-vous avec eux au rayon littérature étrangère de la librairie, enfin avec lui, je n'imaginais pas qu'ils seraient trois, et puis j'ai changé d'avis, voilà !

-Voilà, au moins c'est clair, je n'y comprends rien, tiens regarde, un Starbucks, on va se garer devant et aller prendre un café, s'ils s'arrêtent surtout ne les regarde pas. »

Ron et Marylin se sont attablés devant la vitrine avec leurs gobelets brûlants.

« Ce sont eux, a soufflé Ron, la Lincoln Continental noire, cela fait deux fois qu'ils longent le parking. Tu avais rendez-vous pour quoi ?

-Pour lui remettre un truc que j'avais dans la poche, comme je te l'ai dit j'ai changé d'avis, je ne suis pas entrée dans la librairie, il devait me guetter quelque part.

-C'était quoi le… le truc ?

-Pas grand-chose, une clef USB, des milliers de gens trimballent un truc comme ça dans leur poche…

-Un truc avec aussi des milliers d'informations, non ?

-Oui, des milliers et des milliers, mais quelques-unes suffisent pour mettre des gens en transes, c'est angoissant, tu ne sais pas ce que c'est toi ?

-Quoi ?

-D'avoir dans la poche un truc qui te brûle les doigts, qui t'empêche de dormir.

-Si, mais cela ne m'empêche pas de dormir, au contraire, j'y pense quand je me réveille et c'est bon de se rendormir avec çà dans la tête… attention ! Ils se garent sur le parking, ne regarde pas, il y en a un qui sort de l'arrière, il va entrer dans le café, on ne bouge pas, comme si de rien n'était. »

Bien enrobé, grassouillet, petit et court sur pattes, des grosses cuisses qui le font avancer les pieds ouverts, un costume sombre et fripé d'aspect douteux en haut duquel était planté un visage patibulaire, joues mal rasées et cheveux gominés.

Le type est passé à côté d'eux sans leur décrocher un regard, sa commande à la main il est allé s'assoir derrière sur un coin de banquette face à la salle, ainsi il pouvait surveiller les ouvertures et les observer parler, sûrement même intercepter quelques brides de mots au passage. Très rapidement il s'est mis à tripoter son téléphone, sans doute envoyait-il des messages à ceux planqués dans la Lincoln, par moment il attrapait son Donuts glacé au sucre blanc pour le grignoter puis il suçait ses doigts avant de revenir à son clavier.

« C'est quand même bizarre cette histoire, j'ai l'impression de vivre un mauvais rêve, je pourrai te confier la clef ? a demandé Marylin.

-S'ils t'attrapent cela les rendrait furieux, mais ils ne te rattraperont jamais, je suis là, et puis le mieux c'est quand même de me donner une copie, tu as fait des copies ?

-Non.

-Quoi ! Tu n'as pas fait de copies !!

-Chutt, pas si fort, ça ne sert à rien de s'énerver, faire des copies cela multiplie les risques, et toi, tu as fait des copies de tout ce que tu peux trimballer dans tes poches ?

-Des clefs de l'appart oui.

-Bien sûr, mais le reste, ce truc qui te réveille pour que tu te rendormes heureux, Ron, ce dont tu parlais tout à l'heure…

-Pas besoin de copie, c'est une lettre, je la connais par cœur.

-Une lettre ?

-Oui, une lettre, une simple lettre. Tu as fini ton café, on va mettre les bouts maintenant et voir ce qu'il se passe, tu laisses ton petit gilet de laine sur le tabouret à côté, tu retourneras le chercher, cela va les déstabiliser, ce genre de mecs c'est comme une fourmilière.

-Une fourmilière ? A trois ?

-Je me comprends. »

Marylin et Ron ont nonchalamment traversé le parking, Ron venait de mettre le contact et Marylin s'apprêtait à aller récupérer son gilet oublié, quand la grosse chevalière en or d'une main boudinée a frappé trois coups brefs sur la vitre avant gauche.

« S'cusez m'sieur dame, y'a un vêtement qu'est resté près de la place qu'vous occupiez, et pt' bien qu'il vous appartient ?

-C'est très gentil, a dit Ron, on vient de s'en apercevoir, on s'apprêtait à aller le rechercher, merci encore.

-Hé non, de rien, a répondu le type un sourire forcé accroché aux lèvres pendant que ses yeux plissés détaillaient l'intérieur du véhicule.

Marylin est descendue récupérer son gilet, Ron observait le dos vouté et la démarche lourde du type qui regagnait la Lincoln, quel sac à merde pensait-il, il prend son temps. Un avion est passé, il s'est arrêté de marcher et la tête levée vers le ciel s'est curé les dents durant quelques secondes.

Ils remontaient maintenant Hampshire Street en direction d'Arlington, Ron roulait très lentement, il anticipait les feux rouge, prêt à stopper plutôt deux fois qu'une.
« Alors, a demandé Marylin, tu la vois ?
-Non, c'est bizarre, pas de Lincoln noire à l'horizon. Elle est où ta clef ?
-Noyée sous les gélules dans ma boite de vitamines, je fais une cure de magnésium en ce moment, et toi, cette lettre que tu connais par cœur ?
-Dans la poche de mon pantalon.
-ça fait longtemps ?
-Oui et non, dans certaines circonstances on ne voit pas le temps passer.
-Des mois ?
-Beaucoup plus.
-Plus !? Des années alors ?
-Oui, des années, trois exactement. Ah je m'en doutais, ils ne vont pas lâcher comme cela, regarde dans le rétro, deux voitures derrière nous il y a une Mercury bleu nuit, c'est elle qui est venue se garer près de la Lincoln quand nous étions au Starbucks, c'est du lourd Marylin, du très lourd, ils mettent le paquet, c'est pas du magnésium qu'il y a avec tes gélules, c'est de la dynamite, tu te rends compte ! C'est quoi ?
-La double comptabilité de la West Conquest holding, de quoi mettre pas mal de gens en taule.
-Putain ! Mais alors ils ne vont pas s'arrêter à la clef, c'est toi qu'ils veulent. J'ai une idée, à la prochaine bretelle on va prendre le Chesterfield Drive, on va rouler un peu puis repiquer vers le centre-ville pour trouver quelqu'un.
-Quelqu'un ? Qui ?

-Peu importe, une jeune femme sur le campus de l'université qui a envie de gagner mille dollars, une étudiante, cela devrait le faire. Non ?

-T'es quand même un drôle de type Ron, tu ne manques pas d'imagination, quand je pense !

-Quand tu penses… à quoi tu penses ? Regarde, c'est bien la Mercury, elle vient de ralentir pour se placer en troisième position derrière nous.

-Je pense au Seven-Eleven où l'on s'est rencontré et au hasard qui nous a fait nous croiser plusieurs fois pour finir…

-Pour finir par découvrir que nous habitions la même rue, là le hasard n'avait rien à voir là-dedans Marylin.

-Ah ?

-Non. Tu as du cash avec toi ?

-Pas lourd, trente dollars, quelque chose comme cela, pourquoi le hasard rien à voir ?

-Parce que c'est après t'avoir croisée que j'ai déménagé… trente dollars on ne va pas appâter grand-chose avec ça, tu sais ce qu'on va faire, regarde à cinq cents mètres il y a un centre commercial, on va se parquer là-bas et faire quelques courses, retirer un paquet de cash et… et marcher lentement en se donnant la main. »

Ron a dû faire usage de deux cartes de crédit pour retirer mille dollars, puis il a repris la main de Marylin pour se balader dans le mall conscients qu'ils étaient suivis mais ne voulant pas savoir par qui et ne se retournant jamais.

« C'est le meilleur moyen d'endormir leur vigilance, a murmuré Ron près de l'oreille de Marylin.

En prononçant ces mots il avait accentué légèrement la pression de ses doigts et ressenti troublé la même chose en retour. Ils passaient maintenant devant Betchel Woman's, après quelques secondes de pause devant la prestigieuse vitrine, Ron lui prenant le bras a déclaré :

« Viens, entrons, je vais te faire un cadeau.

-Ron, cela me gêne énormément, ce n'est pas le moment.

-Si ! Justement ! C'est vraiment le moment, souris, cela fait partie du scénario, on va choisir ensemble un joli foulard, quelque chose de voyant, classe, mais qui en jette, de toute manière ce n'est pas pour toi, c'est pour ta doublure. »

Leur choix s'est porté sur un carré de soie aux motifs chamarrés gris, noir et or. Ron a réglé cent soixante dollars puis ils ont regagné leur voiture en se tenant à nouveau par la main.

« Maintenant direction le campus de l'université a décrété Ron, il te va bien tu sais, il ne faut plus que tu le quittes, tu le gardes noué sur la tête, on va rouler vitres ouvertes, y'en a une autre qui ne nous quitte plus, la Mercury bleu nous file encore le train.

-Ron, j'ai vraiment l'impression de vivre dans un film, tu parles de scénario, de doublure, d'accord, il y a une voiture qui nous suit avec trois types dedans, j'ai une clef USB planquée dans ma trousse de toilette, mais le reste Ron, tout le reste me semble parfois irréel, j'ai le sentiment que tu inventes notre vie au fur et à mesure des feux rouge, qu'est-ce que l'on va aller faire sur ce campus, et cette lettre Ron ? Cette lettre dont tu m'as parlée, tu l'as vraiment dans ta poche ? Dis, c'est une image ou elle existe bien ?

-Bonne question Marylin, tu veux la voir ? Elle ne me quitte jamais. »

Le scénario était parfaitement synchro, Ron venait d'immobiliser la voiture à un feu de croisement, agrippé au volant il s'est légèrement soulevé pour extraire de la poche droite de son pantalon un carré de papier jauni et chiffonné, griffonné en tous sens.

« Alors c'est ça ? a demandé Marylin.

-Oui, comme tu dis, c'est ça, désolé pour l'aspect, elle a beaucoup bourlingué tu sais, et pas toujours dans de bonnes conditions…

-Je vois, je vois, c'est quoi tous ces noms ?

-Les villes, les endroits, les pays où elle s'est baladée.

-Et là, au milieu le truc blanc sous le scotch, c'est quoi, on dirait un coquillage…

-C'en est un, je l'ai ramassé sur une plage au sud de la Crête en Méditerranée »

Le feu venait de passer au vert, avant d'embrayer Ron a tendu l'enveloppe vers Marylin.

« Tiens, prends-la, je me répète mais ce foulard te va super bien. Ils sont toujours derrière nous.

-Tous ces noms ! C'est fou ! Tu as été dans tous ces endroits ?

-Oui, certains sont même effacés, les frottements, l'humidité, l'usure du temps quoi… »

Méditative elle récitait à haute voix les noms qui défilaient sur ce carré fripé qu'elle retournait en tous sens :

« Un vrai Rubik's cube, New-York… hall de Grand Central station… Zurich, Bahnhof strasse…, je ne savais pas que tu aimais tant les trains…

-Le hasard, rien que le hasard, tu peux continuer…

-Istanbul… ferry pour Buyukada… je connais tu sais, …

-Quoi, la Turquie ?

-Istanbul. Paris, brasserie de La Tête d'Or, tu as beaucoup voyagé en si peu de temps, je ne connais pas Paris, ni la France…

-C'est pourtant facile. Il est pour où ton avion ?

-Montréal, j'ai aussi un passeport canadien, ça peut servir… tiens, ça alors ! La rivière rouge ! Tu connais aussi ! J'ai une amie originaire de Montebello. Zanzibar ! ça alors ! C'est un nom qui m'a toujours fait rêver, j'ai toujours eu envie d'aller à Zanzibar !!

-Les plages sont magnifiques, désertes et sans fin.

-Et là ? Tu parles d'un pays, un pub, le King's Arm, salle du fond, banquette de moleskine sous le portrait de Churchill, attendre… Quoi ? Attendre quoi ?

-Voilà l'entrée du campus, ils nous suivent toujours… attendre ? Je ne sais plus à la fin, on passe trop de temps à attendre dans notre vie, à la fin tout s'embrouille…

-C'est quand même bien toi qui a écrit ce mot : attendre ?

-Oui… je devais penser à la personne que je trimballais dans ma poche, tiens Marylin, tout a une fin, ou un début, prends cette lettre. »

En pénétrant dans la cafétéria de l'université Ron a immédiatement repéré l'endroit vers lequel il fallait qu'ils se dirigent, Alison seule à une table feuilletait un magazine un soda posé devant elle, elle avait la même taille et corpulence que Marylin, coupe et couleur de cheveux identiques. Ron n'y a pas été par quatre chemins :

« Trois cents dollars de l'heure, vous étudiez le droit ?

-Non, enfin un peu quand même forcément, l'économie surtout, c'est à quel sujet ?

-Trois cents dollars de l'heure c'est ce que peut prendre un bon avocat, sauf que là il n'y a pas de plaidoirie ni d'étude de dossier, juste un tour en bagnole qui peut durer trois heures, trois fois trois neuf, neuf cents dollars plus cent de bonus, ce qui fait mille dollars, cash ! Ils sont là. »

Ron a sorti de sa poche les dix Franklin vert et les a fait glisser sous la revue qu'Alison avait repliée, son visage s'est légèrement empourpré, elle jetait de brefs coups d'œil inquiets autour d'elle, Marylin avait également l'air gênée, elle laissait à Ron le soin de dérouler les questions et les réponses.

« Alors, mille dollars ! C'est d'accord !?

-C'est que…je…

-Y'a pas d'embrouille, tenez, vous voyez, ça c'est mon passeport avec mon nom et mon adresse, je vous le confie, vous pouvez le laisser dans votre chambre ou le remettre à une amie, si dans trois heures nous ne sommes pas revenus quelqu'un peut le porter à la police, c'est clair !

-Qu'est-ce qu'il faut faire ?

-Pas grand-chose, prendre les mille dollars, enfiler la veste rouge de madame, nouer sur votre tête ce foulard de soie, prendre place à côté de moi dans une voiture et déambuler lentement la vitre ouverte en écoutant de la musique, dans trois heures on est de retour, en prime vous gardez le foulard et la veste, souvenirs ! C'est d'accord ?!

-C'est que… »

Les adieux avec Marylin furent brefs, le temps qu'Alison disparaisse quelques minutes avec le passeport de Ron.

« Ron, tu es débordant d'imagination, je ne mérite pas tout cela, je ne sais pas, cela… cela me gêne énormément, mais… comment te dire…

-Ne dis rien Marylin, je suis heureux de faire cela pour toi, mais… comment te dire aussi… si, quand ton avion aura décollé ouvre la lettre et lis-la, elle aura assez voyagé.

-Moi ! La lettre !?
-Oui, toi. »

En quittant le campus leur voiture s'est engagée sur Baltimore Avenue puis a bifurqué vers le nord en longeant Meyer Park bordé par ses grands arbres majestueux. Pour détendre l'atmosphère Ron a trifouillé son portable et laissé la musique envahir l'habitacle.

« C'est ma playlist premium, tu connais ? On peut se tutoyer hein ?
-Oui oui je connais, Boys in the Better Land, j'aime bien ! »

Ron avait le cœur léger, il aurait bien donné à nouveau mille, dix mille dollars pour vivre un moment pareil, son plan fonctionnait à merveille, ses pensées tournoyaient dans les turbulences des réacteurs d'un avion qui décollait, s'arrachait du monde et il imaginait le moment où Marylin allait avec précaution décacheter la lettre après s'être une nouvelle fois plongée perplexe dans l'énigmatique rébus des hiéroglyphes griffonnés sur l'enveloppe. Derrière eux la Mercury bleu nuit avait repris du service, beaucoup plus en retrait, rapport au trafic qui commençait à se clairsemer. Ron a jugé qu'il était temps d'affranchir en partie Alison sur le sujet de leur escapade, une nouvelle chanson faisait voyager leurs pensées.

« Et celle-là Alison, tu connais ?
-Big Boss Man, j'adore ! Surtout en voiture, je pourrais traverser l'Amérique en l'écoutant, c'est la version que je préfère, celle de Jimmy Reed, on se croirait dans un film.
-Mais on est dans un film, une voiture nous suit depuis l'université… »

En prononçant ces mots il avait tourné vers elle un visage souriant et rassurant.

« Mais pas d'inquiétude, je connais le scénario, eux non, on va continuer à les promener en écoutant de la musique et en bavardant, tu n'as pas peur ? Ne te retourne pas, regarde dans le rétro, tu vois la bleu nuit sur la file du milieu ? »

Tout allait bien pour Ron jusqu'à ce qu'il lui fasse une remarque sur sa tenue, auparavant Alison l'avait questionné :

« Ils… ils sont nombreux ?

-Trois probablement, le même nombre que tout à l'heure, ne t'inquiète pas.

-Mais s'ils nous suivent… ils nous veulent du mal ?

-Écoute, tant que tu seras dans cette voiture il ne peut rien t'arriver, et tu resteras dans cette voiture, le reste, pfftttt, n'y pense pas. Tu sais qu'elle te va bien cette petite veste, on la dirait faite pour toi, avec le foulard, c'est classe ! »

Alison sous le compliment a étiré les jambes et enfoui ses deux mains dans les poches de la veste.

« Tiens, a-t-elle dit, il reste quelque chose.

-Ah ? a sursauté Ron.

-Oui, un papier.

-Un papier !? Fais voir !

-Oh ! C'est une lettre, une vieille lettre, regarde, il y a plein de noms écrits sur l'enveloppe. »

Ron s'est emparé de l'enveloppe que lui tendait Alison, ses mains se sont mises à trembler, son pied droit a relâché la pression sur l'accélérateur, Alison a pensé un instant qu'ils allaient se garer, elle s'est penchée pour observer dans le rétroviseur extérieur ce qu'il se passait derrière.

Ron avait vacillé un instant sous le coup de la stupeur, il tenait toujours la lettre coincée entre ses doigts et le volant, puis son esprit désespéré a basculé dans le vide, plus rien n'avait d'importance, la vie l'avait trahi, au dernier, à l'ultime moment, le messager après des mois, des années de course silencieuse et anonyme avait failli sa mission, s'était écroulé quelques mètres avant la ligne d'arrivée, Marylin ne saurait jamais, pire, peut-être qu'à cet instant dans la salle d'embarquement elle cherchait vainement où elle avait bien pu ranger cette mystérieuse enveloppe.

Leur voiture venait de stopper à un carrefour, Big Boss Man allait bientôt s'évanouir lui aussi, Ron sentait les larmes lui monter aux yeux.

Alors est survenue cette légère secousse à l'arrière du véhicule, rien de méchant, un effleurement, une caresse à peine appuyée. Alison troublée a tourné son visage vers Ron, et Ron d'un coup d'œil furtif dans le rétroviseur a photographié la Mercury bleu nuit avec à l'intérieur les trois silhouettes trapues immobiles. Sans un mot il a déplacé la voiture d'un bon mètre vers l'avant puis brusquement enclenché rageusement la marche arrière.

« Hein !!! Vous êtes fou !! a crié Alison.

-J'espère bien ! Depuis quand on ne se tutoie plus ! La vie est trop courte pour ne pas vivre comme un dingue, cramponne toi Baby !

-Je veux descendre, laissez-moi descendre, je vous rendrai les mille dollars, laissez-moi descendre.

-Pas question, c'est eux qui vont te descendre ! »

Le choc a été brutal, à la fois sourd et noyé dans un craquement de ferraille et de verre brisé, Ron avait déjà repassé la marche avant, il s'était retourné pour photographier la scène, un des airbags du tableau de bord s'était déployé et l'alarme anti effraction hurlait, une des portes des places arrières s'est ouverte et la silhouette sac à merde du Starbucks s'extirpait lentement de l'habitacle.

Alison avait arraché son foulard et posé une main sur la poignée de la portière. Ron a démarré en trombe, des passants se sont mis à gesticuler sur le trottoir, un jeune la casquette à l'envers, le bras tendu dans leur direction, un téléphone à la main brandi ostensiblement, vociférait à leur encontre des grossièretés qui lui déformaient le visage.

« Je veux descendre ! Où va-t-on ?? Je veux descendre !!

-J'ai compris !! Pas la peine de gueuler ! Oui tu vas descendre ! D'abord il faut semer ces trois connards, après tu descendras quand tu voudras mais tu ferais mieux d'attendre le campus et…

-Tu roules trop vite, j'ai peur !

-Tu la fermes maintenant ! Compris ! Tu la fermes !! »

C'est vrai que Ron roulait vite, le regard plus attentif à ce qu'il se passait derrière que devant. Quelque chose avait dû se détacher du parechoc ou de la carrosserie, il se produisait un tintamarre à chaque changement brusque de direction.

La voiture évoluait comme un canard sans tête, à l'image de Ron qui n'avait plus aucun plan précis à l'esprit, il grillait avec prudence et détermination tous les stops et feux rouge en imaginant que leur salut pourrait venir d'une patrouille de flics qui entrerait dans la danse. Alison avait enfoui son visage entre ses deux mains et sanglotait.

L'avant défiguré de la Mercury bleu ne lâchait pas prise, le choc de la collision avait déformé sa calandre et lui faisait arborer un vilain rictus, quelque chose de méchant se rapprochait d'eux inexorablement.

Bon Dieu ! pensa Ron, c'est la zone ici ! Sans crier gare les trottoirs avaient été remplacés par de vagues cheminements de terre rouge poussiéreuse bordés d'alignements distordus de baraques hétéroclites délabrées ou inachevées.

Ron donnait des petits coups de volant à droite pour mordre sur les bas-côtés, des gravillons claquaient comme du pop-corn contre l'intérieur des ailes de la carrosserie mais surtout un nuage rouge estompait durant quelques secondes la gueule du requin qui les poursuivait. Pour en rajouter, à chaque embardée Ron vidait avec méthode une partie du lave-glace, le liquide mêlé à la poussière venait engluer d'un mélange rougeâtre le pare-brise de la Mercury et Ron dans sa tête les écoutait le traiter d'enculé de fils de pute. A chaque soubresaut de la voiture Alison tressaillait d'épouvante, sa voix se faisait plaintive :

« On ne peut plus s'arrêter maintenant… où va-t-on ?

-Santa Cruz ! a répondu Ron qui venait de déchiffrer au vol la pancarte Santa Cruz Avenue.

L'avenue en question ressemblait plus à un dépôt d'ordures, mobil homes rafistolés, carcasses de voitures incendiées entourées de chiens errants. Profitant d'un nouveau nuage de poussière Ron a brusquement bifurqué à droite laissant la Mercury prise de court continuer sur sa lancée, c'était un chemin de terre à peine carrossable, le mieux pensait-il était de foncer maintenant pour mettre rapidement le maximum de distance entre eux et la bande des trois poursuivants, vu que l'endroit était relativement désert ces salauds n'allaient pas tarder à sortir les flingues. Un autre chemin sur la droite puis une espèce de place en terre battue occupée par des chèvres squelettiques avec sur la gauche un vieux pickup sans roues échoué sur des parpaings devant un congélateur désossé, une flèche sommairement peinte en rouge indiquait : Holly Canyon.

« Quelqu'un a appelé le 911 pour signaler qu'un véhicule brûlait dans le dépotoir de Holly, le Central a expédié un drone pour inspecter la zone, effectivement un incendie s'était bien déclaré, d'abord la voiture et ensuite un tas de cochonneries autour, bilan deux morts, un homme et une femme. Des gamins qui chassaient le lézard et le serpent prétendent qu'une deuxième voiture poursuivait la première, peut-être même l'aurait percutée et précipitée avant de faire demi-tour. Quand nos gars sont arrivés l'orage venait d'éclater, énorme, si soudain, si violent, on n'a rarement connu cela dans la région, la Bilon River est sorti de son lit et près des anciens marais certains quartiers nord de la ville ont été inondés, le trafic aérien a été brutalement suspendu, aucun avion n'a pu décoller et bien entendu l'incendie s'est éteint de lui-même.

Mais vous voyez Votre Honneur il y a vraiment un truc bizarre dans cette affaire, en cuisinant le vieux Josué, un ferrailleur qui fait un peu office de gardien dans cette décharge, nos gars ont découvert qu'il détenait deux objets inexplicablement rescapés intacts de l'accident, un foulard de soie et une lettre, une lettre anonyme dans laquelle on peut lire : ceci n'est pas une lettre d'amour… l'audace d'écrire ces mots… l'idée qu'un jour votre regard puisse se poser sur eux suffit à entretenir dans mon esprit le bonheur simple de penser à vous secrètement… ces matins d'été il m'arrive de guetter le chant du premier oiseau, des profondeurs de mes rêves il remonte à la surface de l'aube tel un pêcheur de perles rares apportant avec lui l'incertaine promesse d'une nouvelle rencontre fortuite. Vous en pensez quoi Votre Honneur ?

-Et bien Shérif, en dépit des apparences je pense qu'il s'agit bien d'une histoire d'amour. »

SAINT PLACIDE

J'ai terminé ma lecture hébété, dans un extrême état de fascination, les larmes aux yeux. La tête rejetée en arrière je me suis mis en quête de Julia là-haut dans les nuages, incroyable Julia ! Je la revoyais sur son lit de mort le bras tendu vers ces feuillets, quel bouleversant bal masqué que la vie, j'essayais en vain de mettre un visage sur cet improbable Nelson Baltimor, Julia, il n'y avait que Julia. Dans ce même ciel la traînée blanche d'un avion évoquait cet aéroport fermé pour cause d'orage exceptionnel, j'imaginais Marylin dans la salle d'embarquement inspecter nerveusement chaque poche, chaque recoin de ses affaires à la recherche de cette étrange missive, ce papier que lui avait remis Ron, fripé, élimé, lacéré par ces noms, ces endroits mystérieux.

Quelle journée ! Dans quelques heures Pauline allait découvrir le paquet déposé à la piscine, ce soir j'allais revoir Max, pouvoir avec une certaine jubilation lui mettre sous le nez l'incroyable nouvelle écrite par Julia. Max qui était en quelque sorte le détonateur de tout ceci, Max, son frère l'ami du Shérif, que serait-il advenu sans eux ? Tout s'amalgamait, est-ce que le Canyon n'avait pas pris les traits de la ligne numéro 4 et le vrai nom de Paris celui de Spincity ? L'agitation perceptible grandissait, l'orage grondait, des sirènes de toutes sortes zébraient l'air des avenues de manière désordonnée, des cohortes de gros hannetons noirs caparaçonnés se déplaçaient en tous sens ou restaient postées à des endroits jugés sensibles, mais le bouillonnement était tel qu'émergeait l'impression qu'il n'existait plus rien de stratégique.

J'ai déambulé un peu à l'aveugle, le texte de la nouvelle roulé dans ma main, de temps à autres je faisais une halte pour relire tel ou tel passage, puis quelques gouttes sont tombées, le ventre vide je me suis abrité dans une brasserie. Au moment d'attaquer un sandwich jambon-fromage mon téléphone s'est mis à vibrer contre ma cuisse, à la pensée qu'elle avait ouvert le paquet, souri et lu la carte mon cœur s'est accéléré, Pauline ! Mais comment lui dire… et puis ici dans le brouhaha d'un café, au-milieu de tous ces gens…

C'était Fred.

« Tom ?... j'te dérange ?

-Non, pas l'idéal mais dis toujours…

-Voilà, tu vas bien ? T'es en train de casser la croûte… on peut se rappeler si tu veux… voilà, c'est rapport à ta démission…

-Pourquoi, tu veux m'imiter ?

-Plus tard peut-être, là ce n'est pas le moment, on va y arriver tu sais, ta fusée va alunir.

-J'en suis convaincu Fredo, qu'est-ce que tu veux savoir ?

-Prendre de tes nouvelles, qu'est-ce que tu vas faire maintenant ?

-Je n'en sais rien, vraiment, finir mon sandwich, m'acheter un vélo avec un Arback, le deux cent millième ce serait sympa et je mettrai une annonce dans mon dos, un truc que j'ai lu dans un roman quand j'étais ado : *Jeune homme plein d'avenir cherche emploi, étudierai toute proposition* ou quelque chose dans ce genre.

-Ouais, ça me parle, j'ai lu ça quelque part au lycée, André Gide ! Les Caves du Vatican !

-Gide oui, mais plutôt Les Faux Monnayeurs je pense, quoique je n'en suis pas certain mais… mais c'est plutôt plaisant comme idée, tu veux que je te dise, si je ne me suis pas fait prier pour dégager c'est que j'en avais un peu marre de la fausse monnaie, c'est pour cela que tu m'appelles, toi aussi.

-Quoi moi aussi ?

-T'as pas l'impression d'être un faux monnayeur par moment ? Les apparences, les sentiments, tout ça c'est de la fausse monnaie, tu crois en des trucs, tu vis pour ces trucs, tu crois être riche et puis un jour tu découvres que ces biffetons c'est du Monopoly, du grand Monopoly !

-C'est toi Tom, c'est toi qui dis ça !

-Y'a autre chose Fredo, forcément autre chose, la vie est trop merveilleuse pour ne pas être plus subtile que ce que l'on en fait, accumuler les tours de piste et prendre ses vingt mille balles à chaque fois que l'on passe par la case départ. Tu sais y'a un truc qui m'a toujours étonné rapport au Monopoly, y'a pas de case cimetière, y'a la gare du Nord, la Compagnie des Eaux mais pas de Père Lachaise ou de Montparnasse, pas de funérarium, c'est pourtant là qu'on finit tous, le mec qu'a inventé ça aurait pu y réfléchir…dans toutes les villes y'a des rues, des avenues, des boulevards, des places, des gares, mais y'a aussi des cimetières.

-Dis donc Che Guevara c'est sur les Champs que tu devrais être, tu sais que ça pète dur en ce moment…

-Attends, je n'ai pas fini, tu vas en avoir pour ton argent, Les Champs ! ça ne pètera jamais aussi dur que dans ma tête, j'en reviens au Monopoly puisqu'on ne vit tous que pour ça, on accumule des biens, des propriétés, une maison, qu'est-ce que c'est qu'une maison, des parpaings et du ciment avec de l'air au-milieu, est-ce que ça vaut une vie ça ? Heureusement le destin veille, un jour on croise un regard, un regard qui efface tout le reste, qui devient le plus précieux de nos biens et…

-Alors ça ! Alors c'est ça Tom, t'as croisé un regard !

-Oui.

-Alors je ne sais pas ce qu'elle te fait celle-là mais ça doit être une bonne.

-Mais rien, elle ne me fait rien Fredo, rien du tout, c'est ça qu'est merveilleux. »

Soudain le signal d'un sms est venu mette fin à notre conversation.

« Il faut que je te laisse Fredo, on se rappelle, tchao, tchao… »

Merci !!!! C'est très gentil de ta part, et original ! Je vais les essayer cet aprèm pendant ma pause. Je suis confuse, merci encore !
Pauline.

Elle avait ouvert le paquet, j'étais heureux, la ville entière pouvait brûler rien n'aurait pu me distraire de ce bonheur secret.

Et Paris avait brûlé, Max est arrivé très en retard à notre rendez-vous, ce qui m'avait laissé le temps et le loisir de donner libre cours à cette envie lancinante qui m'avait tenaillé l'après-midi durant, envoyer non pas une réponse mais un signe à Pauline.

Bon anniversaire encore une fois Pauline, je viendrais sans doute nager demain soir… j'ai lu la nouvelle de Julia… renversant ! J'ai beaucoup de mal à m'en remettre… il faudra que l'on en reparle, ou pas… je ne sais plus. Très bonne soirée à toi.

Max était si dépenaillé, qu'au premier abord j'ai cru à une mise en scène pour en rajouter un peu, mais devant ses yeux rougis j'ai fini par admettre qu'il revenait vraiment du front. Comme à son habitude il s'est laissé tomber lourdement sur la banquette et un sourire provocateur accroché aux lèvres m'a dévisagé quelques secondes avant de questionner :

« T'étais où aujourd'hui ?

-Principalement sur un banc au Luxembourg, à bouquiner, mais je sais.

-Quoi, qu'est-ce que tu sais ?

-Que ça a castagné.

-Castagné, tu parles ! C'est place de l'Etoile que tu aurais dû être, voir une compagnie de gardes mobiles reculer, la débandade, passer cul par-dessus tête ! Y'a qu'en France qu'on peut voir ça, pas chez Poutine ou Trump, ni nulle part ailleurs. L'Arc de Triomphe, merde ! Quand même !!
-La prochaine fois essayez le Louvre, encore plus con ! »
A ces mots la colère lui était monté au visage, même si j'en soupçonnais fortement l'existence je ne connaissais pas encore ce Max-là.
« Petit il faut comprendre, ce n'est pas l'Arc en lui-même, ce sont tous les symboles qui gravitent autour, les Vuitton, Fouquet's, Gucci, Armani, ce luxe insolent, ostentatoire, ces repas à deux cents euros, ces nouveaux nobles, ces petites marquises qui font garer leurs Roll Royce en double file sur les Champs devant Sephora et ressortent avec trente mille euros de parfum, le salaire annuel d'une famille. En quatre-vingt-neuf on en a coupé des têtes et pour beaucoup moins que cela, d'accord Versailles est devenu un musée, mais la cour s'est reconstituée avenue Foch ou Faubourg Saint-Honoré, les nouveaux palais maintenant se sont les tours de La Défense, tout ça protégé par des cohortes de Playmobil avec grenades et gaz lacrymo, t'as vu mes yeux, j'en ai pris plein la tronche ! L'Arc, tu parles, quelle mascarade, ah ils l'auront bien vendu leur soldat inconnu, quelle boucherie, des millions de morts, de veuves, d'orphelins, mais Petit, de chaque côté du Rhin c'est la même famille qui tire les ficelles, et s'ils ne parlent pas la même langue c'est pour mieux brouiller les pistes, tout ça pour de l'argent, l'ARGENT ! Tu m'entends, on rase tout, on renverse la table, on anéantit tout pour tout reconstruire, pour réinventer le profit, et on a le culot suprême d'appeler cela *Les Trente Glorieuses,* tu parles ! Quelle gloire ! Mon cul ! Saigner des peuples à blanc, les faire s'entretuer, se dépecer avec sauvagerie pour relancer le capital ! On parle de lobbying maintenant mais on n'a rien inventé, il y a toujours eu des Machiavel du profit pour aller exciter des benêts va-t'en guerre ! Et après, après Verdun,

Auswitch, les plages du débarquement, Ravensbruck, après on invente le Club Med où les peuples réconciliés viennent bouffer et baiser ensemble comme si de rien n'était… dis donc, tu m'écoutes ou t'en a rien à branler !?

-Tu veux une bière ?

-Une bière ? Mmmouais… c'est vrai que toi ton truc c'est l'Arback, pas les gilets jaunes, c'est pas fini tu sais, ce n'est que… »

En l'écoutant défaire et refaire le monde j'avais sorti de ma poche le manuscrit de Julia.

« Tiens, s'il te plaît, lis cela, après on pourra discuter, on parle un peu de ton frère là-dedans, entre autres. »

Il a chaussé ses demi-lunes sur son visage hirsute et après m'avoir lancé un dernier regard noir s'est laissé couler dans la liasse des feuillets. Il n'a jamais relevé la tête durant les longues minutes d'une attentive lecture, délaissant la chope de bière déposée à portée de sa main. J'observais son visage, impassible, comme soudainement momifié, seuls les yeux bougeaient, mais parfois le temps d'un éclair surgissait à la commissure de ses lèvres un rictus si ténu que je croyais avoir rêvé en guettant le prochain. Le dernier feuillet, pourtant le plus court, est resté longtemps entre ses mains, et le visage toujours incliné, sans me regarder il s'est mis à grommeler :

« Putain Votre Honneur, quelle histoire ! T'es pas sorti de l'auberge Petit ! Quand même ! Sacrée journée ! Ceci n'est pas une lettre d'amour, j'ai envie de rajouter : ceci n'est pas une révolution. »

Nous avons bu nos bières religieusement, murés dans un silence communicatif. Max avait abandonné sa sarcastique volubilité, peut-être ne cessait-il pas de réfléchir à ce qu'il venait de lire, chacun campait dans ses certitudes, je n'avais qu'un nom et qu'un visage en tête : Pauline, le monde ne possédait pas d'autres frontières, l'intérêt que je pouvais porter aux gilets jaunes, je le savais, était désuet comparé à l'image vénérée par Max, j'en venais presque à penser que ces évènements figuraient la garniture à point nommé de cette stupéfiante et étrange relation humaine qui ne cessait de transformer mon existence. Max s'est décidé à rompre le silence :

« Bon, d'accord, mais tout cela reste bien cérébral, non ? Rien de négatif dans mes propos, au contraire, il faut s'appliquer à vivre dans la démesure, y'en a qui le font connement, enfin, de mon point de vue, j'ai lu hier qu'un mec avait acheté aux enchères une bouteille de pinard de mille neuf cent et des brouettes plus de cent mille euros, tu t'imagines ! Un truc qu'il ne boira probablement jamais, qui restera enfermé au coffre dans les sous-sols d'une banque ou dans le mur de son salon derrière une reproduction bidon d'un Van Gogh ou Picasso, tu parles d'un placement ! L'amour est un placement à haut risque, il peut nous ruiner ou faire de nous les maîtres de l'univers, oublie tout ce que je t'ai dit au sujet de l'Arc et des gilets jaunes, la vraie démesure Petit c'est celle des sentiments, c'est ce que je viens de lire, il y a là-dedans des raisons de continuer à espérer de l'humanité, quelle raison avait… cette… Julia d'écrire une pareille nouvelle quelques heures avant sa mort ?! Faites bien attention tous les deux, cela fait maintenant de vous des… comment dire ? Ah merde tu vois j'en perds mon vocabulaire ! Des rescapés et des ambassadeurs ! Voilà ! C'est un peu ça, vous êtes en train de vivre un truc exceptionnel, vous avez intérêt à vous montrer à la hauteur, enfin oui et non, ce truc vous dépasse totalement mais il faut y croire Petit, et je sais que tu y crois, on a souvent prétendu que dans les dernières secondes qui précèdent la mort celui qui va partir est sujet à un éblouissement de clairvoyance, tout devient brusquement simple et limpide, personne n'a jamais pu le vérifier car pour cela il faut crever hé, hé, j'imagine bien votre Julia dans cet état-là, elle a dû voir ce qu'aucun d'entre nous ne peut deviner, alors…

-Alors quoi ?

-Alors il faut avoir confiance. »

Je souhaitais rentrer à pied, profiter des illuminations de Noël, sur le point de nous séparer Max a eu cette phrase :

« Quand je pense que tout cela est parti de ce Shérif illuminé rencontré après le décès de mon frère, elle en aura parcouru du chemin cette lettre, qui aurait pu imaginer ? La vie est bien bizarre Petit, mais non, ce n'est pas le bon mot, tortueuse, c'est cela, quelque fois, très souvent même, les rivières, les fleuves en font des tours et des détours pour aller se jeter dans la mer. »

C'était une belle image, je l'ai copiée pour regagner mon petit appartement. En cours de trajet mon attention s'est trouvée attirée par la vitrine d'angle d'une imposante librairie, au milieu des livres trônaient quelques agrandissements de photos noir et blanc sur le thème de Noël, l'une d'elle représentait deux enfants en tabliers d'écoliers, dos tournés ils marchaient dans le crépuscule sur un chemin bordé de sapins majestueux, ils se tenaient par la main, la neige tourbillonnait autour d'eux, j'ai saisi la scène avec mon portable pour l'envoyer à Pauline.

La photo était très belle mais restait malgré tout un support faible pour illustrer les pensées qui me traversaient la tête, elles surgissaient sans surprise du tréfonds ténébreux de ma caverne cérébrale avec le côté inexorable et régulier des rames de métro, je les attendais et plus que cela sans doute les provoquais : quand allons-nous nous revoir, sans ne faire que nous croiser, prendre le temps de se parler, de se découvrir ; et surtout cette obsession de la journée : que pouvait bien faire une jeune femme seule dans Paris le jour de son anniversaire ? Peut-être regardait-elle le film qui accompagnait les gants, un film assez triste, pas une histoire de boxe, une histoire d'amour. Voilà ! C'est cela que j'aurai dû écrire sur la carte : ceci n'est pas une histoire de boxe…

J'ai cherché longuement les mots qui pourraient accompagner le prétexte de cette photo, l'insatisfaction persistante me faisait sans relâche tout effacer pour recommencer puis finir par :

Bonsoir Pauline

J'ai pris cette photo en pensant à ce que nous avons vécu ensemble, les enfants ont toujours raison du mauvais temps, cela semble de l'obstination mais c'est une forme d'insouciance.

Comme je te l'ai écrit j'ai lu aujourd'hui la nouvelle de Julia, je suis bouleversé, quelle truculence !

J'aimerais, et à la fois je crains, d'en reparler avec toi. Je comprends et respecte ta retenue, quand le moment sera venu fais-moi signe.

J'irai nager demain. Bon anniversaire encore une fois.
Thomas

Je regardais défiler en boucle sur les chaînes d'infos les impressionnantes images de cette journée d'émeutes, captivé par ma lecture j'étais loin d'imaginer un tel déchaînement de violence à quelques stations de mon banc du Luxembourg, les affrontements sous l'Arc de Triomphe m'interpellaient particulièrement, les réflexions du Ferrailleur ressurgissaient par brides quand la réponse de Pauline a balayé la table de mes pensées.

Merci Thomas

C'est la bonne taille, merci encore ! J'ai effectué quelques minutes de sac de sable et réfléchi, je vais probablement regarder le film ce soir. Ces attentions me touchent beaucoup, si tu viens nager demain soir, attends-moi, je quitte un peu après dix-neuf heures, on pourra aller prendre un verre et parler de Julia, il y a tant à dire…

Bonne nuit.
Marylin

Durant quelques minutes je n'ai cessé d'éteindre et rallumer mon portable relisant son message pour m'assurer que je ne rêvais pas, elle avait bien signé *Marylin* et la probabilité qu'il ne s'agisse que d'une étourderie était très mince, Pauline si réticente à accepter une invitation laissait la place à une Marylin déterminée à ce que nous allions prendre un verre ensemble.

Je suis bien entendu allé nager, en partie sous ses yeux. Lorsqu'elle m'a aperçu m'approcher du bassin nous nous sommes spontanément adressés un discret signe de la main. Le dernier à sortir de l'eau j'ai pour ainsi dire effectué la fermeture. Dehors, sur le trottoir face à l'entrée je l'ai vue apparaître comme au premier jour de ces quelques mois écoulés, ma princesse secrète du Château Rouge.

Même tenue vestimentaire, toujours cette démarche si particulière en bandoulière comme son éternel sac de sport.

« Il n'y a pas grand-chose de correct dans le quartier, à moins que tu connaisses un endroit ? On peut marcher si tu veux ?

-Un peu plus loin il y a la Rotonde, des collègues m'en ont parlé, ils font bar et restauration, on n'aura pas à trimballer nos sacs trop loin, bien nagé ?

-Bien je ne sais pas, c'est à toi d'en juger, en tous cas ça fait du bien, vous pouvez nager vous les maîtres-nageurs ?

-Ce n'est pas que l'on peut, on doit ! On a un créneau hebdomadaire pour cela.

-Vous faites des tests ?

-On peut voir cela comme ça, j'aime bien.

-Quoi ? Faire des tests ? Je m'en suis rendu compte.

-Ah bon !?

-Marylin, la signature, c'était un test ? »

En guise de réponse j'ai eu droit à un sourire malicieux noyé dans les bruits de la circulation puis elle a enchaîné rapidement :

« Voilà, c'est en face, c'est bon, j'avais peur qu'ils soient fermés le dimanche. »

Durant le week-end le service devait être continu, il restait une table ronde dans un coin tranquille à l'abri des regards.

Le serveur était goguenard : « Bienvenue les sportifs, c'est pour dîner ?

-Euh… j'ai répondu… en pensant qu'il n'était question que de prendre un verre.

-Oui, a coupé Pauline avant de déclarer en s'asseyant : c'est moi qui invite. Puis elle a enchaîné : ça va Ron ? On est pas mal ici non ? C'est quand même mieux que le Starbucks du coin ? »

Je la regardais les yeux autant écarquillés que mes pensées, j'étais sonné, dans les cordes, décidément les gants ! Pourtant il fallait bien, alors je me suis lancé, maladroitement évidemment.

« Euh…Pauline…

-Tu peux m'appeler Marylin tu sais, cela ne me dérange pas, ça te dérange toi si je t'appelle Ron ? On est tranquille ici, pas de voisins de table, pas d'oreille qui traîne, le seul bémol c'est la rue, pas d'ouverture, on ne sait pas si l'on est suivi, si quelqu'un nous piste, tu crois que quelqu'un peut nous guetter, attendre que l'on sorte…

-Euh… Paul… Marylin, qui veux-tu que ?...

-Je ne sais pas moi, un piéton en tous cas, pas une grosse bagnole, on n'est pas en Amérique ici, oui, un piéton.

-Un piéton ? Tu… tu penses à quelqu'un ? A quelqu'un en particulier ?

-Oui Ron, j'y pense, cela fait des jours et des nuits que je le ressasse, j'y ai encore pensé très fort hier en tapant comme une dingue sur ce foutu sac de sable, merci pour le cadeau, pour les cadeaux je veux dire, la carte, le film, elle ne s'en n'est pas sortie elle, lui non plus d'ailleurs, personne n'en sort indemne, contrairement à ce que l'on peut penser Million Dollar Baby n'est pas une histoire de boxe, c'est une histoire d'amour, non ?

-Oui, bien sûr que oui.

-J'ai pleuré le soir de mon anniversaire, des belles larmes d'émotion, c'était mon plus beau cadeau…

-Marylin… j'ai pleuré également, moi aussi. »

J'avais repoussé de côté les deux verres et tendu le bras pour poser ma main sur le bout de ses doigts, elle n'a pas bougé, nous sommes restés un moment silencieux.

« Marylin, bon, puisque tu le souhaites je continue à t'appeler Marylin, pour en revenir au piéton, à qui tu penses ? Qui pourrait nous attendre dans la rue ? Pour nous faire du mal ?

-Du mal ? Pas forcément, on a beau ne pas être en Amérique mais je pense à un Shérif par exemple, quelqu'un qui part à la recherche de quelque chose qu'on lui aurait dérobé, un truc sans grande valeur, pas du genre que l'on va enfermer dans un coffre, non, plutôt que l'on trimballe dans sa poche durant des mois, des années, partout, tu vois de quoi je veux bien vouloir parler ?

-Oui, je vois très bien…bien que…

-Bien que quoi ?

-Personne n'a jamais rien dérobé au Shérif, cette lettre, comment dire… les évènements en ont fait quelque chose de vivant, les circonstances ont appris à marcher à un petit enfant qui ne demandait que cela, et le plus bel hommage c'est Julia qui le lui a rendu, de manière magistrale, la preuve !

-Tu racontes bien Ron. Quelle preuve ?

-Tu viens de dire Ron et moi Marylin. Personne ne nous attend dehors dans un recoin sombre, ce qui intéresse le Shérif ce n'est plus la lettre en elle-même c'est ce qui se passe après… »

Nous avons dévoré, entrée, plat, dessert. La conversation a gravité autour de ce mot : après. Pauline est revenu sur mes dernières paroles, chacun de nous semblait souhaiter faire durer ce tête à tête.

« Tu parles de Julia, de cette manière si étonnante d'évoquer la lettre du Shérif, mais dans cette nouvelle il y a quelque chose que je ne parviens pas à comprendre… et… qui me dérange.

-Ah ? Qu'est-ce qui te dérange ?

-Moi je suis sauve, mon avion n'a pas décollé à cause de l'orage, la lettre aussi est sauve, inexplicablement comme l'écrit Julia, on se demande comment d'ailleurs, sans parler du foulard, mais Ron, toi, Ron et cette Alison sont tous les deux décédés. »

Lorsqu'elle a cité Alison j'ai cru déceler un soupçon de jalousie dans le ton de sa voix, puis elle a vite ajouté :

« Ça ne te dérange pas d'être mort ?

-Est-ce que j'ai l'air d'un mort ? Non, et pourtant oui par certains côtés, on n'arrête pas de mourir, on change, je suis passé de Marcadet Poissonnier à Château Rouge, on change de rue, de quartier, mais on déménage aussi dans sa tête, certaines choses très importantes deviennent désuètes, on pourrait ne pas bouger en tremblant à l'idée que le canapé d'angle ne rentrera pas dans le nouvel ascenseur… c'est le genre de question que je ne me pose pas, que je ne veux plus me poser. J'ai quitté mon travail, dans de bonnes conditions, peut-être que je n'aurai pas dû, les Arback vont flamber j'en suis sûr, c'est un choix sans en être un, tout cela fait partie d'un ensemble de choses dont… tu fais partie, voilà, je l'ai dit. Pauline je n'ai pas envie de mourir, Ron est mort brûlé mais Thomas reste bien vivant et toi je n'ai pas envie que tu… j'allais dire meures, pardon, que tu disparaisses, voilà.

-Je n'ai pas l'intention de disparaître, qu'est-ce que tu vas faire maintenant ?

-Aller à Ouessant dans les jours qui viennent. »

Je m'interroge encore, qui parlait ? Je me suis entendu dérouler cette phrase avec étonnement. L'addition venait d'être déposée sur la table, Pauline s'en est emparée.

« Ouessant, a-t-elle relevé, tu m'en a déjà parlé, c'est en rapport avec ton père ?

-Oui, tu connais ?

-Non, l'endroit le plus à l'ouest que je connaisse c'est Carhaix, les Vieilles Charrues, dans une autre vie.

-Tu viendrais ? C'est sans arrière-pensée, purement amical.

-Oui.

-Oui ?! Tu viendrais ! Quand ?
-Pour Noël si ça colle, il me reste quelques jours à prendre, la piscine se met un peu au ralenti, les cours sont terminés. »

MONTPARNASSE-BIENVENÜE

Les jours suivants se sont écoulés tel un long fleuve tranquille, impassible comme écrivait Rimbaud, je descendais les boulevards, les avenues, les marches des escaliers de Château Rouge le cœur si léger que parfois certaines nuits il m'arrivait de rêver que je volais, je n'avais pas à me soucier de m'élancer, chercher une base de départ surélevée pour me précipiter craintivement dans le vide, la simple puissance de ma pensée permettait que je m'élève et survole la vie comme un oiseau, avec grâce et indifférence, il n'était pas question d'audace mais de candeur et d'une confiance en soi infinie. Le jour levé je poursuivais mon périple urbain dissimulé en piéton avec pour moteur un trésor d'insouciance et de légèreté. J'étais amoureux.

C'était un bonheur nouveau de se laisser vivre, dériver. La matinée s'est consumée à fureter parmi les rayons d'une grande librairie du quartier latin, je m'étais mis en quête du ou des livres qui pourraient m'accompagner jusqu'au jour de notre départ pour Ouessant. Mon choix s'est finalement porté sur une relecture de Flaubert à travers l'Éducation Sentimentale.

Le pays bruissait, inlassablement, la presse, les radios, les télés, la jacquerie des Gilets Jaunes s'étendait de ronds-points en blocages d'axes routiers sur l'ensemble du territoire, avec de gigantesques soubresauts les samedis où des manifestations monstres, souvent violentes, embrasaient quelques grandes villes, principalement Paris. Je demeurais à distance malgré les exhortations du Ferrailleur dispensées autour des expressos que nous continuions à partager quasi quotidiennement.

Max que j'avais quitté manifestement ébranlé suite à la lecture de la nouvelle écrite par Julia avait retrouvé une pugnacité verbale qu'il affichait ostensiblement, les évènements lui donnaient raisons, lui qui peu de temps auparavant m'avouait trouver la vie *tortueuse* s'était *refait la cerise*, comme il aimait à le proclamer, sur ce torrent de désordre qui chaque fin de semaine inondait les beaux quartiers de la capitale et les centres historiques de quelques grandes villes de province. C'était du bout des lèvres qu'il me demandait de mes nouvelles et d'une oreille distraite qu'il écoutait le récit de ce que je pouvais lui faire de mes, de nos projets de fin d'année.

« Ouessant ? Original, je penserai à vous, le jour se lèvera très tard là-bas… c'est le morceau de la France le plus proche de l'Amérique, je me souviens m'être retrouvé un matin d'hiver à Crozon, la presqu'île, c'était deux jours avant Noël, ne me demande pas pourquoi, que des mauvais souvenirs, par contre je me rappelle bien qu'à neuf heures du matin il y faisait encore nuit noire, j'étais à la fenêtre d'un hôtel penché sur le vide en train de fumer une clope, hmm, hmm, qu'est-ce que vous allez foutre là-bas

-C'est pas nous, c'est plutôt moi, elle, elle a décidé de m'accompagner.

-Quand même un peu bizarre cette nana, non ? Elle minaude pour accepter une invitation à dîner et maintenant elle décide d'aller passer Noël avec toi sur une île. »

Et puis lentement, tout est devenu de plus en plus étrange, dans les jours qui ont suivi je me suis replié sur moi-même, quotidiennement je me replongeais dans la nouvelle de Julia-Nelson Baltimore, *Mais comment te dire…*, le matin au réveil ou en fin de soirée avant de m'endormir, souvent même les deux, en cours de journée également, enfin à vrai dire perpétuellement, cela devenait une obsession, tout semblait avoir été dit et pourtant je m'obstinais à tenter de déchiffrer ce qui m'apparaissait de plus en plus comme un rébus. J'en étais arrivé à la conclusion que l'on assistait à une lutte entre la conspiration tenace du destin et cette forme de molle indécision qui pilotait notre vie dans des canaux nonchalants où rien de grave mais aussi rien d'extraordinaire ne pouvait survenir.

Je nageais quotidiennement sous ses yeux, nous courrions ensemble un jour sur trois au Luxembourg, nous nous racontions des petits bouts de nos vies qui malgré tout demeuraient réciproquement enveloppées de mystères, ni l'un ni l'autre ne se risquait à poser des questions, j'ai tenté à plusieurs reprises de lui rendre son invitation à dîner, en vain, un sourire désarmant m'expliquait qu'il n'y avait pas d'obligation et que le mieux serait de se retrouver autour d'une table à Ouessant. Je conservais comme une lettre secrète au fond de ma poche le projet de l'inviter à prendre un café dans mon appartement, à chaque moment propice je renonçais jugeant cela commun, voire vulgaire.

J'ai réservé le train, une première classe duo face à face, puis une voiture de location à la gare de Brest, deux hébergements dans un hôtel de la Pointe Saint Mathieu et le bateau au départ du Conquet. Sur l'île mon dévolu s'est jeté sur une maisonnette de quatre pièces en lisière de village avec vue sur l'océan.

Je suis né un mercredi, depuis l'enfance ce jour m'a toujours semblé être le plus néfaste de la semaine, celui dont il fallait se méfier, c'était presque devenu maladif, j'avais des copains allergiques au lait ou aux crevettes, moi c'était les mercredis, quelque chose que j'ai trimballé dans ma tête jusqu'à l'âge adulte au point de me faire reporter au lendemain certaines actions ou prises de décisions.

Cette nuit-là une fois de plus j'avais très mal dormi, pour ainsi dire pas du tout, une porte a claqué durant le premier sommeil que j'avais péniblement atteint, il n'y avait pas de courant d'air dans l'appartement, c'était dans ma tête que le vent soufflait, je ne suis pas parvenu à me dépêtrer des bouffées d'angoisses successives qui déferlaient, elles me déposaient éveillé les yeux grands ouverts au bord du précipice de l'introspection. Je m'avouais être dépouillé de certitudes, seul survivait ce sentiment, cette affection qui me liait à quelqu'un au sujet de qui je ne connaissais que très peu de choses, j'avais quitté un travail où je m'épanouissais, sauté du train d'une formidable épopée commerciale, je ne savais plus vers où je me dirigeais. Je m'en remettais à cette conspiration du hasard, de ce destin, qui m'avait fait croiser cette lettre si mystérieuse et ses différents messagers, Job, le Shérif, Max par certains côtés, et Julia, Nelson Baltimore, cette incroyable Julia qui avait consacré le dernier souffle de sa vie à faire renaître ces mots : *ceci n'est pas une lettre d'amour…*, et puis mon père également, ce messager d'outre-tombe, la révélation surprise de ma sœur Stéphanie devenait une pièce essentielle du puzzle et le fait que Pauline ait si spontanément accepté de m'accompagner apportait de l'eau à la roue du moulin d'une imprévisible destinée.

J'ai saisi ma tablette pour relire une nouvelle fois dans l'obscurité les quelques mots que je lui avais écrits dans la soirée.

Le cimetière
De
« Qui aurait pu »
Ne ferme jamais
Mais c'est la nuit
Surtout

*Que l'on entend
Dans le cerveau des gens
Grincer
Les dents
Des grilles de fer
Forgé
L'avenir est en cage
Stupidement
Et
Les grands fauves
Déguisés
Tels des hamsters
Font tourner la roue
Elle chauffe
La soupe
Qu'ils laperont
A petites gorgées
Quand
Au bord
De ce triste ruisseau
Là
Précisément
Surgira un soir
Dans le soleil couchant
Le loup
Qui
Les dévorera.*

Le poème était resté sans réponse, c'était pour moi un sujet d'inquiétude qui peu à peu au fil des heures sans sommeil s'est mué en angoisse. N'ayant aucune obligation pour les jours à venir j'ai lutté mollement contre l'insomnie finissant par sombrer peu de temps avant le lever du jour, les bruits de la rue m'ont rapidement extirpé de mes rêves, Pauline m'avait répondu, probablement avant son départ pour la piscine, un message bref, je ne parvenais pas à m'habituer à ses formules lapidaires, j'ai ressenti celle-ci comme un coup de cutter.

Pas très drôle tout cela
Bonne journée.
Elle n'avait pas signé.

J'ai relu et ressassé durant la matinée les mots que je lui avais écrits en scrutant ce qui aurait pu l'indisposer, le mot *cimetière* peut être ? J'ai fini par lui répondre :
Pardon, c'est pour moi une manière de m'évader, j'ai parfois l'impression que ce qui sort de mon cerveau ne m'appartient pas vraiment.
Je pense à toi, je ne te veux que le meilleur.
Cette escapade à Ouessant nous fera du bien, je ne veux pas d'avenir en cage et je souhaite de toutes mes forces échapper à la condition de hamster, toi aussi je suppose, c'est cela qu'il fallait lire.

A croire qu'elle consultait ses messages au travail, sa réponse s'est affichée dans la minute suivante :
Je ne veux pas être dévorée Thomas, ni par un loup ni par personne d'autre.

Après réflexion j'ai clos l'échange d'un seul mot :
JUSTEMENT.

Je me suis plu à découvrir des similitudes entre le quai de la station Château Rouge et le pont du bateau sur lequel pour la première fois le regard de Fréderic s'est posé sur Madame Arnoux, je me souvenais que cela finissait mal mais je chassais cette certitude en espérant toujours avoir raté quelque chose d'essentiel lors de ma première lecture. J'ai dévoré le roman en deux jours entrecoupés d'une seconde nuit bien tourmentée, à la suite de quoi un rayon de soleil s'est glissé furtivement sous la porte de mes pensées en voie d'assombrissement, un nouveau sms de Pauline.

J'ai pratiquement terminé le rapatriement des affaires de Julia, ouf ! Je finis à 18h ce soir, on peut se retrouver à l'appartement vers 19h, c'est un peu le bazar mais on devrait dénicher de quoi se faire un café…

Parler de café avant l'heure du dîner m'a semblé saugrenu, revoir Pauline, dans son appartement, à son invitation, passer du temps avec elle, peut-être quelques heures, était un évènement qui balayait toutes les angoisses des nuits passées. J'ai cogité longuement à me demander quoi lui apporter en remerciement, barré d'un trait rouge successivement les fleurs, le gâteau dessert ou la bouteille de vin pour finir enthousiaste sur le choix du livre que je venais de terminer, au moins me disais-je, si c'est simplement pour prendre un café je n'aurai pas l'air emprunté.

J'ai traîné un peu dans le quartier en prenant soin de ne pas débarquer exactement à l'heure suggérée. Pauline avait préparé des crêpes, pour se mettre dans l'ambiance bretonne m'a-t-elle déclaré après avoir déposé un baiser furtif sur ma joue.

« Tu as tout réservé mais je tiens à participer.

-Tu vas participer au voyage, j'ai trouvé un gîte, une petite maison à l'orée du bourg, on devrait y entendre la mer, c'est assez grand, chacun pourra avoir sa chambre et conserver son indépendance… »

J'avais dit « pourra », une éventualité. Un court silence s'est installé.

« Je…, je voulais te remercier, je…, je ne savais pas trop quoi amener, tu l'as peut-être déjà lu, pour moi c'est la deuxième fois, je viens de le relire, c'est l'histoire d'une rencontre, enfin…, c'est comme cela que ça commence, après…

-Je l'ai lu Thomas, j'ai participé à un travail de groupe sur le sujet, il y a longtemps, mais comme tu le dis c'est décevant, des deux côtés, mon binôme au lycée s'était même risqué à changer le titre par la *Désillusion Sentimentale*.

-Effectivement. »

Elle s'est retournée la poêle à la main et m'a dévisagé.

« Tiens, tu portes toujours ton pin's ? C'est amusant.

-Hé oui, solidarité, bien que le cap ait changé maintenant, pour moi ce n'est plus la lune mais Ouessant. »

Un nouveau sourire a éclairé son visage.

« Retour sur terre, et… ça marche toujours ?

-Pas mal, Big Boss est satisfait et confiant, je suis toujours intéressé au business tu sais, même si j'ai débarqué de la fusée, ils sont bien partis pour y arriver. »

Nous avons pique-niqué sur son canapé, les crêpes étaient parfumées à l'orange et la radio diffusait du jazz. C'est elle qui a pris les devants.

« Il ne faut pas m'en vouloir.

-Pourquoi ?

-Pour mes silences, je ne sais plus trop, c'est difficile en ce moment, j'aimerais pouvoir faire comme toi, tout arrêter, recommencer autre chose.

-Je n'ai pas tout arrêté, et puis il y a des choses que l'on ne peut pas stopper, qui ne meurent jamais.

-Ah tiens, quand j'étais ado je me souviens avoir eu une discussion avec Julia sur le fait que tout, absolument tout, était périssable sur terre, tout avait une fin, je n'arrivais pas à me l'imaginer, elle m'avait expliqué que c'était une question de temps, que le temps rongeait tout, les montagnes se transforment en collines et les collines en plaines, même la terre disparaîtra, dans des milliards d'années mais elle disparaîtra, elle en avait la certitude et cela me terrifiait. Selon elle ce qui reste immortel se sont les sentiments, les idées, c'est à cela que tu penses ?

-Un peu oui, les hommes meurent mais j'ai la naïveté de croire que ce qu'ils ont pu éprouver, ressentir, leurs émotions, leurs peurs, leurs passions restent à jamais gravées quelque part dans l'univers.

-Dans un cloud ?

-Quelque chose comme cela, Apple n'a rien inventé. »

Je m'apprêtais à repartir avec le livre qu'elle avait déjà lu mais Pauline a beaucoup insisté pour le conserver. Au moment de se séparer, en guise de remerciement, j'ai subrepticement volé un léger baiser sur son front, la même stupéfaction s'est lue dans nos regards et je me suis enfui. Une fois dehors j'ai traversé la rue et levé la tête, elle était à sa fenêtre.

Gare Montparnasse, voiture 3, places 20 et 21, c'était dans quelques jours notre lieu de rendez-vous secret.

Dès le lendemain la terre s'est mise à tourner à l'envers, Max avait de nouveau pris pension dans les vieux murs de Lariboisière, les pauvres j'ai pensé en me rendant à l'accueil, qu'est-ce qu'il va encore les emmerder !

Instantanément j'ai compris, quelqu'un d'un ton cérémonieux m'a annoncé : « On va venir vous chercher et vous accompagner. »

 Max avait cassé sa pipe ! J'en étais sûr ! Quand c'est l'heure c'est l'heure avait-il dit, l'exactitude est la politesse des rois, moi révolutionnaire et sans doute roi des cons, l'exactitude est ma religion ! Putain ! Le Ferrailleur !

J'ai patienté un long moment assis sur une chaise dans un couloir.

Un jeune homme l'air grave et détaché est venu à ma rencontre.

« Vous êtes de la famille ?

-En quelque sorte, Le Ferrailleur n'avait pas de famille, ou plus, à ma connaissance. »

Il avait laissé passer 'Le Ferrailleur', relevé sans doute soulagé le 'avait' et avancé timidement :

« Alors… vous savez ? »

Les secondes suivantes m'ont donné l'impression que nous ressemblions à deux joueurs de poker, j'ai répondu :

« Il aimait bien, non, il adorait Depardieu.

-Ah… ? »

Conforté dans la certitude qu'il n'avait plus rien à m'annoncer, il a enchaîné :

« Pourquoi Depardieu ? Quel rapport ?

-Rapport au cimetière, le film Mammouth, quand Gégé se met à gueuler au-milieu des tombes : *'y'a quelqu'un qui veut racheter des trimestres !?'* Vous l'avez vu ?

-Non. Et vous, vous souhaitez le voir, enfin… votre ami ?

-Non. »

En quittant l'hôpital j'ai croisé Paco dans le hall d'accueil, le chirurgien de la clinique du vélo, malgré un fouillis de rides son perpétuel air de se foutre de tout lui conférait l'apparence d'un visage lisse.

« Qu'est-ce qu'on va faire sans lui ? Vous l'avez vu ? Enfin, tu l'as vu ?

-Non, je ne veux pas, ce n'est pas l'image que je veux garder de lui.

-ça n'empêche pas. Il m'a saisi l'avant-bras et ajouté : il t'aimait bien tu sais, tu l'amusais, vrai. Décidément ce n'est pas ton jour aujourd'hui.

-Aujourd'hui ? Pourquoi décidément ?

-T'es pas au courant ?

-Non, j'ai dû rater quelque chose, au courant de quoi ?

-C'est dans le journal ce matin, votre truc là, l'Arback, poubelle ! Le gouvernement n'en veut pas, trop dangereux. Les cons ! Ils préfèrent sans doute les gilets jaunes ! »

Il y avait un kiosque à l'angle de la rue. Effectivement une annonce gouvernementale était relayée dans les pages intérieures du journal.

Feu Rouge aux déambulations d'images sur les voies de circulation.

Un avis défavorable a été rendu par la commission nationale de sécurité routière concernant la possibilité pour les cyclistes (et autres deux roues) de projeter dans leur dos un hologramme représentant un motif de leur choix, voire l'énoncé d'un message, slogan, à titre personnel ou publicitaire.

Cette nouvelle innovation venue de Chine, appelée Arback, a fait son apparition il y a quelques semaines dans les rues de la capitale, un spectaculaire engouement qui se chiffre à plusieurs milliers de commandes !

Le gouvernement justifie sa décision par une mise en avant des risques réels de détournement de l'attention au même titre que ceux liés à l'usage du portable au volant, d'autant plus que les effets du système ne sont pleinement efficaces que la nuit, période accidentogène lorsque les usagers sont distraits de leur conduite...

C'est Véronique qui a décroché.
« Tu le sentais venir ? Tu as débarqué au bon moment, ça ressemble un peu à Appolo treize ici, c'est vraiment la cata.
-Jeff est là ?
-Pour personne ! Enfin, c'est moi qui décide, ambiance War Room ! »

J'ai rappelé en fin de journée, en bon capitaine du Titanic Jeff avait enclenché la touche 'imperturbable', le cataclysme à l'intonation de sa voix était considéré et traité comme un insignifiant fait divers. J'ai fini par questionner :
« Qu'est-ce que tu vas faire maintenant ?
-Le mort Tom, c'est de circonstance, et réfléchir, dans cette affaire ce n'est pas la charrue mais la récolte entière que l'on a mis avant les bœufs. Tu sais les deux cent mille, ta lune, on y était presque avant que tout se casse la gueule. Et toi, tu en es où ?
-J'embarque pour Ouessant après-demain.
-Original, une île, moi j'aurai pu envisager Saint Hélène mais non, encore plus fort, ce soir je m'achète un vélo ah, ah, ah ! Mais... avec une selle ! Du sans selle j'en ai assez fait aujourd'hui, j'ai un peu mal au cul vois-tu et je ne me sens pas une âme de danseuse.

On avait convenu de se retrouver directement dans le train, j'ai glissé dans sa boite aux lettres le titre de transport pour qu'elle puisse accéder au quai, j'y ai joint l'une des dernières feuilles de liquidambar rouges vives ramassées dans le parc et quelques mots manuscrits sur du papier blanc ordinaire.

Parce que ton sourire
Tu ne croiras jamais
N'en finit de mourir
Et tout ce que j'aimais
Disparaît et renaît
Juste après que je n'ai…
Découvert
Que la simple pensée que tu existes
Suffit à m'embellir le monde.

La veille du départ il a fallu que je me décide, quel cadeau offrir à Pauline pour le jour de Noël, si toutefois nous devions échanger des cadeaux, cela pourrait être embarrassant pour l'un comme pour l'autre s'il n'y avait qu'un seul présent, il me fallait donc quelque chose de discret, facile à sortir au dernier moment mais pouvant très bien rester au fond du sac le cas échéant. Mon choix s'est porté sur un foulard de soie. Le paquet était magnifique, en m'éloignant du magasin j'ai réalisé avoir posé à nouveau le pied au cœur de la nouvelle de Nelson Baltimor, Ron achetait bien un foulard à Marylin. De retour à l'appartement je me suis glissé avec complaisance dans ce texte dont je connaissais à présent parfaitement tous les méandres. Oui ! Chez Betchel Woman's, un foulard de soie à cent soixante dollars ! Un des deux miraculés avec la lettre du crash suivi de l'incendie dans le Holly Canyon.

Pour me conforter dans l'idée que tout cela existait bien il fallait que je le partage avec quelqu'un, une personne qui me comprenne ou pour le moins m'écoute patiemment, j'ai donc choisi un mort, Max.

En me rendant à la gare, malgré mes bagages, j'ai eu à cœur d'effectuer un crochet par Château Rouge, revoir une dernière fois la scène, les décors, le théâtre d'une parcelle de vie. Le monde en équilibre sur une ultime marche était sur le point de se métamorphoser.

Le métro était bondé, en jouant des coudes je me suis faufilé pour déposer mes deux sacs contre la porte opposée et entamer, le front appuyé sur la vitre, un dialogue muet avec l'au-delà, ponctué par les soubresauts du trajet, indifférent à tout, paroles et regards.

Max, contrairement à son habitude n'émettait aucun commentaire, ses sarcasmes me manquaient. Au fil des stations mon esprit s'est peu à peu délié, en préambule j'ai brièvement tenté de lui expliquer pourquoi je ne m'étais pas rendu à ses obsèques, j'ai vite compris qu'il considérait cela comme un détail insignifiant, et puis je suis revenu avec insistance sur les deux survivants de la course poursuite, le foulard de soie et la lettre. C'est cela qui l'a réveillé, jusqu'à présent il somnolait profondément calé sur un canapé de cumulonimbus, un verre de whisky au bout de son bras pendouillait au-dessus de ma tête, ses yeux brillaient, l'alcool était hors de cause, ses lèvres dessinaient un léger et jubilatoire sourire entendu révélateur du fond de sa pensée : *tu vois, la mort ce n'est pas si terrible que cela, on a bien tort de s'en faire tout un plat, l'avantage ici c'est que l'on a une vision aérienne des sentiments qui animent les petites fourmis que nous étions, tout devient plus clair, transparent, beaucoup de choses importantes rétrécissent au délavage de cerveaux, pour ne plus devenir qu'un simple petit point à la frontière du dérisoire. Je vais te dire un truc Petit, tu n'es pas encore arrivé au bout du chemin, file vite attraper ton train, ce n'est pas pour rien que Julia a laissé la vie sauve à un carré de soie et une feuille blanche griffonnée…*

J'ai dû quitter Max précipitamment, emporté par la cohue, beaucoup de voyageurs descendaient à Montparnasse, en levant les yeux vers ce que Gainsbourg appelait *le ciel de faïence* j'ai réalisé que depuis le quai de Château Rouge je n'aurai plus l'occasion d'apercevoir des nuages jusqu'à ce que notre train s'extirpe de cette bruyante, énorme, grouillante caverne de ferraille et de béton. Adieu Max ! Regarde comme je file vite… on se retrouve à Ouessant, là-bas le ciel est intarissable !

J'étais le premier arrivé, mes affaires casées les minutes défilaient, alors pour occuper le temps j'ai sorti l'urne funéraire, elle était enveloppée dans un sac de velours rouge que j'ai déposé sur le siège face au mien.

Mon père ! Enfin, ce qu'il en restait, des cendres et des souvenirs. L'envie m'est venue d'appeler Stéphanie, lui souhaiter un joyeux Noël et lui raconter où je me trouvais, lui parler de papa, j'ai vite renoncé, craignant que Pauline débarque au cours de notre conversation. Quelque chose se creusait dans mon ventre au bruit que faisait la porte coulissante du wagon, je n'osais pas me retourner, j'espérais un mot, un frôlement, une main sur mon épaule… je regardais défiler dans l'allée des inconnus empêtrés dans leurs bagages.

Des cendres et des souvenirs, je contemplais mon père dans son costume de velours rouge, une vraie tenue de Noël. Soudain j'ai senti avec bonheur une présence ralentir à ma hauteur dans le couloir, puis une voix jeune, féminine demander :

« Excusez-moi, cette place est occupée ? »

Mon regard dirigé vers le plancher apercevait des chaussures bordeaux à mi talons, des bas noirs fantaisie sous un manteau de laine bleue chiné, ce n'était pas Pauline.

« Oui, il y a quelqu'un, la personne n'est pas encore arrivée.

-Ah, le train part dans quelques minutes.

-C'est vrai, mais ne vous inquiétez pas, pas de souci, bonne chance pour la suite… »

Elle avait dit quelques minutes, rien sur les messageries de mon portable, j'ai réfréné une angoissante envie de l'appeler, ce n'était pas possible, le pire ne pouvait pas survenir.

Avant de fermer les yeux j'ai longuement fixé mon père, des cendres et des souvenirs, je lui ai parlé le cœur palpitant, les lèvres serrées, sous mes paupières closes je lui ai rappelé les moments où certains soirs assis sur mon petit lit, adossé au mur les jambes en crochets il venait me lire une histoire avant que je m'endorme. Notre livre préféré était une vieille édition des contes de Grimm illustrée de dessins d'un réalisme parfois brutal mais aussi souvent réconfortant aux portes du sommeil. Je me suis souvenu de ce titre : *Petit Frère et Petite Sœur*, il était une fois… un dessin restait incrusté dans ma mémoire avec pour légende : *la fillette posait sa tête sur l'épaule du chevreuil, en guise d'oreiller…* c'était le printemps, il y avait aussi un lapin, un écureuil, un escargot et la voix de mon père, des cendres et des souvenirs, c'est mon histoire qu'à présent je lui racontais, avant que le personnage central n'arrive, le prenne délicatement entre ses mains et s'assoit sans bruit face à moi, me regarde dormir et attende le moment délicieux où je rouvrirai les yeux, avant qu'elle m'explique être restée bloquée durant un long moment entre Saint Michel et Odéon suite à un incident, un suicide probablement, à l'approche de Noël le fréquence des personnes qui tentent de mettre fin à leurs jours augmente de manière significative.

Mon père écoutait religieusement le récit de ces mois passés quand deux anges descendus du ciel se sont emparés de mes bras avec une infinie douceur.

L'impensable était en train de se produire, j'ai ressenti la petite secousse, le léger glissement du train qui démarrait n'osant pas rouvrir les yeux pour être confronté à l'image de ce quai que j'imaginais se défiler mollement, irrémédiablement. La vie me maintenait cloué sur ce fauteuil et un destin que je n'avais jamais imaginé se penchait sur mon avant-bras armé d'une seringue de désespoir, dans l'instant je serai emporté, noyé dans le chagrin. En dépit de paupières solidement fermées jusqu'à la crispation, le goutte à goutte des larmes qui suintait de mon cerveau finirait par s'infiltrer et s'exposer à la lumière, pour échapper à ce lent débordement je n'aurai plus qu'à dissimuler mon visage entre mes mains et m'agripper à cette ultime bouée de sauvetage :

la vision de Pauline courant sur le quai pour attraper le train au vol avant de remonter vers moi wagon par wagon.

Des cendres et des souvenirs, mon père également me regardait courir, ce n'était pas sur le quai d'une gare mais sur la jetée d'un port, un bateau de pêcheur s'en allait vers le large, nous avancions à la même allure, parvenu au phare, essoufflé, je me suis accroupi pour le regarder s'éloigner, longtemps, puis disparaître, j'ai compris que c'était toi, tu partais pour un pays immense, tu partais pour toujours.

Le train avait pris de la vitesse, à la sortie d'un long tunnel mon portable s'est réveillé, trois nouveaux messages m'attendaient, le dernier disait ceci :

De pauline.mueller@laposte.net

Pardon Thomas, je suis terriblement désolée, j'ai attendu l'heure du départ du train pour t'envoyer ces lignes, je ne souhaitais pas que tu rebrousses chemin, vas à Ouessant, fais-le pour ton père mais pour toi également.

Je suis sincèrement malheureuse de la peine que je peux te causer, je me console avec la franchise de te dire que je ne me sentais pas prête, je suis d'un naturel très pudique, j'ai besoin de temps, de recul pour comprendre et accepter le tourbillon de cet automne si inattendu. Durant ces mois la vie est brusquement devenue un théâtre sans scène, tout s'est mélangé, acteurs, spectateurs, je me suis brusquement réveillée au cœur d'une étrange forêt (j'allais écrire canyon…) avec des personnages si fantasques, Job, le Shérif… et puis ensuite Julia, Julia encore en chair et en os qui a surgi pour s'emparer de l'histoire avec rage, comme un dernier cri, Ron, Marylin et surtout cette lettre que tu m'as remise un midi aux trois Fontaines, elle commence par ces mots : ceci n'est pas…, je la relis souvent tu sais.

Et puis ceci également, j'ai retenu de nos échanges cette phrase rapportée de tes conversations avec ton ami Max, celui que tu appelles parfois Le Ferrailleur, « les hommes meurent de ce qu'ils n'ont pas osé faire. » Ou dire, je pourrais ajouter. Je n'ai pas envie de mourir.

Je suis aussi angoissée à l'idée de devoir habiter Spincity jusqu'à mon dernier souffle.

Ceci… est une lettre d'amour.

Pauline.